La memoria

969

Alicia Giménez-Bartlett,
Marco Malvaldi, Antonio Manzini,
Francesco Recami, Alessandro Robecchi,
Gaetano Savatteri

Vacanze in giallo

Sellerio editore
Palermo

2014 © Sellerio editore via Siracusa 50 Palermo
       e-mail: info@sellerio.it
       www.sellerio.it

2014 agosto ottava edizione

Per il racconto di Alicia Giménez-Bartlett «Parecido razonable»
© Alicia Giménez-Bartlett, 2014
Traduzione di Maria Nicola

Questo volume è stato stampato su carta Palatina prodotta dalle Cartiere di Fabriano con materie prime provenienti da gestione forestale sostenibile.

Vacanze in giallo. - Palermo: Sellerio, 2014.
(La memoria ; 969)
EAN 978-88-389-3193-2
853.92 CDD-22

CIP - *Biblioteca centrale della Regione siciliana «Alberto Bombace»*

Vacanze in giallo

Alicia Giménez-Bartlett
Una vacanza di Petra

È proprio vero che tutti noi facciamo pazzie per amore. Commettiamo azioni che giuravamo di non voler neppure immaginare, insensatezze che più tardi ci fanno inorridire al solo pensiero. Ma l'amore è così, non conosce limiti, rompe tutti gli schemi, irrompe come un fiume in piena, travolgendo le barriere che la prudenza e l'amor proprio ci hanno insegnato a imporre. E non lo dico perché stavolta io voglia far della poesia, ma per parlare di un'esperienza molto concreta e personale. Eppure non sono mai stata quel tipo di donna passionale che è capace di buttarsi dal quinto piano per l'uomo che ama, no, non mi sono mai spinta a tanto. La mia pazzia d'amore è consistita semplicemente nell'accettare una proposta di mio marito. O per essere più precisi: una richiesta d'aiuto. Mi spiego ancora meglio: si avvicinavano le vacanze estive che, per una volta, avrei potuto trascorrere con tutta tranquillità nel mese di luglio. Il programma che avevo studiato con Marcos era molto semplice ma estramamente allettante. La prima settimana l'avremmo passata a Barcellona. Era un modo per goderci finalmente la nostra città, con tutti i cinema, i ristoranti, i musei e le passeggiate a disposizione senza dover tenere d'occhio continuamente l'orologio. Poi avremmo preso con noi Marina e i gemelli, ovvero i tre figli più piccoli di Marcos, e saremmo andati al mare tutti insieme. E per gli ultimi giorni avevamo pensato a un viaggetto romantico in Europa per noi due soli. Sembrava un sogno, tutto era studiato alla perfezione per armonizzare i nostri doveri con i nostri desideri di pace e divertimento. Ebbene, il bel sogno andò in frantumi il pomeriggio in cui Marcos, tornato dall'ufficio, mi diede il ferale annuncio:

«Petra, nella settimana di mare con i bambini ho paura che dovrò rimanere qui. Abbiamo la consegna di un progetto, e non credo che lo studio potrà cavarsela senza di me».

«Marcos! Che delusione per i ragazzi!» risposi, da quella perfetta ingenua che ero.

«Infatti, proprio questo volevo dirti. Non è giusto che debbano soffrirne. E poi da mesi ero d'accordo con le loro madri sui giorni in cui li avrei tenuti io, non posso certo cambiare i loro piani».

«Sono grandi, ormai, e se staranno un po' con noi a Barcellona non sarà certo la fine del mondo».

«Avrei pensato che se trovassimo l'albergo adatto, tu potresti fare una settimana di mare con loro. Molto meglio che stare qui, no? Loro starebbero all'aria aperta tutto il giorno e tu faresti un po' di mare. Che ne dici?».

Io non dicevo niente, non avevo reazioni. Starmene con i gemelli e con Marina per una settimana in albergo? Ci avevo messo un po' ad arrivarci, ma si trattava proprio di questo. Sbattei le palpebre. Non mi era mai capitato di stare da sola con loro per tanto tempo. Ma che cosa potevo fare se non accettare? Accettai.

Chiesi consiglio al viceispettore. Di sicuro lui conosceva qualche posto tranquillo. Passava spesso il fine settimana al mare con Beatriz e mi avrebbe indirizzata bene.

«Ma certo! Conosco un posto che è la fine del mondo. Beatriz lo adora, è tranquillo, si mangia molto bene, ed è proprio in riva al mare. Sarebbe perfetto per voi».

«Magari non troviamo posto. Luglio è alle porte».

«Ma è un albergo molto grande, con un mucchio di stanze. Si riempirà in agosto, in luglio non credo. Se vuole posso chiamare io che sono cliente. Anche se dubito che si ricordino di me, il personale cambia a ogni stagione».

«Se lo fa, giuro di esserle eternamente grata. Lei capisce, andando con i bambini preferisco non rischiare sorprese».

L'albergo si trovava al Cap de Roses ed era il tipico posto di lusso con piscine, spiaggia privata, terrazze, diversi bar, saloni e intrattenimenti. Guardando il sito internet pensai che tutto sommato l'idea non era poi così malvagia. In un posto come quello il tempo sarebbe filato via in tutta tranquillità, fra nuotate e innocui divertimenti, fino al momento di tornare a casa. Quel pensiero ottimistico fu certo il primo sintomo della follia d'amore che si preparava.

Il giorno prima della partenza andai a dare l'addio a Garzón alla Jarra de Oro. Lui rimaneva a fare lo scapolo in città mentre sua moglie andava da certi parenti. Poi avrebbero fatto rotta tutti e due per le Canarie, dove si sarebbero impegnati a fondo nel dolce far niente, secondo la sua personale e felice definizione. Invidiai il suo programma e gli illustrai il mio esprimendogli tutti i miei timori.

«Su su, Petra!» mi disse. «Cerchi di non drammatizzare. I ragazzi sono simpatici e lei è già una vicemadre esperta; vedrà che se la caverà magnificamente».

«Forse ha ragione, è solo un'idea mia, una questione di principio. Una donna come me, che si è sempre considerata libera e indipendente, non accetta facilmente di passare per una madre felice».

«Capisco, essere scambiata per una madre felice dev'essere la peggiore delle offese per lei».

«Per non parlare della responsabilità. E se succedesse qualcosa ai ragazzi? Non sono più tanto piccoli, ma non si sa mai: ci sono sempre dei pericoli in agguato: la piscina, il mare...».

«Sacrosanta verità! E i noccioli di oliva con cui possono strozzarsi e perire tra sofferenze atroci...».

«Mi sta prendendo per i fondelli?».

«Io? Assolutamente no!».

«Le sembrerà ridicolo, ma se quei ragazzi avessero un incidente, le rispettive madri sarebbero pronte a strangolarmi con le loro mani».

«La vedo dura, lei si difenderebbe con le arti marziali».

«Ma vada al diavolo, Fermín! Anche senza pensare al peggio, c'è il rischio che si comportino così male da rendermi la vita impossibile».

«Ah, ma su questo sì che posso darle una mano io! Non deve fare altro che chiamarmi. In un paio d'ore sono lì e li riempio di sberle. O magari bastano due urlacci da sbirro?».

Grave errore lamentarmi davanti al mio collega. Sembrava volermi mettere davanti a uno specchio per dimostrarmi quanto ero viziata. Verissimo! Ma almeno tutti i vizi che ho avuto nella vita me li ero sempre procurati da me, mentre adesso, neanche a farlo apposta, sembrava che sapessi procurarmi solo guai.

Già caricare le valigie in macchina fu un'esperienza poco incoraggiante. Hugo e Teo, i gemelli, si misero subito a litigare. Uno dei due aveva portato uno zaino in più.

«Ma se sono libri, testa di somaro! Papà me li lascia sempre portare. Solo perché tu sei così rincoglionito che non leggi nemmeno il libro delle elementari!».

«Ha parlato l'intellettuale!» rispondeva Hugo fuori di sé. «E le racchette da tennis? Mi spieghi perché devo tenerle tutte e due nella mia valigia? Che merda ci hai messo nella tua se poi hai preso anche lo zaino?».

«Petra», intervenne Marina, ansiosa di fare giustizia, «Teo ha detto rincoglionito e Hugo ha detto merda. Perché non chiami papà? Lui ha detto che dobbiamo essere educati e non dire mai le parolacce».

Cercai di applicare il metodo che consigliavo sempre a mio marito. Feci un lungo respiro profondo prima di parlare:

«Ragazzi, tra un minuto si parte. Chi non si comporta bene non sale in macchina. La donna delle pulizie ha detto che è disposta a fare da baby-sitter per chi rimane a casa. È chiaro?».

Silenzio di tomba. Solo Marina, sentendosi esente dalla minaccia, si azzardò ad aprir bocca. Prima ancora che ne uscisse un suono, dissi con la massima tranquillità:

«Vuoi rimanere qua, Marina? Strano, sembravi contenta di venire».

Si infilò in macchina senza una parola, mentre i fratelli sorridevano soddisfatti per il mio trattamento paritario. E questo fu l'inizio delle vacanze.

In albergo, i gemelli avevano una camera indipendente tutta per loro. Invece Marina, che era più piccola, dormiva in una stanza comunicante con la mia. In caso di problemi, l'avrei avuta vicina. Se invece i problemi avessero riguardato i ragazzi, l'ordine tassativo era di chiamare i pompieri prima di chiamare me.

Facemmo insieme un sopralluogo completo e una volta presa visione della comodità di tutto quanto, mi parve di poter stare più tranquilla di quanto avessi immaginato. Fu subito dopo pranzo che nacque la prima discussione. Il tema era un classico: se fosse proprio necessario aspettare un paio d'ore prima di fare il bagno. La madre dei gemelli era una convinta assertrice di questa norma, mentre quella di Marina la trovava superata. Tutti e tre mi guardavano in attesa di una salomonica decisione. Cercai di scansare ogni responsabilità:

«È vero che dopo un pranzo abbondante è opportuno evitare sbalzi di temperatura, ma è anche vero che se non si è mangiato troppo e non si è stati troppo al sole, non si corre alcun rischio. Tuttavia, la cosa migliore è che ognuno segua le raccomandazioni della propria madre».

«Ah, no!» saltarono su i due ragazzi come molle. «Non è giusto. Adesso siamo con te e sei tu che devi decidere».

«Però io...».

Non avevo ancora finito di parlare e già capivo di essermi mostrata troppo debole. I gemelli stavano per venire alle mani. Teo rinfacciava a Hugo di avermi informata sulle rigide regole materne, Hugo si rivoltava come una belva. Marina, per non essere da meno, strillava che si comportavano male. In meno di due minuti avevano inscenato una tragedia fratricida da fare invidia a William Shakespeare.

«Basta!» gridai, nel mio miglior tono da domatrice di soggetti pericolosi. Se una cosa mi era chiara in quella confusione, era l'affermazione di Teo, opportunamente adattata alle mie esigenze: adesso a decidere ero io. In assenza di Marcos, mi stavo facendo prendere la mano dai ragazzi, e questo avveniva appunto perché avevo paura di quel che avrebbe pensato Marcos. Ora basta, però, io ero io, e i miei metodi dovevano essere validi se lui mi affidava la sua prole. Non avrei mai saputo educare dei bambini ma di sicuro avevo qualche idea su come fare in modo che non mi rompessero le scatole.

«Lo sapete che cos'è un "quaderno delle vacanze"?» chiesi con entusiasmo.

«Un libro di esercizi per ripassare tutto quello che si è studiato durante l'anno» disse Hugo.

«Ma ormai è dimostrato che non serve a niente. Pedagogicamente è meglio riposare durante le vacanze» puntualizzò Teo, sempre in vena di polemizzare.

«A me non importa un fico secco se pedagogicamente è valido o no. Si dà il caso che io abbia tre bei quaderni delle vacanze che ho comprato apposta per voi a Barcellona. Appena vedo che vi rimettete a discutere o mi seccate in qualsiasi altro modo, vi metto a fare i compiti per tutto il pomeriggio. Tutti e tre, di chiunque sia la colpa. Intesi?».

Dopo un attimo di terrore, abbassarono la testa. Teo la alzò per lanciarmi uno sguardo di ammirazione. La mia diabolica astuzia lo affascinava, anche se lo contrariava non poco.

«C'e una cosa che dovete imparare» continuai, senza abbassare la guardia. «Nel mondo ci sono regole che cambiano a seconda dei posti e delle persone. Ebbene, la mia regola è una sola, ma tassativa: "Non mi rompete le scatole e io non le romperò a voi". Questo è tutto. Come vedete è molto semplice. Quindi dipende da voi passare una settimana piacevole o trasformare questa vacanza in un inferno, perché vi ricordo che chi decide qui sono io».

Rimasero senza fiato. Credo che nessuno si fosse mai rivolto a loro in modo così spietato. Ero sicura che tutti avessero sempre cercato di argomentare ordini e consigli sulla base del concetto che erano «per il loro bene». Benissimo, ma era venuto il momento di dare loro un'immagine più realistica di come funziona il gioco sociale. Per sottolineare l'inappellabilità delle mie parole, non appena Marina mi rivolse un sorrisetto complice, conclusi:

«E sto parlando per tutti, è chiaro?». Spento il sorrisetto, ripartii: «Adesso vi dirò quali sono i programmi. La mattina la passeremo in spiaggia. Dopo pranzo ci riposeremo un po' e andremo in piscina. Poi merenda, doccia e una passeggiata in paese o una partita a tennis o quello che vi verrà voglia di fare. Cena, e a letto presto. Ci sono domande?».

Avevano capito alla perfezione, perché nessuno aprì bocca. E visto che secondo il programma era il momento di riposare, si ritirarono in buon ordine nelle loro stanze chiedendomi a che ora potessero ricomparire.

«Non prima delle cinque» dissi, e me ne andai in camera a fare la siesta. Non so come si fosse sentito Erode una volta commessi i suoi infanticidi, ma io di sicuro non avvertivo il minimo senso di colpa. Dormii beata per un paio d'ore.

Alle cinque in punto mi ritrovai con i ragazzi in piscina. Il loro comportamento con me era principesco, così come il mio con loro. Tutto in regola, pensai. Tirai fuori un libro e mi misi a prendere il sole mentre loro, felici, correvano a tuffarsi. Poco dopo vidi che Marina aveva fatto amicizia con un gruppo di bambini della sua età, mentre i gemelli continuavano a buttarsi in acqua come pazzi furiosi. Forse anche per me quella sarebbe stata una settimana di vera vacanza.

Mi tuffai in piscina, nuotai, immersi la testa nell'acqua con vivo piacere, provai il gusto di sentirmi finalmente libera e lontana da fatiche e doveri. Che meraviglia, questa era l'estate! Quando tornai al mio posto sulla sedia a sdraio, trovai ad aspettarmi l'intero gruppetto che giocava con Marina. Salutai i pargoli e rivolsi loro le stupide domande che fanno di solito gli adulti: «E allora, come va? Vi piace il mare? Avete già trovato tanti amici?». Loro mi fissavano come se fossi un essere alieno venuto da un'altra galassia. Forse non capivano lo spagnolo. Lo chiesi a Marina.

«Certo che capiscono, Petra, solo che ti stanno guardando» mi chiarì.

Ero riuscita in qualche modo a farli andare via e avevo ripreso in mano il mio libro, quando ebbi un'illuminazione. Volli accertarmene al tavolo della cena.

«Marina, tu hai detto a quei bambini che sono un poliziotto?».

«Sì» rispose. E poi, spaventata: «Non dovevo?».

Io stessa avevo detto mille volte a tutti loro che fare i poliziotti è un mestiere come gli altri, quindi non me la sentii di sgridarla. Lei però volle essere rassicurata:

«Non dovrò fare i compiti per questo, vero, Petra?».

Scossi la testa, un po' allarmata dalla scomoda reputazione che a mia insaputa si stava già addensando intorno a me. Teo volle dire la sua:

«Hai fatto male, Marina. Era meglio se qui non lo sapeva nessuno che lavoro fa Petra».

«E perché?» disse la bambina, dando voce alla mia curiosità.

«Perché c'è un mafioso russo nell'albergo».

«Che scemenza!» esclamò Marina, esprimendo ancora una volta i miei pensieri.

«Non è una scemenza» insistette suo fratello. «L'hai visto anche tu. Sta con quella tipa bionda che sembra una Barbie, molto più giovane di lui».

«E come lo sai che sono russi?».

«Perché parlano in russo. Dicono *da* che in russo vuol dire sì e *spassiba* che vuol dire grazie».

«Se tutti i russi che ci sono in Spagna fossero mafiosi, noi poliziotti non avremmo il tempo per andare in vacanza» buttai lì, per chiudere il discorso.

«Ma questo sì che lo è, Petra, giuro».

«E posso chiederti da cosa lo deduci?».

«Be', ha sempre gli occhiali da sole e si volta a guardare tutti quelli che entrano o gli vanno vicino. Come se facesse la guardia. E poi è strano».

«Se tutta la gente strana che c'è al mondo facesse parte di qualche mafia, lo sai che cosa vorrebbe dire?».

«Già, che tu non saresti in vacanza» disse, scontento per lo scarso interesse che gli dimostravo.

«No» risposi. «Che voi tre sareste dei mafiosi».

Marina e Hugo risero, ma Teo mi guardò indignato. Cosa potevo fare, prenderlo sul serio? Sgridarlo per avere spiato gli altri ospiti dell'albergo? No, avrei solo peggiorato le cose. Meglio un po' di sana presa in giro. Era evidente che se i ragazzi non davano più molta importanza alla mia professione fra le mura domestiche, le cose cambiavano fuori dal loro habitat naturale. I gemelli scoprivano di avere la vocazione dei detective e Marina si rendeva interessante a mie spese con i nuovi amichetti. Avremmo dovuto viaggiare insieme più spesso o, meglio ancora, non farlo mai.

Quella sera rinunciai al proposito di mandarli a letto presto. Nel salone delle feste si organizzava una serata danzante e pensai che fosse una bella cosa partecipare. Ci vestimmo con una certa eleganza e il maître ci diede un buon tavolo vicino al palco. I ragazzi erano strabiliati. Vollero dei gelati dalla complicata architettura che videro fotografati sul menu e io mi concessi un meritato gin tonic. L'ambiente era dei più vari: coppie di una certa età, sposi in viaggio di nozze, gruppi di amici. Un insieme vacanziero che non aveva nulla di particolarmente mondano. Perfetto, pensai, nessuno troverà strano il nostro quadretto familiare.

Presto prese posto sul palco un'orchestrina di cinque elementi che interpretava vecchi ballabili. Poco dopo comparve un presentatore imbrillantinato, che doveva risultare divertente, e che in un miscuglio di lingue si dava da fare per intrattenere il pubblico. Mi bastò vederlo per capire che avrei avuto bisogno di un altro gin tonic. I bambini sembravano felici: mangiavano il loro gelato, guardavano la gente, ridevano sottovoce delle sciocchezze del conduttore. Il divertimento crebbe quando le prime coppie si alzarono per ballare. La notte si preannunciava più lunga del previsto. Avevo già ordinato senza remore il secondo gin tonic quando vidi Teo dare una gomitata a Hugo, che quasi fece un salto sulla sedia. Lo sguardo di entrambi si era fissato su una coppia che entrava nella sala in quel momento. Non feci nessuna fatica a capire che si trattava del presunto mafioso e della sua accompagnatrice. Lui era un cinquantenne corpulento, calvo come una mela, in abito di lino bianco, ed effettivamente non si era tolto gli occhiali da sole malgrado le luci basse. L'avrei definito vistoso, se questo termine non fosse spettato di diritto alla donna che era con lui. Trentenne, con una voluminosa chioma biondo platino e una statura e un portamento da passerella, indossava un vestito color argento assai generoso con le sue forme mozzafiato. Credo che fui l'unica in tutta la sala a non seguirli con lo sguardo finché presero posto a un tavolo vicino al nostro.

La serata continuò senz'altre sorprese che le farsesche apparizioni del presentatore. Ma i ragazzi non smisero di rivolgere l'attenzione alla coppia sfavillante seduta poco più in là, che a quanto mi parve d'intravedere buttava giù vodka liscia come se niente fosse. Forse Teo aveva ragione, forse erano russi. Hugo, mosso a compassione dalla mia ingenuità, mi soffiò nell'orecchio:

«È lui, è il mafioso».

«Me l'ero immaginato» risposi. E aggiunsi, a voce abbastanza alta perché mi sentissero bene tutti e tre: «Ma se è un professionista, perché non sta più attento a non dare nell'occhio? Abito bianco, occhiali da sole, bionda da gangster... Non è un po' troppo facile?».

«Hai visto come trincano?».

«Se tutti quelli...».

Teo mi interruppe:

«Sì, lo sappiamo: se tutti quelli che bevono fossero mafiosi allora Petra sarebbe il capo supremo della mafia» disse, indicando il mio secondo gin tonic ancora a metà.

Marina, vedendo avvicinarsi nuvole di burrasca, mi prese per un braccio:

«Petra, perché non andiamo a ballare? Io da sola mi vergogno».

«Ottima idea. Venite anche voi?».

Figuriamoci! Due investigatori professionisti non possono mettersi a ballare con tutta la truppa. Li lasciammo lì e ci lanciammo sulla pista a mimare con il corpo tutto quello che il ritmo sapeva trasmetterci. Non ricordavo più da quanto tempo non mi divertivo così tanto. Poco dopo il presentatore tornò in scena e incitò tutto il pubblico a ballare. Anche i più restii alla fine si decisero e la musica si fece più ritmata e chiassosa. Guardai con la coda dell'occhio se Hugo e Teo si fossero uniti al bailamme generale e li vidi ancora lì, seduti immobili, sembravano due scolaretti. Marina, felice, saltava come una pulce facendo volare in aria i suoi bei capelli biondi. Alla fine si organizzò il tradizionale trenino a cui si suppone debba partecipare tutta la sala. I ballerini in fila indiana, sgambettando ritmicamente a destra e a sinistra, passarono tra i tavoli trascinando con sé anche gli ultimi renitenti. Sbalordita, vidi che appena i russi si unirono al serpente i miei due figliastri balzarono in piedi per andarsi a mettere proprio dietro di loro. La loro audacia cresceva, ormai non stavano solo a guardare, passavano all'azione. C'era da sperare che il bel gioco non finisse in una protesta alla direzione dell'albergo. Decisi che l'indomani avrei fatto un discorso ben chiaro.

Per la predica scelsi l'ora della colazione. Ma non arrivai molto lontano. Non avevo finito di dire che bisognava lasciare in pace la gente e non giudicare dalle apparenze, che Teo tirò fuori la seguente rivelazione:

«Quel tipo ha una pistola, Petra. Gliel'ho vista benissimo sotto la giacca quando mi sono messo dietro di lui per ballare».

«Che cosa dici?».

«Certo, aveva un rigonfiamento, doveva essere la fondina».

«Poteva essere la custodia degli occhiali, o il cellulare».

«No! Era più grande, e la forma secondo me era quella di una pistola».

«Pura suggestione».

«E va bene, si era portato la borraccia caso mai gli si seccasse la gola!».

«E non rispondermi così!» dissi, segretamente ammirata dalla prontezza del ragazzino. «Forza, andate a mettervi il costume che scendiamo al mare».

Marina si sistemò sulla sedia a sdraio accanto alla mia. Leggeva tranquillamente un giornalino quando alzò gli occhi e mi disse:

«Sono arrivati i russi».

Risposi con uno sbuffo. Poco dopo la vocetta infantile ricominciò:

«Petra, non ti sembra un po' strano che quel signore porti la giacca sopra il costume?».

Alzai gli occhi dal libro e li inchiodai sul russo. In effetti quel tipo sembrava avere uno strano concetto dell'eleganza. In quale manuale del perfetto gentiluomo si è mai visto che una giacca a doppiopetto, per quanto di lino bianco, è il giusto complemento per un costume da bagno? Non ebbi il tempo di pensarci oltre perché Marina mi offrì la spiegazione che precisamente non volevo sentire.

«Forse è vero quello che ha detto Teo. Forse non vuole far vedere la pistola».

«Che sciocchezza!».

«Una volta ho visto un film dove ammazzavano uno in una piscina, perché così sapevano che non era armato».

«Faresti meglio a non vedere quel genere di film».

«Sono quelli che danno alla tele. Che film credi che dovrei vedere, Petra?».

«Non so, film istruttivi, per esempio».

«E quali sono i film istruttivi?».

«Su, Marina, non mi angosciare. Vieni, andiamo a tuffarci!».

Mentre facevamo il bagno mi scoprii a lanciare occhiate in direzione del russo. Cercavo di capire se davvero avesse una fondina sotto la giacca. Ma mi resi conto in fretta della mia stupidità e finalmente mi abbandonai al godimento dell'acqua. Quei dannati ragazzini non potevano ridurmi così per colpa della loro immaginazione. Certo, non avevano tutti i torti. Quel ciccione di un russo aveva un'aria da far spavento. Per non parlare della sua amica, sempre carica di gioielli e borse firmate. Ma essere ricchi e cafoni non è ancora un delitto in questo paese, quindi avrei fatto meglio a smetterla di guardarli.

Pranzammo al buffet all'aperto. Sembrava che i ragazzi si fossero dimenticati di giocare a guardie e ladri. Regnavano l'allegria e il buon umore, ma verso la fine le cose tornarono a prendere una brutta piega. Hugo disse:

«Petra, sai che c'è un tipo strano che va sempre nella stanza dei russi? Entra, rimane un po' con loro, e poi esce».

Mi andò l'ananas di traverso.

«Questo significa che sapete in quale stanza sono».

«L'abbiamo visto per caso».

«Trattandosi di voi, il caso non esiste».

Prese la parola Teo, con la massima serietà:

«Petra, se facciamo queste cose è perché pensiamo che sia nostro dovere. Abbiamo visto che c'è qualcosa che non torna in tutto questo, e allora...».

«Adesso ascoltatemi e riflettete bene. Che cosa ne fareste di questa cosa che non torna se io non fossi qui? A chi raccontereste tutto questo?».

Rimasero zitti per un attimo. Poi Hugo disse:

«Non so, forse al direttore dell'albergo».

«Senza prove? Vi presentereste nel suo ufficio dicendo che secondo voi un suo cliente ha una pistola, che c'è un tipo strano che lo va a trovare, che non si toglie mai gli occhiali da sole e si guarda sempre in giro? Ma per favore! E pensare che credevo aveste capito in che cosa consiste il mio lavoro!».

«Ma tu al nostro posto cosa faresti?».

«Be', farei esattamente quello che sto cercando di fare ora: godermi in santa pace le mie vacanze e lasciare gli altri tranquilli».

«No, Petra, ti prego, facciamo un patto. Prima tu cerchi di vedere il tipo che va nella stanza dei russi e poi, se ti sembra tutto normale, non ne parliamo più».

Sospirai, guardai al cielo, pregai il Signore di darmi la pazienza. Se avessi detto di no sarei stata autoritaria. Se avessi detto di sì, sarei stata permissiva. Perché la gente pensa che il mondo degli adulti sia più complicato di quello dei bambini? O le complicazioni sorgono solo dal contatto tra i due mondi? Comunque, preferii il compromesso all'esercizio dell'autorità assoluta, e con un'arrendevolezza di cui mi stupisco ancora adesso, accettai.

Da dove cominciare? Nessun problema, quei due volponi dei miei figliastri avevano già pensato a tutto: sapevano il numero della stanza dei russi e avevano capito che le visite avvenivano verso sera, prima che la coppia scendesse a cena. Con mia grande sorpresa scoprii che avevano organizzato dei turni di vigilanza, e che anche Marina aveva partecipato! E io che li credevo chiusi in camera a guardare stupide serie televisive! Basta, la cosa migliore era finirla al più presto con quella fantasia, quindi decisi che la sera stessa avrei dato un'occhiata. L'operazione non era priva di rischi: nessuno fa molto caso a un bambino che si attarda per le scale o sbuca da un ascensore. Mentre un adulto, si capisce, è più visibile, qualunque cosa faccia può apparire sospetto, soprattutto se è in corso qualcosa di losco. Ma la sola idea di aver concepito una simile eventualità mi pareva insensata.

Alle otto di sera, con Teo e Marina, mi trovavo nel corridoio del settimo piano ad attendere lo squillo di cellulare di Hugo che ci avrebbe avvertiti appena avesse visto movimenti sospetti. Ci intrattenemmo osservando i motivi di un grosso vaso cinese su un tavolino: figure femminili in delicati kimono e salici piangenti. Qualunque cosa potesse distrarmi dalla misera figura che stavo facendo era benvenuta. Giocare a guardie e ladri con due bambini! Mi sembrava di essere nei libri di Enid Blyton che leggevo da piccola: *Petra e l'albergo dei misteri*, oppure: *Le vacanze dell'avventura*. La sensazione di essere una perfetta idiota cresceva di minuto in minuto, ero tentata di dire basta e scapparmene di corsa. Ma se lo avessi fatto i ragazzi non mi avrebbero più dato pace. Decisi di rimanere ancora un po'.

Alle otto e venti arrivò lo squillo di Hugo. Un minuto dopo si aprirono le porte dell'ascensore e ne uscì un giovanotto molto curato e ben vestito, in giacca e cravatta, con una valigetta in mano. L'uomo si diresse spedito verso la stanza dei russi e bussò con le nocche. Tre colpetti. Teo me lo fece notare alzando tre dita della mano destra. Venne ad aprirgli la bionda e lui entrò senza dire una parola. Allora il mio assistente mi tirò per un braccio, obbligandomi ad abbassarmi alla sua altezza, e mi sussurrò all'orecchio:

«Fanno sempre così».

Trascorsa una mezz'ora, il giovane visitatore uscì e riprese l'ascensore. Devo riconoscere che cominciavo a essere piuttosto irritata. C'era sicuramente una spiegazione per quelle visite, che potevano non aver nulla a che fare col mondo del delitto. Ma neppure si poteva escluderlo a priori.

Più tardi, mentre passeggiavamo per il paese fingendo la più perfetta normalità, Teo si decise a domandarmi:

«E allora cosa facciamo, Petra?».

La faccenda non poteva essere elusa più a lungo. Il dubbio mi corrodeva. Intervenne Marina:

«Perché non chiami il viceispettore Garzón? Magari a lui viene un'idea».

«Prima faremo una prova. Dobbiamo essere cauti, ma anche pratici. Stasera li seguirò quando saliremo in camera. A un certo punto, lungo il corridoio, farò un rumore improvviso alle loro spalle. A seconda di come reagisce il tipo, saprò se ha o non ha una pistola. In fondo, solo di questo lo si può accusare, di girare armato in territorio spagnolo».

Il fatto che mi fossi decisa all'azione li riempì di gioia. Ma furono molto meno contenti quando dissi ben chiaro che il loro aiuto non mi serviva; anzi, che se volevano aiutarmi dovevano starsene alla larga.

Aspettammo il tramonto in spiaggia. Eccoli lì, i due russi, felicemente adagiati sui lettini dell'albergo, lui con la sua sempiterna giacca di lino bianco, lei con un minuscolo bikini dalla stampa animalesca, non so di quale animale, ma comunque selvaggio. Io mi ero rivestita, per potermene scappare di corsa non appena avessero accennato ad alzarsi e andarsene.

Verso le sette, quando il sole era quasi scomparso, li vidi raccogliere riviste e asciugamani. Entrai immediatamente in azione. Presi l'ascensore e salii al settimo piano, dove mi misi ad aspettare vicino alle scale. Poco dopo arrivarono i due. Li osservai da dietro, sembravano molto tranquilli, lui canticchiava. Allora aprii la borsetta e lasciai cadere la scatola di latta che avevamo comprato per quello scopo. Il russo eseguì immediatamente la manovra che conoscevo così bene: girò sui talloni, piegò un ginocchio e portò la mano sotto la giacca voltandosi nella mia direzione. Non c'erano dubbi, quell'uomo aveva una pistola. Sorrisi stupidamente e dissi:

«Mi perdoni!».

Poi raccolsi la scatola di caramelle e aspettai con una faccia da scema che arrivasse l'ascensore. Loro non mi degnarono più di un'occhiata. Ripresero il cammino verso la loro stanza.

Di sotto mi aspettava l'assemblea dei piccoli detective al completo.

«E allora?» scattò Teo per primo.

«Sembra evidente che quel signore sa come si usa una pistola» dissi con prudenza.

«Ti ha puntato la pistola addosso?».

«Purtroppo no. Però ha fatto il gesto di difesa tipico di chi è abituato ad avere un'arma ed è addestrato a usarla».

«E tu ce l'hai la tua, Petra?» chiese Marina.

«Ma ci mancherebbe altro! Certo che no».

«E se ti sparava nel corridoio?».

«Non esageriamo».

«E allora cosa aspettiamo?» disse Hugo pronto all'azione. «Dobbiamo dirlo al direttore dell'albergo! Dobbiamo chiamare la polizia!».

«Ragazzi, non corriamo alle conclusioni. Se quell'uomo non è armato tutto questo non servirebbe assolutamente a nulla. Per di più, se ha qualcosa da nascondere, lo metteremmo sull'avviso e basta. No, sarà meglio che per ora io parli con il viceispettore Garzón».

Garzón rimase sbalordito da quel che gli raccontai per telefono.

«Ispettore, che scalogna! Per due giorni di vacanza che si prende, doveva capitarle pure questa! Sarà meglio che venga a farle una visitina».

«La ringrazio davvero, Fermín. Qui dentro, ospite dell'albergo, e per di più con i bambini, non posso far niente. Ma non ne parli in commissariato. Se poi non viene fuori niente facciamo una figuraccia spaventosa».

I ragazzi fecero salti di gioia quando seppero che stava per arrivare il viceispettore. I due gemelli, Teo soprattutto, sembravano talmente sollevati che quasi mi offesi. Come se con me non si potesse risolvere niente. Decisi di passarci sopra. Sapevo che adoravano il mio collega, e che avevano una fede illimitata nelle sue abilità di poliziotto.

«Gli hai detto di portare il costume?» disse Marina. «Lui poverino non è ancora andato in vacanza. Forse avrà voglia di fare il bagno con noi».

«Certo che gliel'ho detto. Anche perché con la sua aria da sbirro può dare nell'occhio».

Con santa pazienza mandai un sms a Garzón raccomandandogli di non dimenticare l'indispensabile indumento. E lui lo portò sul serio, dentro la sua valigetta: un boxer dall'abbondanza ottocentesca stampato a squali rosa shocking. Ai ragazzi piacque moltissimo e io stessa dovetti riconoscere che il rosa degli squali accompagnava in modo assai delicato il biancore quasi albino della sua pancia.

Scendemmo in piscina e lì c'erano i russi, nel solito posto, sempre con i bicchieri a portata di mano: vodka liscia, senza ghiaccio, con la bottiglia nel cestello. Il russo non aveva rinunciato alla giacca, nonostante il sole cocente. Il viceispettore li osservò con occhio clinico per qualche secondo. I miei tre protetti osservavano lui, aspettando una sentenza inappellabile.

«Strano» disse.

Teo non si trattenne più:

«Viceispettore! Noi è da un po' che lo vediamo strano. E abbiamo fatto le nostre indagini».

Hugo prese le parti del mio collega:

«Vuoi lasciarlo in pace? E non chiamarlo viceispettore che ti possono sentire! Sei proprio scemo».

Garzón tirò fuori le sue doti di mediatore:

«Calma, ragazzi! Quando dico strano intendo dire che potrebbe esserci qualcosa di illegale».

La parola «illegale» parve colmare le aspettative dei ragazzi, che sorrisero beati. La prossima volta avrei detto a Marcos di mandare i suoi figli in vacanza con Garzón, mentre io me ne sarei rimasta beatamente in città.

«Vi dico che cosa faremo» continuò. «Rimarrò qui con voi tutto il giorno. Voglio vedere il visitatore della sera. Però adesso tenteremo un'operazione non del tutto priva di rischi per la quale mi occorre il vostro aiuto».

Mentre l'entusiasmo dei ragazzi giungeva al colmo io cominciavo seriamente a preoccuparmi.

«Che cosa intende fare, Fermín?».

«Si rilassi, ispettore. Tutto sotto controllo».

Confabulò un po' con i bambini e poi li vidi alzarsi tutti e quattro insieme e avviarsi verso la piscina. Fecero il bagno, giocarono come matti spruzzando tutti coloro che avevano la sfortuna di trovarsi nelle vicinanze. Si fecero notare. Dopo questa esibizione generale, il viceispettore venne di corsa alle sdraio e prese il suo cellulare. Dispose i bambini per una foto che aveva come sfondo l'angolo occupato dai due turisti russi. Scattò più volte: prima tutti e tre i ragazzi insieme, poi solo Marina, poi chiese a un'ignara signora che passava di lì di ritrarlo insieme ai piccoli. Nessuno se ne stupì, nemmeno i russi, che rimasero tranquilli ai loro posti. In realtà, chi più chi meno, tutti lì intorno dovevano augurarsi che la rumorosa famigliola concludesse con il teatrino e se ne andasse al più presto a mangiare.

Poi, visto che fino alle otto di sera non c'erano grandi indagini da svolgere, passammo la giornata godendoci serenamente la vacanza. Verificammo però che i due russi fossero venuti ben nitidi nelle foto. Il risultato era perfetto. L'ammirazione dei ragazzi per il loro amico poliziotto salì alle stelle.

All'avvicinarsi dell'ora stabilita Garzón andò a cambiarsi e aggiunse al suo impeccabile abito scuro una delle sue più funebri cravatte. Adesso, secondo l'espressione usata dai ragazzi, era un vero idolo, un agente di quelli della tele. Nulla era lasciato al caso. Terminata la vestizione, e infilato l'auricolare del telefono all'orecchio, Garzón ci salutò, declinò con delicatezza l'assistenza offerta da Teo, e non lo rivedemmo fino a mezz'ora dopo. Con il cuore in gola, e io, in particolare, con i tappi nelle orecchie per non sentire le sciocchezze del diabolico terzetto, rimanemmo ad attendere la sua comparsa, e il suo racconto.

«È stato molto semplice» ci disse quando tornò. «Ho aspettato che il visitatore uscisse dalla stanza e l'ho fermato. Gli ho spiegato che facevo parte del servizio di sicurezza dell'albergo e gli ho chiesto se fosse un ospite. Lui ha risposto di no, mi ha spiegato che è un consulente finanziario e viene a far visita a una cliente».

«Una cliente?».

«Così ha detto. Poi mi ha mostrato i documenti e un biglietto da visita con il nome della società per cui lavora. Ho già chiamato in commissariato per verificare la sua identità».

«E ti è sembrato nervoso?» chiese Teo.

«Neanche per idea».

«Ha sospettato qualcosa?».

«No, l'ha presa come una cosa normalissima».

«Ma la polizia può dire le bugie?» interviene preoccupata Marina.

«Solo quando agisce in nome della legge».

Garzón sapeva che certe frasi fanno sempre effetto. Forse la bambina era del tutto convinta, ma i ragazzi non ci pensavano neppure, erano sotto l'effetto della più cocente delusione.

«E lei ha visto qualcosa di sospetto?» tentò ancora Teo con un ultimo filo di speranza.

«Non più di quello che avrei visto in qualunque consulente finanziario. Sarò un po' indietro, ma certi mestieri mi danno molto da pensare».

Di quel che poteva dar da pensare al viceispettore, ai ragazzi non interessava un accidenti. Loro volevano sanguinose novità per le loro indagini.

«E allora ci siamo sbagliati» disse non ricordo chi.

«Sapete, un'indagine serve per andare in cerca della verità. È sbagliato voler confermare a tutti i costi i sospetti. I sospetti sono come ombre, bisogna far luce».

Didattico, rigoroso, impeccabile. Poi, per rimediare alla doccia fredda disse:

«Ma non è ancora finita. Adesso andrò alla reception, chiederò di parlare col direttore e mi identificherò come ispettore di polizia. Gli spiegherò che mi servono i dati dei cittadini russi che occupano la stanza 712. Lo tranquillizzerò dicendo che si tratta di una pura formalità e lo pregherò di osservare la massima discrezione. Con i nomi e le fotografie, domani in commissariato farò le opportune verifiche. E se hanno commesso reati e sono ricercati, qui da noi o in qualunque altro paese del mondo, vi chiamo subito e torno con una pattuglia. Vi è chiara la strategia?».

«Posso venire con lei?» si offrì Marina.

«Mi spiace di doverti dire di no, piccola. Un poliziotto in compagnia di una bambina deliziosa come te potrebbe non essere credibile».

Seduti tutti in fila su un divano della grande hall, seguimmo con lo sguardo il mio collega che si avvicinava al banco della reception. Lo vedemmo parlare con l'impiegato, che subito sparì dietro la porta della direzione e poi tornò per fargli cenno di seguirlo. Dieci minuti dopo il viceispettore ci passava accanto come se non ci conoscesse e con un impercettibile guizzo del sopracciglio ci invitava a ritrovarci fuori.

Lo raggiungemmo nel parcheggio, accanto alla sua macchina. Baciò i bambini uno per uno e mi strinse la mano. Aveva saputo gestire la crisi in modo impeccabile. Meritava un aumento di stipendio per quello che aveva fatto, addirittura una medaglia al valore civile. Anche se per la verità, non tutto era risolto. Me lo ricordò la voce di Hugo:

«Petra, domani pomeriggio noi non saremo qui. La vacanza è finita».

«Be', vedrete che il viceispettore Garzón se la caverà benissimo e ci farà sapere tutto quando saremo a Barcellona».

«Ma non è giusto» disse Teo. «Se non c'eravamo noi, nessuno si sarebbe accorto di quei due. E proprio adesso che viene il bello, noi dobbiamo partire».

«Intanto, non è ancora detto che si scopra qualcosa che non va. E poi, anche se fosse, vi sembra che un arresto sia uno spettacolo a cui si può assistere così, per divertimento?».

«E va bene Petra, però non ci sarebbe niente di male se rimanessimo un piccolo giorno in più».

«Può darsi, ma vostro padre ci aspetta domani».

«Puoi telefonargli».

«Non voglio che sappia niente di quel che sta capitando qui».

«E noi non glielo diremo» propose Marina. «Gli diremo solo che ci stiamo divertendo tanto e che vogliamo rimanere ancora un po'».

«Vuoi che io menta con tuo padre?».

Marina si morse il labbro. Quello era un problema morale. Ma non c'era problema morale capace di fermare l'intrepido Teo:

«Non sarai tu a dirglielo. Glielo dirà Marina che è la sua cocca. Mica è una bugia. Ci stiamo divertendo davvero e sarebbe bellissimo rimanere un giorno in più».

«Tu non ti diverti con noi, Petra?» mi chiese la bambina con la più innocente delle malizie.

«Fate come volete».

Si udirono grida di giubilo, subito trattenute da cautela poliziesca. Senza perdere un attimo, nel timore che potessi cambiare idea, Marina chiamò suo padre. Mi allontanai, come se una distanza di pochi metri bastasse a rendermi meno complice. La vedevo annuire e sorridere, mentre i gemelli, ansiosi, aspettavano l'esito della trattativa.

«Papà vuole parlare con te».

Inutile fuggire.

«E allora, Petra, grande successo, no?».

«Ti riferisci a qualcosa di preciso?».

Marcos rideva soddisfatto. L'idea che i suoi figli ed io fossimo stati bene in reciproca compagnia bastava a fare di lui l'uomo più felice del mondo.

«Sembra che i ragazzi non vogliano saperne di tornare».

«Sì, così pare. Gli hai detto che possono rimanere?».

«Prima di dare una risposta volevo sapere che cosa ne pensassi tu. Loro saranno anche entusiasti, ma tu non vedrai l'ora di toglierteli di torno».

Raccolsi tutta la mia forza d'animo in nome dell'armonia generale e di quella del mio matrimonio in particolare.

«No, io sto benissimo. Possiamo rimanere».

«Magnifico! Ma prima che tu ti penta, e per non darti pensieri, chiamo io l'albergo per prolungare il soggiorno. Non credo faranno alcuna difficoltà».

Chiusi la chiamata e mi trovai di fronte un gruppetto pieno di gioia con un emozionato portavoce:

«Grazie, Petra. Non dimenticheremo mai quello che hai fatto per noi» dichiarò Hugo con una mano sul cuore.

«E va bene» dissi seria come un generale della Guardia Civil. «Però non scordatevi una cosa: vostro padre non deve sapere niente di questa faccenda. Bocca cucita. Qualunque cosa succeda, intesi?».

«Sì, ma se lo sa dai giornali o dalla tele? Sarebbe un po' strano se poi vede che è stato arrestato un boss della mafia russa proprio nel nostro albergo, e noi non gli abbiamo detto niente» obiettò Teo.

«Se viene a saperlo in quel modo, allora sarete liberi di raccontare tutto».

Il patto parve soddisfarli, e in stato di massima allerta mi salutarono per andare a dormire. Dubitai che quella notte avrebbero chiuso occhio.

La mattina dopo a colazione li vidi nervosi e agitati. Alle dieci partì la prima domanda:

«E adesso che si fa, Petra?».

«Come, che si fa? Si va in spiaggia, o in piscina».

«E quella cosa lì?» volle sapere Hugo facendo il misterioso.

«Aspetteremo che chiami il viceispettore. Le verifiche da fare non sono così immediate».

«Aspettare! Sai che rottura!».

«Ma cosa credete che sia il lavoro di un poliziotto? Ve lo dico io: per l'ottanta per cento, aspettare!».

«Bella pazienza devi avere».

«È solo grazie alla mia pazienza che vi sopporto. Adesso vado a mettermi il costume. Ci vediamo tra poco».

La mattina sarebbe stata delle più tranquille se i miei figliastri fossero stati minimamente portati per il mestiere di poliziotto. L'idea dell'attesa per loro non era neppure concepibile. Passarono il tempo a tener d'occhio i due russi per paura che proprio quel giorno decidessero di lasciare l'albergo. E non persero d'occhio me, attenti a qualunque suono provenisse dal mio cellulare. La tensione aleggiava nell'aria estiva come l'odore di crema abbronzante.

All'ora di pranzo la chiamata di Garzón non era ancora arrivata, quindi tra boccone e boccone dovetti subire i reiterati tentativi dei bambini per convincermi a prendere l'iniziativa. Il mio no era tassativo, sebbene anch'io cominciassi a sentire una certa impazienza, oltre alla stanchezza di sopportare quelle pressioni.

Fu all'ora della siesta, quando, libera dai ragazzi, me ne stavo tranquilla a leggere nella mia stanza, che il viceispettore chiamò. Lo riconobbi subito, senza bisogno di guardare il display. Dopo tanti anni conosco la sua risata alla perfezione. Perché questo fu quel che fece, ridere, ridere come un demente senza pronunciare una sola parola per un minuto buono. Mi sarei volentieri messa a urlare, ma non intervenni, attesi che ritrovasse la compostezza e l'uso della parola, e ascoltai tutto quello che aveva da raccontare.

Alle cinque avevo appuntamento con i ragazzi nel bar dell'albergo.

«Ha chiamato il viceispettore Garzón».

Sui loro volti si leggeva un'avidità di sapere che qualunque insegnante poteva solo sognarsi.

«Come mai non è già qui con la pattuglia?» chiese Hugo.

«Le domande, dopo. Adesso ci prendiamo qualcosa da bere e poi vi spiego».

Lottando contro la loro impazienza, li feci sedere e ordinai aranciata per tutti.

«Il signore russo si chiama Sergej Lashmanov, e il viceispettore ha capito chi è parlando con il commissario Coronas. Si dà il caso che anche Lashmanov sia un commissario. O meglio, lo era, perché ha lasciato la polizia russa quando si è sposato con la signora che avete visto qui, una donna d'affari giovane e bella che di sicuro conoscete molto meglio voi di me. Si sono incontrati quando lui organizzava il servizio di sicurezza di un importante convegno di finanza internazionale».

«Vuoi dire che la Barbie è sua moglie?».

«Esatto, miei cari detective! E il misterioso visitatore delle otto di sera è effettivamente il suo consulente finanziario in Spagna, che viene a trovarla ogni giorno per discutere dei suoi affari nel nostro paese».

«Non ci capisco niente» disse Teo.

«Non ci capisci niente perché adesso viene la spiegazione vera e propria. Si dà anche il caso che l'ex commissario russo sia amico personale di Coronas. E che si siano conosciuti anche loro durante un convegno, un convegno internazionale di poliziotti. Inoltre dovete sapere che il signor Lashmanov parla lo spagnolo, l'ha imparato molti anni fa quando teneva dei corsi a Cuba. Quindi potete immaginare la bella figura che avete fatto chiacchierando tutto il tempo di lui e di sua moglie mentre poteva benissimo sentirvi».

«Continuo a non capire» si intestardiva Teo.

«Forse capirete meglio se vi dico che un paio di mesi fa il signor Lashmanov ha chiamato Coronas, il mio capo, per farsi consigliare un albergo comodo e discreto non troppo lontano da Barcellona. E sempre il caso ha voluto che il viceispettore Garzón in quel momento si trovasse nel suo ufficio, e che il commissario, a corto di idee, si consultasse con lui. Riuscite a dedurre che cos'ha fatto il mio caro collega Garzón in quell'occasione?».

«Gli ha consigliato lo stesso albergo che ha consigliato a noi» disse Hugo, deluso come non mai.

«Ma scusa, quando il viceispettore è stato qui e gli abbiamo detto dei russi, come ha fatto a non ricordarsene?».

«Credete che il commissario si fosse preso il disturbo di raccontargli tutta la storia? Gli ha chiesto il nome di un buon albergo e basta».

«Cacchio».

«Vi prego di moderare il linguaggio».

«Ma il viceispettore conosce solo questo posto?» ironizzò Hugo, tagliente.

«Non vedo perché te la prendi con lui».

«Petra, quello sarà anche un ex commissario, ma non credo che possa girare armato» riprese Teo, più pratico, nella speranza di potere ancora incastrare il povero Sergej.

«Infatti non è armato».

«E tu come lo sai?».

«Lo so perché il commissario Coronas l'ha chiamato e glielo ha chiesto. Pensate forse che gli abbia mentito? E anche se gli avesse mentito, credete che accertarmene sia compito mio?».

«E il gesto che ha fatto quando l'hai spaventato nel corridoio?».

«La forza dell'abitudine».

«Cazzarola».

«Ti ho già detto di stare attento al linguaggio che usi. E tu, Marina, hai capito bene tutte le spiegazioni?».

«Sì sì, ho capito tutto. Quel signore non è un ladro, non è un assassino, e nemmeno la signora lo è».

«Ecco, proprio così. Quindi adesso potete salire a fare le valigie perché domani si parte. Abbiamo ancora un pomeriggio e una sera per divertirci».

«Ma non sarà più la stessa cosa, senza indagini, senza pericoli, senza mistero» si lagnò Hugo.

«Dovresti essere contento che due ospiti di questo albergo siano persone per bene e non dei criminali».

«Già» disse Marina con un filo di voce.

«E adesso facciamo un patto».

«Un patto?».

«Sì, un patto ben chiaro. Come raccontate a qualcuno, anche solo di sfuggita, di questo ridicolo imbroglio, lo sapete cosa succede?».

«Che facciamo la figura dei cretini» rispose Teo di pessimo umore.

«Verissimo. E se mai vi passasse per la testa di abbellire un po' la realtà e di andare a dire a scuola che mentre eravate in vacanza avete catturato un boss della mafia russa, sapete cosa può succedere? Ve lo dico io: che vostro padre ne sarebbe subito informato, e che non gli piacerebbe affatto quello che è successo qui».

Rimasero in silenzio, malinconici.

«E adesso andatevene a giocare, che io voglio passarmi il mio ultimo pomeriggio in spiaggia».

Sfilarono come le truppe di Napoleone in ritirata: a testa bassa, trascinando i piedi. Appena fui sola mi venne da ridere. Eppure quella farsa non era stata affatto divertente, i bambini si erano comportati malissimo, e mi avevano spinta a commettere delle sciocchezze che mai e poi mai avrei voluto riconoscere in pubblico.

Quella sera assistemmo per un'ultima volta alla serata danzante condotta dal presentatore imbrillantinato, e partecipammo anche al trenino finale. Ma ormai i ragazzi avevano perso ogni entusiasmo. Tuttavia, disillusi com'erano, non smisero per un attimo di perforare i russi con lo sguardo. Volli sperare che si trattasse del fascino che il delitto non manca mai di esercitare sulle menti umane, anche le più innocenti.

Caricare le valigie in macchina fu un'impresa caotica come all'andata, ma non mi affaticò più di tanto. Mi sentivo incomparabilmente più leggera all'idea che quella settimana fosse finita e per me cominciassero le vacanze vere.

Lungo il tragitto regnava un silenzio poco allegro, ma nessuno alludeva alla storia dei russi. Solo Marina, a un certo punto, si lasciò andare a un commento che a tutti fu chiarissimo, anche se si tenne molto sul generico:

«Che gran cagata, vero, Petra?».

Non la sgridai. «Quel che è successo almeno vi ha insegnato una lezione».

«Ma certo» cantilenò Teo scocciato. «Che non bisogna giudicare dalle apparenze».

«No, caro, non è questo quel che pensavo» risposi. «L'insegnamento è che non esiste nessuno al mondo che assomigli a un delinquente più di un poliziotto».

Dopo un attimo di sbalordimento, risero finalmente tutti e tre. Di lì in poi la situazione dentro la macchina tornò alla normalità, ovvero al continuo litigio per ogni minima cosa. Io, da parte mia, avevo già tratto le mie conclusioni: vacanze da sola con i ragazzi, mai più!

Aprile 2014

Alessandro Robecchi
Il tavolo

Uno

Per una settimana, era stato un gioco di sguardi.

Intensi, complici, affettuosi.

Carlo Monterossi guardava i biglietti aerei, il passaporto appena rinnovato, le stampate con i piani di viaggio delle agenzie, i dépliant pieni di spiagge bianche e mari blu, tutto poggiato sul piccolo scrittoio del grande salone coi divani bianchi.

E i biglietti, i passaporti e tutto il resto guardavano lui.

Il Cliente, il Viaggiatore.

Una settimana alla partenza.

Le vacanze. Il viaggio. Il primo da tanto tempo. Una fuga, anche. Dal lavoro, dalle scemenze televisive che gli toccava scrivere per campare – bene, questo va detto –, dalle lineette colorate che indicano le curve dell'Auditel, dal culto della personalità di certi animali del piccolo schermo, dai meccanismi della Grande Tivù Commerciale, la Poderosa Fabbrica della Merda.

Ecco, via di lì, via, via, scappare.

Poi, gli sguardi si erano fatti di colpo meno languidi. E, col passare delle ore, quasi ostili.

Colpa della telefonata.

Dall'altra parte c'era Nico Selinasi, regista emerito, grande manipolatore di masse popolari, indefesso incantatore di massaie, uno che aveva legato il suo nome a trasmissioni storiche e successi immortali, come *Cellulite addio*, fortunato programma di mezza mattina, o come *Seconda chance*, un reality per vedove in cerca di nuovo, e possibilmente stavolta non troppo cagionevole, marito.

Era stato lui, due anni prima, a parlargli dell'affare. A dirgli che aveva affidato i suoi risparmi a questo promotore finanziario bravissimo, questo Sandro Pirovani, e che senz'altro glielo consigliava. Che non era uno da promettere miracoli, ma quel quattro, cinque per cento di interessi, sì, glielo assicurava.

«E oggi» aveva detto Selinasi con l'aria di chi la sa lunga, «chi te lo dà il cinque per cento?».

Carlo Monterossi, di recente e precaria ricchezza, aveva pensato, valutato, riflettuto.

E poi aveva firmato alcune carte davanti a quel Pirovani che sembrava un tipo a posto, affidandogli i risparmi di una vita. Trecentottantacinquemila euro da far fruttare, tenere al riparo dall'inflazione, dalle spese bancarie, dalle tentazioni, dai colpi di testa.

E ora, la telefonata.

Sempre lui: il regista Nico Selinasi, il mago del primo piano su giovani e piacenti vedove bramose di accoppiarsi di nuovo, che gli parla imbarazzato e contrito. Quasi piangente. E gli dice che di quel Pirovani non c'è più traccia, sparito, vaporizzato. Niente più telefono, niente più ufficio, niente segretaria. E – serve dirlo? – niente più soldi. Spariti e vaporizzati pure loro.

Un bel malloppo.

Poi, silenzio.
Il silenzio religioso che c'è prima del rosario.
Perché un minuto dopo, quando arriva, il rosario di maledizioni e imprecazioni e contumelie e promesse di morte lenta e vendetta cattiva, il silenzio non c'è più.

C'è un uomo che assorbe il colpo camminando nervosamente in un grande appartamento che non può più permettersi, su un pavimento in parquet scuro che è troppo per lui, tra mobili eleganti e costosi che forse dovrà vendere. E nella giaculatoria del porca puttana e del maledetto bastardo e del se gli metto le mani addosso, si proietta il film penoso e neorealista della povertà imminente, della mensa popolare, del cappello in mano.

Carlo Monterossi, l'Uomo Truffato.

Così si riattacca al telefono. L'avvocato. La banca. Altri truffati come lui, disperati come lui, incazzati come lui.

Poi si prepara a uscire nell'aria torrida di fine luglio, nell'asfalto che si scioglie al sole, nel nervosismo di una città che vorrebbe mettere il cartello «chiuso per ferie», e non può, e allora si racconta storielle del tipo: uh, come si sta bene a Milano quando è vuota!

Prenderebbe la macchina, per via dell'aria condizionata, anche se da lì alla questura si fa prima a piedi. Ma poi ci ripensa: che cammini, il nuovo povero! Che soffra! Che impari la sua nuova vita da insolvente! Che nuoti nel caldo di asfalto e solitudine anche lui, nell'umido della sua giungla urbana, dove sudano anche i tram.

L'ultimo sguardo è per i biglietti, il passaporto, i dépliant con le spiagge bianche e il mare blu.

Lui guarda il plico sullo scrittoio. Il plico guarda lui.

Non c'è più amore in quelle occhiate.

Nemmeno un po'.

Il calvario della denuncia è il solito spossante Golgota che sappiamo: uomo versus istituzioni. Con l'aggravante patetica del sotto-organico estivo. È estate, dottore. Siamo in pochi, dottore. Dunque la fila tra gli scippati e i derubati di giornata che grondano stille di furore.

Alla fine, esibiti documenti, firmati moduli, atteso l'interminabile iter di fogli faticosamente compilati, Carlo fa per uscire nel sole cattivo che infuoca l'aria cattiva di un giorno cattivo. E sente qualcuno che lo chiama.

«Ma guarda! Che ci fa qui, dottor Monterossi?».

Gli va incontro sorridendo sornione, in un corridoio che fu spazzato l'ultima volta per la visita di Napoleone, un tennista in tenuta da finale. Maglietta e pantaloncini di un candore perfetto, scarpe appena arrossate dalla terra del campo, persino i polsini antisudore e la fascia sponsorizzata sulla fronte. Una vecchia conoscenza.

«Vicesovrintendente Ghezzi!» esclama Carlo, e starebbe anche per aggiungere: ma che ci fa in tenuta da Wimbledon?, ma quello lo precede:

«Incarico sotto copertura. Non ho fatto in tempo a cambiarmi».

Un caffè? Perché no? Eccetera.

«Un attimo» dice il vicesovrintendente Ghezzi.

Sparisce in un ufficio della questura e ne esce subito, con una racchetta in mano.

«Se la lascio qui me la fregano» dice.

Fiducia nelle istituzioni.

Poi escono insieme, verso il bar degli sbirri che sta lì di fronte.

«L'ultima volta che ci siamo incontrati abbiamo dovuto raccattare cadaveri per giorni» scherza quella specie di McEnroe con la pancia.

Carlo fa la faccia dell'angelo innocente.

Così smettono di rivangare il passato e si mettono a zappare nel presente, che è pure peggio.

Ghezzi si lamenta del lavoro, delle vacanze imminenti, lui e la moglie, che affronta con l'entusiasmo del bottegaio che paga il pizzo alla mafia, di questa cosa assurda e tutta nuova del merito per cui ora si stilano classifiche di arresti ed efficienza, e lui è un po' indietro nel programma, il che significa che il grado di sovrintendente non lo vedrà tanto presto, forse mai. Non bastasse, lo lasciano lì fino a Ferragosto a fare il capo, nei quindici giorni più morti dell'anno, che se ti va di lusso prendi due topi d'appartamento e ringrazia la Madonna.

«Facente funzione» precisa. Lo dice come se sputasse bile.

Carlo, di suo, parla della truffa sanguinosa, di quel Sandro Pirovani che ora starà facendo la bella vita coi soldi suoi, di com'è ingiusto il mondo e della sua fiducia nella legge e nella giustizia, che è pari a zero e anche un po' meno.

Finite le chiacchiere e il caffè freddo, si lasciano con una stretta di mano.

«Dovesse aver bisogno...» dice Ghezzi. Pensa alle sue statistiche di arresti.

«Grazie, Ghezzi, dovesse servire...» dice Carlo. Pensa a come riprendersi i suoi soldi.

Poi Carlo torna a casa.

Poi non succede niente.

Poi viene sera.

Poi suonano alla porta.

Due

«Ho portato da bere».
«Hai fatto bene, perché qui, da oggi, acqua del rubinetto. Se non me la staccano» dice Carlo.

Oscar Falcone sta nell'ingresso con una bottiglia di whisky in mano. Carlo lo precede in salotto e si lascia cadere pesantemente su un divano.

Oscar va in cucina e torna con due bicchieri, sembra lui il padrone di casa.

È l'uomo dei momenti difficili. Un ibrido. Un incrocio tra il cronista di nera e il trafficante di notizie. Un esploratore degli inferi urbani, un risolutore di problemi, un navigante che costeggia il codice penale, un jolly che balza dal mazzo di carte quando meno te lo aspetti.

E un amico.

Carlo pensa che l'ultima volta che si sono visti gli ha salvato la vita, fuor di metafora, e che non potrà scordarlo mai.*

«Be'?» chiede Oscar. «Solo noi? Niente compagnia? Niente ragazze?».

* Alessandro Robecchi, *Questa non è una canzone d'amore*, Sellerio 2014.

«Tutti in vacanza, o a far le valigie, o a prenotare online, o...» dice Carlo.

Mente. Non ha chiamato nessuno, non è serata, non c'è niente da festeggiare, se non quella finzione di brezza bollente che entra dalle finestre, combatte qualche minuto con il condizionatore, poi saluta e se ne va.

Così si dedicano al whisky e chiacchierano del più e del meno. Di un affare che Oscar ha per le mani e di cui preferisce non parlare. Del vicesovrintendente Ghezzi vestito come Federer. Della truffa, ovviamente, e di come mettere le mani su quel Pirovani del cazzo, che se si aspetta la polizia se ne riparla tra due secoli.

Poi Oscar se ne va, misterioso com'è venuto.

Carlo Monterossi chiude la sua giornata in compagnia del whisky rimasto, dei fantasmi della povertà imminente, del sonno che non arriva, del caldo che entra insieme alle zanzare, dello sconforto, della rabbia e di alcuni altri pensieri che non dico qui per non farla lunga.

Fatevi fregare come polli tutti quei soldi e li avreste anche voi.

Tre

Il sole si è alzato per tempo, ha colorato Milano di un giallo intenso, che poi è diventato quasi bianco, che poi ha fatto comunella con le polveri sottili e i miasmi del traffico, che poi si è impastato con il tasso di umidità, che poi ha svegliato Carlo Monterossi nel suo letto di dolore.

Lui ha guardato quella camera grande come una piazza d'armi, ha percorso il corridoio fino al bagno, nudo come un verme povero, è passato nella cucina hi-tech e poi, con un caffè fumante in mano, si è seduto in salotto, con le finestre aperte sul bel terrazzo.

E lì è stato travolto.

Vendere la casa. Ridurre le spese. Cominciare a guardare i prezzi quando si compra qualcosa, rinunciare alle amorevoli cure di Katrina, la governante Mary Poppins made in Moldovia. E la macchina? Vogliamo continuare a girare con quella specie di carrarmato che fa sei chilometri con un litro? E le vacanze? Nell'occhiata che Carlo Monterossi lancia al plico biglietti-passaporto sullo scrittoio ora c'è solo astio.

Quelli, biglietti e passaporto, lo guardano indifferenti, invece, come a dire: «Oh, a noi che ce ne frega?».

Poi suona il telefono.
Due volte.
La prima è il vicesovrintendente Ghezzi.
«Mi chiedevo se vuole essere aggiornato sulle indagini» dice.
«Che domanda del cazzo, Ghezzi» risponde Carlo, stizzito.
«Allora venga a offrirmi un caffè».
La seconda, mentre Carlo sta uscendo indugiando come al solito nell'ingresso, pensando se prendere o no le chiavi della macchina. Ed è Oscar Falcone.
«Vediamoci» dice, «forse c'è qualcosa».
Poi detta in fretta un indirizzo e mette giù.
Carlo rimane lì con il cellulare in mano, pantaloni chiari leggeri, Adidas modello sedentario-benestante-che-si-finge-sportivo e una polo blu, fresco come una rosa. Il tempo di raggiungere il portone ed è fradicio di sudore come un profugo al confine col Sudan, come un ciclista sul Mont Ventoux.

Da piazza della Repubblica, dove abita, alla questura di via Fatebenefratelli ci vogliono sei minuti a piedi, ed è gratis. Oppure quindici minuti in macchina, tre giri alla ricerca del parcheggio e sessantatré probabilità su cento di prendere una multa di euro trentotto, se pagata subito, o cinquantasei, se pagata all'arrivo della notifica.

Carlo prende la macchina: non si è mica milanesi per caso, amici.

Dopo venti minuti si affaccia al bar degli sbirri guardandosi intorno. Ghezzi non c'è e allora si siede e ordina un caffè.

Non fa in tempo a mettere lo zucchero che vede qualcuno alzarsi da un tavolino in fondo al locale, avvicinarsi e sedersi accanto a lui. Un infermiere in un camice bianco stazzonato, con gli zoccoli bianchi, la targhetta appuntata sul taschino, l'aria sfatta di chi ha passato la notte in corsia e il sorriso malinconico del vicesovrintendente Ghezzi.

«Non me lo dica, mi faccia indovinare... copertura!» dice Carlo.

«Non ci si metta anche lei, Monterossi» dice quell'altro con una smorfia infelice. E in una sola piccola frase riesce a infilare tutto un mondo di lamentele e recriminazioni e aspettative deluse che basterebbero ad amareggiare tre o quattro vite.

Poi l'infermiere Ghezzi si fa sbrigativo, quasi secco.

«Volevo solo dirle che abbiamo seguito le tracce di quel...».

«Sì».

«... Pirovani, ecco. Che ha viaggiato tutto il giorno ieri, è passato in Svizzera da Chiasso, Lucerna, Basilea e l'abbiamo perso dalle parti di Strasburgo. Avrà spento il telefono... Io dico che va in Lussemburgo, ma può andare ovunque...».

«E...?». Carlo ha la faccia di un golden retriever senza pallina.

«E quindi adesso il mandato di cattura è in mano all'Interpol».

«E...?» dice ancora Carlo. Niente da fare, 'sta pallina non si trova.

«Boh, ci penseranno loro» conclude Ghezzi che sta già per alzarsi.

«Quindi ci sono probabilità...?» chiede Carlo senza crederci nemmeno per un secondo.

«Mah, un po' più che se camminasse qui davanti alla questura in pieno giorno, ma non molte» risponde quello allargando le braccia.

Poi si alza e se ne va trascinando gli zoccoli bianchi come un portantino stanco a fine turno.

Carlo Monterossi resta lì con il suo caffè tiepido, la maglietta che si incolla alla pelle e la faccia di quello a cui hanno fatto vedere una radiografia con una macchiolina sospetta.

Paga il caffè alla cassa e si sorprende, spaventandosi, in un gesto inaudito. Invece di posare un euro e andarsene in fretta, aspetta i dieci centesimi di resto. Come dice quello? Ma sì... Rilke, sì, Rainer Maria Rilke: «Il futuro entra in noi prima che ce ne accorgiamo».

Ecco.

Carlo guarda la monetina e pensa: «È entrato, sta entrando, il cazzo di futuro».

Quattro

Piazza Tirana è una dépendance del Giambellino, uno di quei quartieri di Milano e del mondo dove non vorreste bucare una gomma alle due di notte. Se nelle vie del centro si posteggia accostando al marciapiede come in California perché i milanesi che stanno là sono andati in vacanza e la città pare deserta, qui bisogna fare manovre complicatissime, perché i milanesi che stanno qui le vacanze non possono permettersele.

E mentre voi riflettete sulle classi sociali, la crisi, le diseguaglianze e altre cose simili, Carlo entra in un bar del tipo brutto, con due scalini fuori dalla porta, l'alluminio dorato che tiene insieme due vetrine sporche, le macchinette del videopoker per rovinare le famiglie già rovinate e due ragazzine cinesi dietro il banco.

Oscar Falcone è seduto a un tavolino accanto alla vetrina, due tazzine vuote davanti, le pagine della cronaca cittadina del «Corriere» e l'aria di chi non dorme dai moti del 1848.

«Bel posto» dice Carlo, «che ci fai qui?».

«Guardo le vetrine» dice Oscar.

Carlo dà un'occhiata fuori e, a parte l'umanità dolente che arranca nel caldo umido, non vede nessuna vetrina... ah, sì, invece, un Vendo Oro scalcinato dall'altra parte della piazza.

Così decide di non indagare sulle occupazioni dell'amico e rimette su la faccia da golden retriever di prima. Della pallina, ancora nessuna traccia.

«Be'?».

«Bel tipo, il tuo Pirovani...» comincia Oscar.

«Sta andando in Lussemburgo, pare» dice Carlo.

Allora quello si fa attento, distoglie per un attimo lo sguardo dal Vendo Oro e alza le sopracciglia in un moto spontaneo di sorpresa:

«Eh? E come lo sai?».

«Il vicesovrintendente Ghezzi. Vestito da paramedico, stavolta. Dice che hanno seguito le tracce... Chiasso, poi Svizzera e Francia... e che l'hanno perso dalle parti di Strasburgo».

«Bene, vuol dire che è qui... forse...» dice Oscar come parlando tra sé.

Stavolta tocca a Carlo fare il giochetto delle sopracciglia stupite.

«Senti...» comincia Oscar con il tono piano con cui si parla ai deficienti. «Senti... hai una valigia con molti soldi dentro, non tuoi. Sai che ti cercano. Decidi di scappare in Lussemburgo. A parte la cazzata di passare coi soldi una frontiera come quella di Chiasso... lasceresti acceso il telefono?».

«Nnn... non credo...».

«Ecco, bene. Quindi il tuo Pirovani ha preso un po'

di nastro adesivo, ha attaccato il cellulare dietro al parafango di un Tir, e ha lasciato che seguissero le tracce di chissà chi».

Carlo non dice niente, anche se un caro pensiero va agli inquirenti che brancolano nel buio di mezzogiorno.

«Comunque forse abbiamo qualcosa...», continua Oscar Falcone, che ha già archiviato la pista lussemburghese.

Sposta le tazzine vuote a fa un cenno alla cinese dietro il bancone, per la precisione fa due con le dita, sembra il gesto della vittoria.

«Dunque, due cose, la prima sicura, la seconda no. La cosa sicura è che il tuo Pirovani è un bel coglione. È sulla lista nera dei casinò italiani e, per quanto mi hanno detto, non può entrare nemmeno a Mentone e a Montecarlo. Inaffidabile, insolvente, uno che gioca forte, quindi perde forte, e questo gli piace, ai casinò. Ma l'hanno pure beccato a barare, si dice, e questo è un po' meno gradito. A Sanremo c'è il suo... garante... un cravattaro di Albenga che ci ha messo mesi a andare in pari con lui, e non vuole più sentirlo nominare...».

«Stai dicendo che c'è uno stronzo da qualche parte che ha messo i miei soldi su un tavolo e aspetta un sei di cuori allo chemin de fer?».

«Più o meno. E questo ci porta alla seconda cosa, quella che non è per niente sicura».

«Mi bastava la prima, grazie...» sospira Carlo.

«C'è in giro un tizio che cerca un tavolo pesante. La descrizione corrisponde, ma è una cosa molto vaga. Cerca un tavolo da poker da mezzo milione, quindi tre avversari di quel peso, non è una cosa che si trova in due minuti... e in più va a dirlo in giro... E vuole un tavolo protetto».

Se c'è una cosa che Carlo sa fare è far finta di aver capito tutto anche quando non ha capito niente. Ha varie tecniche. Annuisce e borbotta qualcosa in segno di assenso, di solito. Oppure sorride con complicità come per dire... eh, già.
Stavolta no. Stavolta fa la faccia di quello che arriva alla maturità senza aver mai aperto un libro.
La cinese porta due caffè.
Oscar sbuffa:
«Insomma, mette lì mezzo milione in contanti per giocarselo a poker. Vuole una situazione tranquilla e protetta, il che significa bische vere, gente organizzata, guardaspalle e pistole. Non c'è molta roba così a Milano... di quelle dimensioni, intendo...».
Carlo capisce un po' sì e un po' no. Quello che non capisce lo archivia nella sezione misteri. Quello che capisce preferirebbe non capirlo.
Oscar, invece, gli dà in mano un cellulare. Un Nokia vecchiotto, uno di quei telefoni del secolo scorso che servono solo per telefonare.
«Ora ti spiego...» comincia.
Ma poi alza la testa di scatto, scruta attraverso il vetro, fissa la vetrina del Vendo Oro.
«Cazzo!» dice, e si alza con una fretta del diavolo. «Procurati una persona che il Pirovani non ha mai visto, meglio se col cervello. Forse servirà anche un po-

sto, tipo un ufficio, ma forse no. Non usare questo telefono in nessun caso, ricevi e basta. Se riesco a fare una cosa ti dico meglio...».

È già alla porta del bar, ma torna indietro con una falcata.

«Hai la macchina?».

«Sì».

«Dove?».

«Qui fuori, appena sulla destra».

«Dammi le chiavi».

Non ha finito di dirlo e le ha già raccolte dal tavolo. E non c'è già più.

Carlo paga i caffè, aspetta il resto, ed esce nel sole proletario di piazza Tirana, Giambellino, Milano, Italy.

Che ci fa lì a piedi, ora? Si guarda in giro. Be', si mente senza ritegno, non male il Giambellino, però... un bilocale qui... in affitto... Poi si incammina verso la fermata del tram, sperso, impaurito, solo, profugo e derelitto.

Carlo Monterossi, l'Uomo Che Piange.

Fa caldo come in un carcere del Burkina Faso.

Cinque

«Te lo dico in poche parole, anzi una sola: no».
Carlo abbassa gli occhi e respira piano. Non può darle torto. Lui lo farebbe?
In una parola: no.

Katia Sironi è una brava persona, quanto può esserlo un agente del mondo dello spettacolo. La sua agente, la complice delle sue recenti fortune. È lei che piazza le idee di Carlo, che raffina il petrolio grezzo che lui le porta ogni tanto, che trasforma in contratti intuizioni che diventano progetti, che diventano format, che diventano soldi.
Peserà tre tonnellate al netto della collana etnica, che da sola fa già un quintale abbondante. Bagna ogni tanto le labbra in un monumentale bicchiere di gin tonic dove galleggia una specie di iceberg come quello del Titanic, magari a guardar bene si possono vedere i naufraghi.
Non gli chiede se ne vuole anche lui.
Oscar gli ha riportato la macchina e gli ha spiegato il piano. Un piano che può funzionare se i pianeti si allineano, Vergine in Scorpione è in forma scoppiettan-

te, tutta la fortuna del mondo gira dalla loro parte e Katia Sironi ci sta.

Lei sembra triste, per quel no, ma anche irremovibile:

«Tre cose. Non mi presenterò in un covo di camorristi con tutti i risparmi di una vita in una borsa. Credo che nemmeno tu dovresti immischiarti in faccende di tagliagole. E parto domenica per Santorini, volo, traghetto, albergo, già tutto pagato. In sostanza, Carlo, meglio viva a bordo piscina in un cinque stelle superior, che morta o ferita gravemente in una bisca di Milano».

Lo dice con gli occhi che già guardano il mare. Come se in ogni istante dell'anno non avesse pensato ad altro che a quello: un orizzonte senza palazzi, o taxi, o traffico, l'acqua azzurra, il vento lieve, il vino bianco resinato, la moussaka. Tanta moussaka.

Carlo Monterossi non è un professore di logica, ma può capire il punto di vista. Tra loro c'è una scrivania in legno di qualche ettaro, lucidissima, ingombra di varie carte, una cornice d'argento con una foto di Katia Sironi giovane e incredibilmente magra, fermacarte pesanti come menhir e il Nokia anteguerra da cui non si può chiamare ma solo ricevere come da istruzioni di quell'altro matto completo che è Oscar Falcone.

E voi, che siete lettori arguti e pronti ad ogni svolta improvvisa, sarete già lì a dire... uff, ora quel telefono suona. Vuoi vedere?

Bravi. In effetti il telefono suona.

Una volta.

Lo sguardo di Katia Sironi è un laser di stanchezza e di resa, ma anche di biasimo e di astio.

«Mi metti sempre in queste situazioni del cazzo» dice.

Più a se stessa che a Carlo.

Due volte.

Lo sguardo rimbalza su Carlo e le torna indietro leggermente modificato. Ora è di implorazione, ma senza l'aggravante patetica della preghiera. Un'occhiata che vuol dire: sono nelle tue mani, ma fai tu, ti vorrò bene lo stesso.

Tre volte.

Poi Katia Sironi allunga un braccio largo come un marlin azzurro, di quelli che pescava Hemingway, prende il telefono e ci abbaia dentro.

«Pronto!».

Ascolta per qualche minuto. Poi parla lei.

«È l'ultima volta che ci sentiamo... questo numero passa all'agenzia che cura per me tutti i dettagli...».

Ancora in ascolto. Poi:

«Niente Texas Hold'em e quelle puttanate di moda, poker classico e basta. Dieci ore e non di più, situazione protetta: non andrò con mezzo milione in un posto senza sicurezza... Ne parli con l'agenzia. Usi questo numero... Sì, aspetto, ma deve essere entro sabato, se no non se ne fa niente».

Poi chiude la comunicazione e getta il Nokia sulla scrivania.

Carlo sta per dire qualcosa, forse addirittura qualcosa a proposito dell'amicizia, dei rischi che si corrono, della vita e del perché va vissuta a testa bassa, di quanto la adora... ma lei lo gela:

«Porta questo telefono a quel coglione del tuo amico. Fila, Carlo, prima che cambi idea».

Lui si alza.

Lei ha già il telefono in mano, il suo, questa volta. E sta già parlando con la banca:

«Katia Sironi» abbaia. «Il direttore, subito per favore».

È un ordine. Sembra di sentire l'impiegato che batte i tacchi e urla signorsì, signora!

Carlo si chiude la porta alle spalle, scende le scale, esce nel sole bianco e cattivo di via Turati e si avvia verso casa.

Sei

In via Venini c'è un elettrauto. Uno di quei posti dove alla mattina si presentano i milanesi incazzati che hanno lasciato accese le doppie frecce tutta la notte. In quei casi l'elettrauto fa un cenno svogliato con il mento e manda un ragazzino a ricaricare le batterie di quei deficienti, in modo che possano andare in macchina al lavoro, magari a duecento metri da lì, che farebbero prima a piedi.

Dentro l'officina, tra mucchi di cavi, scatoloni, pile di accessori, c'è un piccolo box in vetro che sarebbe l'ufficio. Dentro l'ufficio un'altra porta dà su un corridoio che dà su un'altra porta.

Se apri quella...

Oplà! Sei in una piccola Las Vegas.

Due stanzoni con tavoli piccoli coperti di panno verde. Macchinette. Una roulette. Una specie di bancone con dietro file di bottiglie. C'è puzza di fumo vecchio e di notti lunghe. Per quello non c'è nessuno, perché è quasi mezzogiorno.

Franco Canissi, detto Cane, sta seduto a uno di quei tavoli, nervoso, irritato, le borse sotto gli occhi e la camicia stropicciata.

Davanti a lui, un giovane in giacca e cravatta, tipo agente immobiliare, con una cicatrice di coltello sulla guancia destra, roba recente.

«Non ce la facciamo, Gaetà. Fosse un periodo normale, forse, ma così non ce la facciamo».

Dei quattro tirapiedi a libro paga, due sono partiti per le vacanze, e lui li ha lasciati andare, che gli affari a fine luglio vanno a rilento. Un altro si sposa, pensa che imbecille.

«Possibile?», dice il giovane. Ha l'aria di pensare: che razza di malavita del cazzo siamo che mandiamo i picciotti in vacanza? Eh? Forse che Al Capone metteva il cartello «chiuso per ferie»? Proprio ora che la città è piena di mariti soli, le mogli in vacanza, i figli al campeggio... uomini desiderosi di conforto, ebbri di libertà, affamati di figa a tassametro, bramosi di un tiro di coca? E noi andiamo in villeggiatura?

Pensa tutto questo, ma senza farlo vedere. Perché invece, ragionevole e paziente, dice:

«Abbiamo già fatto tavoli pesanti. Se i ragazzi non ci sono prendiamo qualcuno a contratto, ne bastano un paio col cannone. Chiudiamo per una sera e facciamo quell'affare lì. Venerdì. O sabato».

«No» dice il Cane.

Poi, davanti all'occhiata interrogativa del giovane, si spiega.

«Primo: il tavolo non c'è ancora. Per ora sono tre. 'Sto Pirovani che fa il misterioso. Accetta di venire coi contanti, ma vuole che tutti gli altri facciano uguale. Il Carletti, quello del mobilificio, che viene sicuro, che davanti a 'ste cose non manca mai e i soldi ce li ha... per una settimana non li dà allo spallone che li porta in Svizzera e se li gioca a poker. Poi questa misteriosa signora salcazzo-chi-è che addirittura mette in mezzo un'agenzia... per la sua sicurezza, dice. Roba da matti».

Quell'altro non si toglie la domanda dalla faccia e allora il Cane continua:

«È fine luglio, cazzo! Manca il quarto, abbiamo tre giorni, massimo quattro, e se chiedo due soldatini armati in prestito a chi sai tu, quelli si chiedono cos'ho per le mani e siamo messi pure peggio».

Quell'altro finalmente parla.

«Guadagno nostro, nel caso che si faccia?».

«Quattro giocatori, sempre se si trova il quarto... mezzo milione l'uno. Diciamo che noi metteremmo la sicurezza con tre ragazzi, un po' di coca se serve, qualche troia se quelli vogliono far pausa col poker... possiamo chiedere diecimila a testa, solo per il servizio, la protezione e il tavolo... cinquantamila per ospitare, toh, se esageriamo».

L'altro piega un po' la testa, fa due conti.

«Vendiamoceli. Diciamo... ventimila... ai Sonnino... quelli sono pronti sempre, so che il posto che hanno al Gallaratese gira bene. È roba figa, aria condizionata, bar, clientela di classe, tutto nuovo. Gli giriamo l'affare e intaschiamo senza fare un cazzo. Tra l'altro, loro il quarto lo trovano».

Pensa: i Sonnino, sì, mica è gente che manda in ferie i soldati.

«Mi stai dicendo di regalare un affare alla concorrenza...».

«Di venderglielo. Un segno di pace. Distensione. Siamo fratelli, cumpà, c'è da mangiare per tutti... quelle cazzate lì. Noi intaschiamo e ce ne andiamo in vacanza. Quanto tempo è che non vai giù?».

«Mi tenti» dice il Cane.

«Lasciami lavorare» dice l'altro. Fa un sorriso tirato e si alza. Esce salutando con un cenno.

Il Cane resta solo, picchia un pugno sul tavolo e mormora un «ma porca puttana», sputa a terra con un gesto di stizza. Però pensa anche che è tanto che non si prende una vacanza, che fa un caldo bastardo, che Milano puzza, che un affare che non puoi fare, comunque, non è un affare. Chiama a voce alta:

«Alì!».

Un nero anziano male in arnese si presenta ossequioso, in meno di un secondo. Il Cane indica lo scaracchio sul pavimento e sbraita:

«Pulisci! Subito! Questo posto è un cesso, cazzo! E chiudi quando hai finito!».

Poi esce sbattendo la porta, attraversa l'officina, si butta nel sole dell'ora di pranzo.

In via Venini ci saranno quaranta gradi, l'asfalto si scioglie, i pochi passanti camminano rasente i muri, cercando l'ombra.

Sette

Quando Oscar Falcone entra in casa di Carlo, dopo aver fatto tre piani di scale in sette secondi netti, miglior tempo stagionale, sanguina come un vitello e si regge l'avambraccio sinistro con la mano destra, come un francese che porta una baguette.

«Hai delle bende?» dice, come voi direste mi dai un bicchier d'acqua?

Il taglio è profondo ma non abbastanza da aver toccato vene importanti. Non c'è alcol e quindi, a malincuore, come nei western, Carlo ci versa sopra del whisky.

Oban 14 anni, roba che andrebbe usata meglio.

Quando sono seduti in salotto, Carlo è pallido come se la coltellata l'avesse presa lui, l'altro, invece, sembra tornato da una festa, tranquillo, serafico, solo un po' su di giri.

Il «dopo ti spiego» che gli sibila fuori dalle labbra mentre l'alcol da cinquanta euro al litro gli scivola in quell'orribile fessura rossa non ha nessun seguito, né ne avrà, come Carlo sa benissimo.

Giusto un paio di parole per dirgli che quella ferita non è faccenda sua, né del Pirovani, ma un altro affare che sta seguendo.

È *multitasking*, il Falcone.
Quindi cambiano discorso.

Comincia Carlo.
Carlo Monterossi, l'Uomo Scosso.
«Il nostro piano non è esattamente un piano, vero?», chiede.
«No» dice l'altro, «per ora è solo una battuta di caccia».

Visto il disinfettante che hanno usato, puzza come un minatore scozzese all'uscita del pub, sempre se Miss Thatcher e Mr Blair non li hanno licenziati tutti.

Poi spiega:
«Lo stronzo chissà dove si nasconde, con tutti quei soldi. Mi sono fatto l'idea che non è scemo del tutto: non è scappato subito perché con una denuncia tempestiva avrebbe rischiato. Ha deciso di aspettare, far calmare le acque e... di più... forse tenta un ultimo colpo. Secondo me appena si fissa la data della partita, lui si organizza per sparire il giorno dopo. Che tra l'altro, con le stazioni e gli aeroporti che scoppiano per le vacanze, ha più probabilità di confondersi nel casino. Spera di vincere, ovvio, ma non mi stupirei se tentasse un altro trucchetto al volo... Dopotutto si troverà in una stanza con un paio di milioni di euro, sai com'è... porco una volta, porco per sempre».

Carlo è perplesso. Lui l'ha visto, 'sto Pirovani, gli ha parlato. Va bene, sarà anche uno sveglio, ma non è mica Phantomas...

L'altro alza le spalle.

«E del resto» dice Carlo come uno che pensa ad alta voce, «l'unico modo per beccarlo coi soldi in mano è quello lì».

Oscar annuisce.

«Appunto» dice, «una battuta di caccia. Comunque mi sono inventato 'sta faccenda dell'agenzia per non mandare da sola la nostra regina Katia travestita da campionessa di poker».

Carlo scuote la testa. Questa cosa che per le rogne sue c'è sempre qualcun altro che rischia la pelle non la capirà mai, eppure sta diventando un classico.

Alla fine Oscar chiede se può dormire lì.

Non è prudente andare a casa, stasera, dato che ha già avuto l'antipasto della coltellata e farebbe volentieri a meno del primo, del secondo, della frutta e soprattutto del funerale.

Forse per un paio di giorni, finché una certa questione non si sistema.

Poi lì c'è l'aria condizionata e da lui no, che non è un dettaglio.

Carlo gli mostra la stanza degli ospiti.

Oscar sorride: l'ultima volta lì dentro ci ha visto due signorine che...

Carlo vorrebbe chiedergli qualcosa su 'sta faccenda, sul braccio, sulla coltellata, sul fatto di darsi una calmata, sui pericoli della vita e su...

Ma quello lo blocca:

«Lascia perdere, meno ne sai e meglio è... e poi chi lo sa... magari 'ste due storie le sistemiamo insieme, che anch'io voglio andare in vacanza... possibilmente vivo».

Poi guarda Carlo come se avesse avuto un'idea:

«Senti un po', ma tu il numero di quel poliziotto... quello che si traveste, dai... quel...».

«Ghezzi».

«... ce l'hai in memoria, vero? Puoi chiamarlo se serve, no?».

«Sì, certo».

«Bene, non perderlo» dice.

Chiude la porta della sua stanzetta e lascia Carlo solo, confuso e preoccupato.

I biglietti e il passaporto lo guardan dallo scrittoio del salotto e sembrano dire:

«Mbè? Cazzi tuoi, amico».

Otto

Non è che se ne vedono tante in giro. Ma esistono, ve lo giuro.

E al tizio che le sta contando su un piccolo tavolo ricoperto di panno verde non sembrano fare nessun effetto... Bastano due banconote di quelle lì per fare mille euro, quindi per farne ventimila ne servono quaranta.

Quello le conta veloce e toglie le mani.

Ha una camicia azzurra impeccabile, nemmeno una macchiolina di sudore. Come cazzo fa, pensa il Cane, che è sudato fradicio e sembra uno caduto nel Naviglio.

«Ecco» dice il tipo. «Il signor Serafino le porge i suoi saluti, dice che considera questo affare come l'inizio di una bella collaborazione».

Franco Canissi, il Cane, non dice niente.

Lascia i soldi sul tavolo e gli allunga un foglietto con tre numeri di telefono.

Quello guarda il foglietto e alza appena un sopracciglio: «Tre?».

«Il quarto lo trovate voi» dice il Cane.

«Va bene. Comunque è per sabato, se le interessa».

«Non mi interessa».
Così, quello gira i tacchi, esce dalla porta, attraversa l'officina dell'elettrauto e si butta in via Venini, dove c'è un refolo d'aria calda come quella che esce dalla pentola a pressione, ma appena un po' più umida.
Sale su una macchina che lo aspetta col motore acceso.
Il Cane piega quaranta banconote da cinquecento e se le mette in tasca.

Nove

Non so se avete presente l'umore nelle trincee della Grande Guerra prima che qualche ufficialetto appena uscito dall'accademia decida di mandare al massacro le truppe. O la tensione del tuffatore che guarda giù dalla piattaforma, e la piscina gli sembra un francobollo azzurro.

Insomma, ecco.

È sabato pomeriggio tardi, l'ora dei telegiornali, e il tavolo lucidissimo dello studio di Katia Sironi riflette le facce di tre tizi piuttosto nervosi.

Carlo ha passato il pomeriggio a noleggiare una Mercedes lunga come un Frecciarossa e veste un completo da autista che non gli sta niente male. Il cappello è appoggiato su una sedia, compreso nel prezzo.

Oscar Falcone sembra quello più tranquillo, ma ha caldo nonostante l'aria condizionata. Ha una giacca leggera che gli copre le braccia, così nessuno vede la fasciatura da mummia egizia che porta al braccio sinistro.

Katia Sironi, invece, pare una statua di sale. Non parla, non dice, non fiata, nemmeno una di quelle sue battute da angiporto o di quelle sue risate telluriche che fanno tremare i muri. I faccioni dell'Isola di Pasqua sono più espressivi.

Aspettano che suoni il telefono.

E infatti, ecco.

Suona il telefono.

Oscar lo lascia trillare tre volte, poi schiaccia il tasto verde di quel Nokia dell'età del bronzo.

«Agenzia» dice.

Poi ascolta.

Poi chiude la comunicazione.

E poi sbotta:

«Porca puttana!».

Gli altri lo guardano come se fosse il nonno morto che compare coi numeri del lotto. Lui tira un respiro più profondo del dovuto e dice:

«Alle 22, via Alcide De Gasperi».

Esita un attimo e aggiunge: «Cazzo, dovevo pensarci».

Gli altri aspettano i numeri del lotto con più apprensione di prima, gli occhi sgranati, le lingue asciutte come l'interno di una clessidra.

«È la bisca dei Sonnino, quella nuova».

«E?...» dice Carlo.

Katia Sironi non dice una parola, ma registra, vede, sente tutto, anche la paura che Oscar non vorrebbe che sentisse. La sua piscina nel cinque stelle di Santorini, adesso, deve sembrarle lontana come Alpha Centauri, forse un po' di più.

Oscar parla come tra sé: «I Sonnino sono roba grossa. Gente seria, affiliata. Il tavolo è stato venduto a loro, evidentemente».

«E?...», ancora Carlo.

«E quindi un po' di cose. Primo: se hanno trovato loro il quarto uomo è uno che potrebbe giocare in casa, con guardie armate e un piccolo esercito. Diciamo che c'è il caso che un giocatore sia molto amico dell'arbitro, ecco...».

«Perché sento che c'è anche dell'altro?» dice Carlo. «Sono un medium?».

Sta cercando di sdrammatizzare, soprattutto per Katia, ma nessuno ci casca.

«È gente che ha un sacco di amici».

«Anch'io» dice Carlo, ma non ride nessuno.

«È ora di fare un paio di telefonate» dice Oscar.

Prende il suo iPhone dalla tasca della giacca, si allontana di qualche passo, dice qualcosa sottovoce.

Gli altri due se ne stanno muti intorno alla scrivania, sentono solo pochi brandelli di conversazione:

«Va bene, hai vinto... duecentomila ma a una condizione... si fa stasera... dove dico io... portalo».

Poi gli dà l'indirizzo e torna al tavolo.

Guarda Carlo.

«Tocca a te» dice.

Dieci

Via De Gasperi è uno stradone largo che attraversa il quartiere Gallaratese, anzi è un grande Zambesi di cemento da cui si dipartono fiumi minori, vie più strette, che si inoltrano tra casermoni residenziali. Piano piano ce la sta facendo, a diventare Milano.

Quando hanno messo in piedi tutta 'sta foresta di palazzoni, dietro lo stadio e vicino agli snodi delle tangenziali, metà anni Settanta, sembrava una landa sperduta tra le brume, con la città laggiù, dove l'orizzonte si sporcava di luce e di smog. Ora c'è luce e smog anche qui, un bel passo avanti. E siccome fa un caldo del diavolo c'è gente in giro, un paio di bar sono aperti, ragazzotti con lattine di birra in mano si passano le canne con la dolce indolenza di chi sa che la vita non ha fretta. Per quel bell'affare che è, poi...

La Mercedes nera si ferma davanti al 42 alle 21.58 precise. Oscar scende dalla portiera davanti prima ancora che Carlo abbia finito di frenare. Poi scende anche lui, apre lo sportello posteriore e fa scendere Katia Sironi. Monumentale, magnifica, immensa in una tunica di lino nera, una specie di turbante, una collana di pietre dure grandi come arance. Oscar la scorta da vicino. La borsa con i soldi, quattrocentosettantamila euro, la tiene lui. Lei, invece, ha l'incedere di una regina maya che va alla cerimonia del sangue.

Subito un tizio in giacca blu li raggiunge e li scorta a poca distanza.

Carlo torna in macchina. Se fosse arrivato il circo Orfei accompagnato dall'Armata Rossa e da un gruppo di ninja, ai ragazzotti del bar vicino avrebbe fatto meno impressione.

Un portone, poi un pezzo di cortile, poi una rampa di scale. Poi una normale porta di appartamento e poi le cose normali sono finite.

Perché dentro, nella bisca nuova dei Sonnino, sembra di essere in un film americano. Luci forti, tavoli elegantissimi, gente che gioca, signorine che passano tra i tavoli, musica soffusa e quel sottofondo di chiacchiericcio benestante che puoi orecchiare nel foyer del Piccolo Teatro, nei corridoi della Borsa o in un casinò.

Appunto.

Si sente il ghiaccio che tintinna nei bicchieri, e brandelli di conversazioni distratte. Le vacanze, il caldo, le telefonate moleste delle mogli ancorate a Portofino, liquidate con veloci «su, su, che ho da fare, cara».

Passasse Al Pacino giovane con un bicchiere in mano non ci troveresti niente di strano.

Un signore coi capelli brizzolati, molto elegante, tonico, abbronzato, sorridente e a suo agio come un

Rotshild, si fa incontro a Katia Sironi allungando una mano.

Oscar sa chi è e non riesce a trattenere un piccolo brivido. Serafino Sonnino. Laurea in giurisprudenza. Master ad Harvard. Droga, estorsione, sequestri, ma ha smesso, pare. Edilizia, molta. Racket, più che un po'. Un piccolo esercito collegato alle cosche della Locride, ma con legame lasco, non è uno che lavora conto terzi. Hobby: bische. Passatempi correlati: ricatto e usura. Chi gli ha rotto i coglioni non è mai andato in giro a raccontarlo. O forse al becchino, chissà.

Va incontro a Katia con un sorriso che pare sincero.

«La aspettavamo con ansia» dice, «è un onore, signora...».

«De Staël» dice Katia Sironi come se parlasse con l'ultimo dei lacchè.

Quello annuisce con un sorriso irresistibile:

«Mi segua, madame».

È un corteo che si nota, e infatti si girano molte teste.

Serafino Sonnino guida il gruppo, Katia lo segue con incedere altero, Oscar Falcone con la borsa e un picciotto elegante con un evidente rigonfiamento sotto la giacca chiudono il gruppo.

Passano attraverso tre o quattro stanze, si vede che il signor Sonnino ha unito qualche decina di appartamenti, ci sono anche scale che vanno di sopra. Camerieri in giacca bianca servono da bere, Oscar vede un tavolo della roulette con qualche persona intorno, e due o tre banchi per lo chemin de fer, meno affollati. È presto.

Poi entrano in una stanza più grande.

C'è un tavolo rotondo al centro, con tappeto verde e una decina di mazzi di carte sigillati. Accostato al muro, un altro tavolo con bicchieri di cristallo, acqua minerale, bottiglie di liquori intonse, cestelli per il ghiaccio, due specchi con sopra una polverina bianca che non è bicarbonato di sodio.

Serafino Sonnino fa strada e, giunto vicino al tavolo rotondo, allarga le braccia:

«Per le partite importanti», dice.

Oscar e Katia sono gli ultimi arrivati. Vicino al tavolo con i liquori c'è un vecchio stempiato, la faccia rubizza e la pancia prominente, dev'essere il mobiliere. Ha l'aria di uno abituato alla situazione, o finge di essere a suo agio. Accanto a lui, visibilmente più impacciato, c'è un tipo più mingherlino. Elegante come sono eleganti quelli che non lo sono mai, con un papillon che non c'entra niente e, incongruamente, scarpe sportive abbinate a un gessato che gli sta a pennello. È Sandro Pirovani, il loro uomo.

E poi, seduto dritto come se fosse reduce da una colonscopia, c'è un tizio tutto serio e composto, gli occhiali scuri sfumati, una sigaretta che gli si consuma tra le dita gialle e la faccia da giocatore professionista.

Viene presentato come «dottor Rossi», che è come mettere un neon con la scritta: perché darsi tanta pena se sappiamo che i nomi sono falsi? Non è un posto dove si mostrano i documenti.

Serafino Sonnino chiede un attimo di attenzione, e non ce n'è bisogno perché c'è già un silenzio da camposanto.

«Qualche regola della casa, signori...».

Tutti lo guardano.

«La partita comincia alle ventitré. A partire dalle sei di domani mattina ogni giocatore può chiedere gli ultimi tre giri, basta che un altro giocatore sia d'accordo. Con voi resterà il direttore di sala» indica un tipo allampanato che in un film inglese farebbe il maggiordomo, «e una guardia del corpo. So che avete dei soldi con voi, quindi meglio ci sia qualcuno di guardia. Mettete pure i vostri... ehm... bagagli su quel tavolo...» dice a Oscar, perché sul tavolo ci sono già due borse marroni e una ventiquattrore nera. E gli dice anche: «Gli accompagnatori non sono ammessi durante la partita, ma naturalmente possono attendere nelle altre stanze e divertirsi un po', offre la casa, dite che siete del tavolo uno».

Poi torna a rivolgersi a tutti:

«Per qualunque cosa basta un cenno a Salvatore» indica la guardia del corpo. «Se volete fare una pausa, che sia però concordata tra tutti i giocatori, ricordo che la nostra maison è molto... ehm... accogliente, abbiamo stanze al piano di sopra e ragazze dall'ottima conversazione».

Poi, siccome è uomo di mondo, si rivolge a Katia e dice:

«Vale anche per lei, madame... potremmo stupirla... i nostri servizi sono rinomati...».

Lei lo guarda con un misto di divertimento e disprezzo, come una regina del Settecento francese davanti a un giullare impudente ma spiritoso.

«Io devo occuparmi di ospiti meno illustri... ma più numerosi», dice poi il boss.

Saluta con grandi sorrisi e lascia la stanza.

Undici

Carlo Monterossi, l'Uomo In Uniforme.

Se ne sta appoggiato a una Mercedes lunga come le ore che precedono un primo appuntamento, la divisa blu impeccabile, la cravatta annodata perfetta, il berretto da autista che gli dà quel certo nonsoché.

Per due volte il picciotto di guardia davanti al civico 42 ha tentato di fare conversazione, ha guardato la macchina, ne ha accarezzato amorevolmente uno specchietto con l'aria di chi pensa che un giorno ce la farà anche lui.

Non a fare l'autista, s'intende.

Per una volta sola, ma in tono ultimativo, ha pure detto a Carlo di non ingombrare il passo carraio.

E così Carlo Monterossi, travestito manco fosse il vicesovrintendente Ghezzi, ha acceso il motore, fatto una rapida inversione a U, e ora se ne sta come prima appoggiato alla Mercedes lunga come la fila alla Caritas, ma questa volta posteggiata come si deve, con il muso rivolto verso il centro e il motore acceso.

Particolare incongruo, questo, visto che teoricamente dovrebbe aspettare i suoi passeggeri fino alle sei del mattino, ma nessuno se ne accorge.

Il fatto è che Carlo sa cose che molti non sanno.

Non le sa il picciotto di guardia, che ancora osserva il macchinone con la faccia di chi è pronto alla scalata sociale. Non le sanno i ragazzotti fuori dal bar. Non le sanno le forze sane della società civile che non conosce la crisi, e che si stanno giocando al baccarat, chez Sonnino, gli stipendi dei dipendenti, con accanto ragazze ingioiellate che non sono le legittime consorti.

Uh, tranquilli, le sapranno presto.

Anzi, subito, perché in fondo alla via, ma anche dall'altra parte, un festival son et lumière di sirene e luci blu s'avanza a velocità elevata.

Poi stridore di freni, gente che si scapicolla, in divisa e non. Il bar si svuota al volo. Il picciotto gira un angolo e se ne va all'inglese.

Decine di agenti, agenti semplici, scelti, graduati, invadono l'ingresso, poi il cortile, poi le scale.

Carlo rimane appoggiato alla Mercedes lunga.

Carlo Monterossi, l'Uomo Che Sorride.

Dodici

Ora si gioca davvero.

Katia Sironi non dice una parola e guarda i suoi avversari. Coperta fino ai piedi dal suo enorme caftano di lino, beve acqua minerale e mantiene l'espressione gelida della divinità costretta a coabitare coi mortali. L'industriale del mobile ha una faccia larga che è un libro aperto, si capisce cosa pensa già ora che girella nervoso per la grande stanza, figurarsi se avesse in mano un full.

Il più agitato di tutti è il Pirovani, che sa che qui si gioca tutto. Quell'altro, quello che dice di chiamarsi Rossi, siede sempre impettito come fosse a un'udienza papale, nascosto dai suoi occhiali fumé. Katia non riesce a immaginarlo in nessun altro atteggiamento se non, forse, quello di torturare qualcuno. Il maggiordomo impila piccoli grattacieli di fiches che posa sul tavolo verde in quattro mucchietti colorati.

Oscar Falcone mormora due parole in un orecchio di Katia ed esce dalla stanza. Va a cercare qualcosa, a controllare qualcos'altro e a verificare che un altro suo affare proceda come deve, misterioso come sempre.

Ora nella stanza c'è silenzio, tensione, movimenti lenti, come sott'acqua.

Solo qualche rumore soffuso arriva dalle altre stanze, un'eco di musica lounge appena udibile, brusio, se stai attento puoi sentire il frusciare dei soldi che passano dalle tasche dei polli a quelle della prima industria nazionale, quella che non conosce crisi ed è organizzata in cosche.

Ma poi.

Ma poi quel rumore diventa più forte, il brusio si trasforma in piccole urla soffocate da altre urla più forti e abbaiate, qualche porta sbatte, si sente «polizia!» e anche «restate ai vostri posti».

Poi, ma sempre urlata, qualche parola più tranquilla: «Solo un controllo, signori, un'oretta e abbiamo finito».

Poi si apre anche la porta della stanza delle partite importanti.

Entrano due tizi in divisa, e uno in borghese, pantaloni scuri, una maglietta azzurra e un giubbotto leggero, chiaro, con qualche macchia di troppo. Si presenta: «Vicesovrintendente Ghezzi» dice. «Non lasciate questa stanza». A controllare che ubbidiscano tutti resta lì un ragazzotto delle volanti con una mitraglietta puntata verso terra.

Ghezzi si guarda in giro e fa un cenno velocissimo, impercettibile, con il mento. Oscar Falcone annuisce, entra nella stanza, prende per una mano Katia e la guida veloce verso un'altra porta, che non dà nelle sale da gioco. Non prima che quella abbia recuperato la sua borsa piena di soldi.

Ora è tutto un po' assurdo e un po' difficile.

Perché hanno una fretta del diavolo, ma devono anche aspettare che un altro cervello elabori, lavori, decida, agisca. Quindi indugiano un decimo di secondo, con Ghezzi che li guarda senza guardarli, il ragazzotto con la mitraglietta che invece, ostentatamente, guarda da un'altra parte.

E finalmente succede.

Sandro Pirovani scatta verso il tavolo d'angolo, prende una ventiquattrore nera e si avvicina a Oscar:

«Vengo anch'io, pago bene».

Si sapeva che era un tipo sveglio, Oscar aveva qualche dubbio, ma ora gli sta passando.

Scivolano via nell'agitazione generale. Anche se ogni spostamento di Katia Sironi, data la mole, forse si vede pure dai satelliti.

Oscar torna da Ghezzi e gli sussurra qualcosa veloce:

«Franco Selletti, ha un Vendo Oro in piazza Tirana, è qui, deve avere un anello in tasca, il furto dalla vedova Capiotti, in marzo. Occhio che ha un coltello».

Se Ghezzi è stupito non lo dà a vedere. Il furto dalla vedova Capiotti se lo ricorda bene. Era un furto, sì, ma soprattutto era un omicidio. Brutto, anche.

Poi i tre, Oscar, Katia e il Pirovani scivolano via mentre un centinaio di persone si accalcano nelle altre stanze, cercano i documenti nelle tasche e nelle borsette, protestano debolmente, qualcuno implora e altri sono come mummificati dalla sorpresa.

Le scale buie, il corridoio, il cortile.

La strada è un'aurora boreale di luci azzurre che girano e si inseguono sulle facciate dei palazzi. Un poliziotto anziano, sul cancello, fa un passo per fermarli, ma una radio che tiene in mano gracchia all'improvviso: «Quelli lì falli passare».

Il poliziotto anziano sorride e si fa di lato. Sulla sua faccia di vent'anni di servizio, e guardie, e ronde, e pattuglie, e moduli, e scrivanie luride e sveglie all'alba si disegna un'espressione di «so come va il mondo» e anche un piccolo guizzo di ammirazione: «Hai capito il vicesovrintendente Ghezzi che se la tira tanto col suo essere inflessibile». Ma è un lampo veloce, finito 'sto turno va in vacanza e non si metterà certo a cercarsi rogne adesso.

Poi due passi di corsa. Katia gira intorno alla Mercedes e sale dietro. Oscar davanti al posto del passeggero.

Carlo Monterossi, il cappello da autista calato sulla fronte, apre la portiera posteriore mentre Sandro Pirovani arriva trafelato. Gliela tiene aperta come gli autisti veri e intanto si toglie il cappello e lo mette sotto un'ascella.

Quanto ci vuole perché gli occhi dicano al cervello «Questo l'ho già visto»? Un decimo di secondo? Un centesimo?

Troppo. Perché quando il Pirovani arriva e guarda in faccia Carlo, quello è già partito.

Ora, fate un elenco dei centravanti più forti di testa nella storia del calcio. Gabriel Batistuta, Boninsegna, Bobo Vieri. Gente che con un movimento del collo e un colpo dell'osso frontale tirava certe pallonate che i portieri ne avevano paura.

Ecco, Carlo Monterossi lo stesso.

La sua fronte colpisce il setto nasale del Pirovani con la violenza di un meteorite, la rapidità del cobra e la forza che poteva metterci Muhammad Alì quand'era incazzato nero.

Quello crolla all'istante, le ginocchia che proclamano lo sciopero generale e un affresco rosso al centro della faccia.

Carlo lo spinge sul sedile dietro, accanto a Katia, butta dentro anche la ventiquattrore nera, si mette al volante e parte leggero come se portasse una contessa a far spese da Bulgari.

Ora nel lunotto posteriore c'è ancora il blu girevole dei lampeggianti, ma davanti c'è lo stradone largo che porta verso il centro di Milano.

Katia Sironi apre il finestrino e dice:

«Uff, un po' d'aria!».

E poi:

«Oh, ma quanto sanguina questo qua. Certo che la gente non ha un minimo di educazione!».

Poi lancia una di quelle sue risate che sembrano il bombardamento di Dresda e gli altri la seguono, ridono anche loro, dai finestrini aperti entra un'aria calda che accarezza la notte.

Antonio Manzini
Rocco va in vacanza

«Si avvisano i signori passeggeri che fra poco daremo inizio all'imbarco per il volo KK 243 per Marsiglia...».

Rocco si alzò dalla poltroncina di pelle e buttò un'occhiata alla fila che si andava già formando davanti al gate 15 D, quello per Marsiglia, la sua destinazione. C'erano già un'ottantina di persone in piedi, in attesa di farsi strappare la carta d'imbarco dalla hostess. Era un interrogativo al quale non era ancora riuscito a dare una risposta: perché la gente alla prima chiamata per l'imbarco si ammucchiava disordinatamente di fronte al gate ancora chiuso, pronta a farsi una fila di mezz'ora? Qual era il rischio che si correva a salire per ultimi sul velivolo? Nessuno si sarebbe appropriato dei loro posti. Il 7 C, il 24 A stavano lì ad attendere il sedere del legittimo proprietario, quindi perché sottoporsi a quella tortura? Se a questo poi si aggiungeva che invece del comodo corridoio a gomito per salire sull'aereo ai passeggeri del volo per Marsiglia sarebbe toccato il penoso bus, la fretta era ancora meno giustificata. Tanto primo o ultimo a passare il controllo, sempre su quell'autobus di merda che attraversava mezzo aeroporto ci dovevi finire, pensava Rocco. Era per il bagagliaio? Arrivare troppo tardi a prendere posto significava non trovare spazio per il trolley sulla cappelliera? Anche quello lo riteneva un falso problema. Bastava allungarlo alla hostess e dire «Ci pensi lei, qui non c'è posto!» e la stessa hostess gentile se ne sarebbe occupata per riconsegnarlo al momento dell'atterraggio. No, proprio non riusciva a capirlo. E allora, visto che la fila invece di diminuire andava ingrossandosi e il cancello del gate era ancora chiuso, il vicequestore tornò a sedersi sulla poltroncina di pelle davanti a un monitor al plasma che trasmetteva le temperature nel mondo. 28 luglio. A Berlino si prevedevano 24 gradi. Ad Atene 30. Marsiglia se la cavava con un discreto 29, Roma segnava 33, ma con l'aria condizionata del Leonardo da Vinci, li potevi solo immaginare. Bastava dare un'occhiata fuori dai finestroni che affacciavano sulle piste. Aria grigia e nuvole stese come una garza calda sul mondo.

La meta di Rocco Schiavone non era Marsiglia. Quella era solo una tappa. Lì avrebbe affittato una macchina per girare la Provenza. Prima di fossilizzarsi ad Aosta, città dove l'avevano esiliato i suoi superiori per un periodo «non inferiore ai quattro anni», Rocco aveva deciso di andare a dare un'occhiata a quella splendida regione del sud-est francese, il posto che lui e sua moglie avevano scelto per passare la vecchiaia. Voleva prendere il sole, fare i bagni e andare a guardare qualche casale fra il mare e la campagna. Un po' di appuntamenti al telefono se li era fatti prendere dall'agente Dobbrilla che il francese lo masticava. Poi una volta lì, con un po' di gesti, smorfie e italiano francesizzato Rocco si sarebbe fatto capire.

Il monitor era passato ad esaminare le temperature del Nord Africa. Erano molto più minacciose. Casablanca 39 gradi, Cairo riportava un allegro 43. Lui c'era stato una sola volta in Egitto, tanti anni prima, con Marina. In un bel resort sul Mar Rosso. Aveva anche fatto la motorata nel deserto e s'era cappottato spezzando la falange del dito mignolo a sua moglie. E poi aveva commesso l'errore fatale di mangiare i datteri. Mai mangiare datteri. Lo paghi per settimane a venire, questo Rocco l'aveva imparato sulla sua pelle con una dissenteria e una febbre a 38 che l'aveva inchiodato a letto per 12 giorni una volta tornato a Roma.

«Ma che ci vado a fare a Marsiglia?» si chiese Rocco.

«A vedere i colori» gli rispose sua moglie, anche se il sedile accanto era vuoto, a parte un quotidiano stropicciato e abbandonato lì. «E poi ti aspetta Aosta... ricordatelo».

Come scordarlo?

Insieme ai suoi amici Seba, Brizio e Furio avevano studiato su internet la temperatura media di quella città. Aosta. D'inverno molto meno di zero, l'estate poco più di 15. «Te rendi conto? Vai al polo!» aveva detto Furio ridendo. Ma Rocco non ci aveva trovato niente da ridere. «Devi anna' ad Aosta a settembre, meglio che ti dai una scaldata alle ossa prima». E allora per andarsi a «*scalda' le ossa*» aveva deciso la Provenza, nonostante i suoi amici l'avessero invitato chi in Sardegna chi a Ponza. No, lui voleva la Provenza, l'aveva promesso a Marina. Anche se adesso Marina non c'era più.

Il monitor passò ad esaminare le temperature del Medio Oriente. Rocco tornò a dare un'occhiata al gate. Era ancora chiuso e la fila era sempre lì, lunga e compatta, mentre la hostess si guardava le unghie in attesa di ordini.

Avrò tempo per un caffè? Considerando quelle ciofeche che danno sull'aereo, perché no? si disse. Lasciò lo zainetto sulla poltroncina e si avvicinò al bar che era a pochi metri dal gate. Un barman sopra i 60 annoiato e con le borse sotto gli occhi puliva il banco con uno straccio umido e sporco. Sempre nello stesso punto, sempre con lo stesso gesto. Aveva la mano rossa e lo sguardo perso davanti a sé. In testa portava una visiera di carta.

«Che me lo fa un caffè?».

«Se lei me fa prima lo scontrino alla cassa» rispose quello, continuando a girare lo straccetto blu sul cristallo.

Seduta alla cassa c'era una ragazza truccata che masticava una gomma americana e giocava col cellulare. Come il barman, anche lei in testa portava una visiera con un nome scritto in mezzo: Luana. Quando Rocco si avvicinò, neanche tirò su lo sguardo.

«Luana, pago un caffè» disse Rocco.

«Non me chiamo Luana» rispose quella senza alzare gli occhi dal display.

«Così c'è scritto sulla visiera».

Alzò gli occhi al cielo. Era forse la quindicesima volta che lo ripeteva. «Luana è il nome del bar. Io me chiamo Luciana» disse con una cantilena.

«Luciana... vabbè, togli la "ci" e sei Luana».

Finalmente la ragazza lo guardò. «Non ho capito».

«Lascia stare. Un caffè».

«Un euro e quaranta».

«Cazzo, manco al Danieli».

«Al che?».

«Lascia stare, e due». Pagò e prese lo scontrino. Luciana si rimise a trafficare con i messaggi o la chat, chissà.

Il vicequestore si voltò per andare al banco. Quasi urtò contro la rastrelliera dei giornali in esposizione. Riportavano tutti la stessa notizia: «Cominciano gli incontri del Mediterraneo». Non era un evento importante da sbattere in prima pagina ma si sa, d'estate i quotidiani cercano le notizie come un tossico una dose. Gli incontri del Mediterraneo erano una di quelle riunioni inutili dove politici di mezza tacca si davano appuntamento per discutere dell'andamento della politica e dell'economia nel Mediterraneo, appunto. Il tutto avveniva a Nizza. Sulla Costa Azzurra. In piena estate. Bastavano questi due elementi per far capire l'importanza di quel meeting. Fatelo a Isernia, pensò Rocco. Oppure a Lione. No, a fine luglio in Provenza. Una bella vacanza premio di una settimana pagata dallo Stato. Mica male.

«Me lo fa adesso un caffè?» e posò lo scontrino sul bancone.

L'uomo lentamente si girò verso la macchina e cominciò ad armeggiare coi braccetti. Il vicequestore buttò un occhio alla fila davanti al gate. Era ancora lì. Compatta, russa.

«Va in vacanza, dotto'?» disse il barman di spalle. Rocco si guardò intorno. Era solo al banco. Dunque ce l'aveva con lui. Tutto poteva aspettarsi tranne che l'apatia di quell'uomo stanco e sfiduciato potesse partorire una domanda anche se generica, un interesse di qualsiasi tipo verso un altro essere umano.

«Sì, vado in vacanza».

«Beato lei». Poi si girò con la tazzina fumante e la posò sul bancone.

«Lei niente ferie?».

«Ma non me riconosce, eh?».

Rocco scavò nella memoria. Cercò, aprì cassapanche e cassetti, ante e armadi, ma quella faccia non gli diceva niente.

«E se je dico: Tormarancia, 12 febbraio del 2009? Ufficio postale?».

Il cielo si aprì, il sole spuntò e quel viso acquistò immediatamente un nome. «Alfonso Liguori! Come va?».

L'uomo sorrise e riprese a passare lo straccio blu sul bancone di cristallo. «E come deve anna', dotto'? Lo vede pure lei. Sto qui».

«Bene, no?».

«Ah sicuro. Almeno mo' ci ho un lavoro, me calcolano la pensione. In più ferie e malattie so' pagate».

Aprile del 2009. Alfonso Liguori era entrato nell'ufficio postale a Tormarancia armato di un taglierino che teneva nascosto nella manica della giacca a vento. Aveva preso il biglietto eliminacode per effettuare un pagamento, aveva pazientemente aspettato il suo turno, poi si era avvicinato al bancone. Invece di consegnare il bollettino, che peraltro non aveva, con un gesto rapido aveva sfoderato il taglierino dalla manica del giubbotto pronunciando: «Dammi i soldi, sennò ti sgarro!». Ma l'impiegata non aveva avuto nessuna reazione. Ora, a parte l'opinabile potenza della frase scelta dal Liguori per la minaccia, la mancata reazione della donna dietro la cassa era dovuta a un fatto spiacevole, almeno per Alfonso Liguori. Il taglierino preso dall'astuccio del nipote, studente delle medie inferiori, in quel rapido gesto del polso aveva perso la lama che difatti era volata via ad un paio di metri dal bancone. L'impiegata postale s'era vista quindi minacciata da un pezzo di plastica arancione e non capiva come comportarsi. «T'ho detto dammi i soldi!» aveva ripetuto Alfonso Liguori. La donna aveva guardato la sua collega che aveva allargato le braccia. «Vuoi che ti sfregio?» e Alfonso aveva alzato minaccioso il taglierino. Solo allora si era accorto che la lama non era al suo posto. Si era cercato nelle tasche, senza trovarla, sempre sotto lo sguardo attonito delle due lavoratrici delle Poste. Poi aveva cominciato a cercare per terra.

«Ha perso qualcosa?» una vecchina con il cappello di lana in testa e una busta di plastica al braccio in fila per la pensione si interessava al problema di Alfonso. «Eh?». «Dico, ha perso qualcosa?». «S... sì». E insieme s'erano messi a cercare sul pavimento. «Se mi dice che cerchiamo, forse facciamo prima. Io ho 87 anni ma la vista è ottima, sa?».

«Che cercate?» era intervenuto un uomo sui 70. «Non lo so. Questo signore s'è perso qualcosa». «Ah. Cosa?» aveva chiesto il pensionato. «Non lo so. Non lo dice». Alfonso aveva guardato i due signori, le altre sei persone in attesa, e aveva detto: «Cerco la lama del mio taglierino». «La lama?». «Sì, pare che stia facendo una rapina» aveva precisato l'impiegata. La vecchina e il pensionato si erano guardati. «Una... rapina?». «Sì, una rapina, cazzo! Una rapina!» aveva sbottato Alfonso, poi come una belva si era voltato verso le impiegate delle Poste. «Tirate fuori i soldi, cazzo, oppure vi spacco la faccia!». Dal momento che la lama non s'era trovata, aveva ripiegato sulla violenza fisica. La disperazione aveva caricato di rabbia la sua voce e i suoi occhi, di solito placidi come quelli di un ruminante, erano diventati rossi e aggressivi. Le due donne s'erano spaventate, la prima aveva già messo le mani nel cassetto, l'altra invece s'era alzata gridando: «Dottore! Dottore!». Neanche tre secondi e il direttore dell'ufficio era spuntato da una porta blu. «Che succede?». Era alto un metro e un paio di barattoli e portava il codino e la mosca, neanche fosse uno dei tre moschettieri. «Una ra... rapina!» aveva balbettato la donna indicando Alfonso. Il quale, esasperato, aveva preso la rincorsa per saltare dall'altra parte del banco e fare una strage. «Aaaahhh» aveva urlato scaraventandosi come una furia verso il bancone. E se questa è un'operazione piuttosto facile da fare quando si è giovani, a 61 anni non è una passeggiata. Aveva tentato il salto ma i muscoli non avevano fatto il loro lavoro. Dopo aver battuto forte sul divisorio di ferro, era crollato a terra fra lo stupore generale. «Mi dite che cazzo succede?» aveva detto il direttore, al quale la situazione ancora non s'era chiarita.

Quando Alfonso Liguori si era svegliato, ad aspettarlo c'era il vicequestore Rocco Schiavone. Gli avevano offerto il caffè, poi Alfonso era scoppiato a piangere. Un curriculum di disoccupazione e malattia. Una tragedia esistenziale di cui non si vedeva il fondo. Il direttore D'Artagnan voleva soprassedere, Rocco non ci pensava neanche ad andare avanti con la denuncia e alla fine le otto persone in attesa di pagare i loro bollettini o esigere la pensione, avevano fatto un accordo. Cinque euro a testa e almeno la spesa Alfonso l'avrebbe potuta fare. A quei quaranta euro si erano aggiunti venti euro degli impiegati e altri trenta direttamente dal vicequestore. «Novanta euro, Alfonso. Buttali via!». Alfonso Liguori commosso aveva ringraziato ed era uscito dall'ufficio postale contando i quattrini che s'era guadagnato in una rocambolesca mattinata romana.

Il caffè era buono. Alfonso lo sapeva fare. «Grazie Alfonso. Oh, stammi bene. E continua così».

«E certo dotto', le pare? Io non finirò mai di ringraziarla».

«Devi ringraziare il taglierino di tuo nipote. Stammi bene». Tornò verso il gate. Ora la fila non c'era più.

Poteva finalmente prendere il suo bagaglio a mano e consegnare il biglietto alla hostess.

Non stava comodo. Le gambe entravano a malapena e sbatteva le ginocchia contro la poltrona davanti. Ma quello che lo impensieriva non era tanto lo spazio a disposizione quanto la sua vicina. Sopra la cinquantina, a guardarle gli occhi spiritati e le guance rinsecchite doveva avere la borsetta carica di psicofarmaci. Stava lì, fissa a osservare la pista battendo continuamente le palpebre mentre l'indice della mano destra tremava fuori controllo. Ogni 15 secondi si passava la mano sul petto ad aggiustarsi la collana. Teneva le gambe accavallate e continuava a molleggiare la destra battendo un suo ritmo interiore. Era una pila carica, pronta a esplodere energia e rotture di coglioni. Tutto il contrario del suo vicino dall'altra parte del corridoio. Sulla trentina, triplo mento, carnagione chiara e capelli corti. Portava un paio di short bianchi e ai piedi i sandali Birkenstock. Rideva e chiacchierava con la sua compagna, una ragazza magra e bruna. L'uomo sudava. Colpa dei troppi chili di sovrappeso che le sue ossa erano costrette a portarsi in giro.

La donna accanto al vicequestore alzò improvvisamente un braccio e aprì la valvola dell'aria condizionata. Una lama gelida colpì il collo di Rocco. La vicina si scusò con un mezzo sorriso e direzionò su di sé lo sbocco. Dopo pochi secondi, decise che era meglio chiuderlo. Ripeté l'operazione per ben quattro volte. Intanto, dalle grate sopra le cappelliere, usciva il fumo dell'aria condizionata. All'interno dell'aereo Rocco calcolò che la temperatura si aggirasse sui tre gradi sopra lo zero.

«Non è che potete abbassare un po'?» chiese all'hostess gentile, quella che gli aveva sistemato lo zainetto nella cappelliera. La ragazza sorrise: «Ma certo... effettivamente è un po' freddino». La osservò andare via. Nonostante la gonna al ginocchio la fasciasse come una seconda pelle, lì dietro non c'era niente di sostanziale da guardare. Il vicequestore, appena entrato sull'aereo, con un'occhiata rapida aveva già controllato e soppesato il personale di bordo. Tre hostess e uno steward. L'uomo l'aveva guardato a malapena. La prima hostess, quella dell'ingresso, era quella gentile. Roscetta, con gli occhi chiari, pelle spellata dal troppo sole sugli zigomi, un bel sorriso ma niente di più. Poi c'era la bruna, quella riccia, dal naso troppo grosso, e infine la più anziana, abbondantemente sopra i 40, che però era una femmina di prima classe. E ovviamente stava in coda all'aereo, lontana dal suo posto che era il 9 B.

Finalmente l'aria condizionata si placò e la sua vicina si sentì in dovere di aprire di scatto il tavolinetto. Poi lo richiuse. Lo riaprì. Lo richiuse. Controllò che il blocco di plastica girasse e riaprì il tavolino per la terza volta. Rocco non perse un movimento. Solo quando sembrò soddisfatta, richiuse per la quarta volta il pianale di plastica, si girò e sorrise a Rocco. Poi si rimise a guardare fuori.

«Signore e signori benvenuti a bordo del volo KK 243 da Roma Fiumicino diretto a Marsiglia Provenza. Il nostro decollo è previsto fra dieci minuti circa. Vi preghiamo di spegnere i cellulari...». Era partita la ridda degli annunci. Rocco non li ascoltava mai. Di solito si distraeva con la lettura della rivista di bordo oppure spingeva la faccia in un giornale. E non guardava mai la pantomima degli assistenti di volo che spiegavano come indossare maschere, scappare lungo linee luminose e gonfiare salvagenti in caso di ammaraggio. Se l'immaginava l'aereo in mezzo al mare pronto ad inabissarsi. Il panico, la gente che sveniva, vomitava, se la faceva addosso. Tutti che correvano a cazzo di cane come galline decapitate a cercare una finestra, una porta. Le urla, i pianti. Altro che gonfiare il giubbotto, togliersi le scarpe, mettere la maschera, dare la precedenza alle donne e ai bambini. Ci sarebbero stati più morti per passare avanti che affogati nelle profondità marine. La sua opinione era semplice. Se cade, cade. Tutto qui. E si rammaricava di come il suo pensiero, ogni volta che prendeva l'aereo, nonostante la quantità di voli fatti, andasse sempre a finire lì: alla disgrazia, alla caduta, all'incidente. La vicina s'era rimessa a guardare la pista. Poi allungò un dito. Toccò la plastica dell'oblò e lo ritirò. Ritoccò l'oblò di plastica altre tre volte. Poi soddisfatta si mise il mento sul palmo della mano e proseguì l'osservazione del mondo fuori dall'aereo.

Si accesero i motori e la vicina di Rocco ebbe un sussulto. «Li scaldano» la rassicurò il vicequestore. Si era sentito in dovere di tranquillizzarla. «Non è niente...». La donna sembrò soddisfatta della spiegazione e con un gesto rapido prese in mano la rivista infilata nel tascone della poltrona.

La pantomima delle hostess era finita. Passò prima quella riccia col nasone a contare i passeggeri, poi quella col sorriso gentile a controllare che tutti avessero tirato su lo schienale e allacciato le cinture di sicurezza. Cosa che la vicina di Rocco fece immediatamente. Non una, ben quattro volte. Alla fine si rimise a leggere la rivista. Ma neanche cinque secondi e ricontrollò la chiusura della cintura. Una, due, tre e...

«E quattro...» mormorò Rocco, ma la donna non lo sentì.

Le hostess, finita la conta e i controlli, sparirono dietro le tendine in testa e in coda al velivolo. Ma l'aereo, coi motori accesi, rimaneva fermo. Nessun segno di partenza imminente. Rocco guardò l'orologio. I dieci minuti erano passati, ma un minimo di ritardo era cosa normale. La vicina di Rocco decise che era arrivato il momento di controllare lo schienale della sedia. Lo tirò giù. Poi tornò su. Lo riportò ancora giù e ancora su. Ripeté l'operazione per quattro volte. Stavolta Rocco sbottò.

«Signora...» le disse. «Allora... l'aria condizionata funziona, il tavolinetto mi pare che scenda bene, il finestrino c'è ed è chiuso ermeticamente, la cintura s'aggancia a meraviglia e pure lo schienale mi pare che vada benone. Va tutto bene, stia tranquilla».

Quella lo guardò senza capire. «Lo so» rispose con una voce rauca da fumatrice. «Perché mi dice queste cose?».

«Perché da venti minuti non fa che agitarsi...».

«Io? Ma chi si agita? Io sto tranquilla seduta al mio posto, lei piuttosto...».

«Io che?».

«Lei... è ingombrante e m'ha preso il bracciolo».

Rocco guardò alla sua sinistra. Era vero, aveva il gomito poggiato sul bracciolo in comune con la tipa. Ritirò sorridendo il braccio. «Ecco, è tutto suo».

La donna lo occupò immediatamente. «Grazie!» disse piccata.

«Prego» rispose Rocco.

Cambiare posto gli sembrò l'unica soluzione praticabile e divenne un imperativo categorico nel suo cervello. Una fila più indietro ce n'erano addirittura due senza passeggeri. Allora allungò il collo, per chiamare una hostess e chiederle il trasferimento, ma in quel momento l'aereo si mosse. Lento, a marcia indietro. La vicina di Rocco si aggrappò con le unghie al bracciolo e sbarrò gli occhi.

Non ce la posso fare, pensò Rocco. La biondina sarebbe esplosa molto prima che l'aereo toccasse terra a Marsiglia Provenza.

Ma il velivolo dopo pochi metri si fermò un'altra volta. Falso allarme. Ancora non si partiva. L'hostess riccioluta spuntò fuori dalla tendina e si fece un paio di vasche per controllare se i passeggeri continuassero a tenere le cinture allacciate e non si fossero già sbracati sugli schienali. Quando gli passò accanto, Rocco la fermò.

«Scusi...».

La hostess si abbassò, perché Rocco aveva tutta l'aria di volerle confidare un segreto. «Dica...».

«Non è che mi può cambiare di posto?» chiese a bassa voce.

La hostess buttò un'occhiata veloce alla vicina. «Vedo se la cosa è possibile». Sorrise e se ne andò. L'aereo ripartì con la marcia indietro, e ancora una volta la tipa affondò le unghie nei braccioli. Pochi metri dopo il jet fermò nuovamente la manovra.

«Madò che palle...» mormorò il vicequestore. Aveva già voglia di alzarsi e fumarsi una sigaretta. Il ciccione dall'altra parte del corridoio s'era addormentato. E pure la sua compagna. All'improvviso la sua vicina accese la luce di cortesia. Poi la rispense. Poi la riaccese, poi la rispense. Mentalmente il vicequestore contò, sapendo perfettamente che un obbligo interiore costringeva la donna a ripetere la cosa per almeno quattro volte.

Dov'è la hostess? pensò Rocco. Dov'è? Non posso farmi il viaggio accanto a Rain man, pensava, non avrebbe retto. Cosa sarebbe accaduto al momento del decollo? Già si vedeva la vicina abbarbicata intorno al collo come una scimmia impazzita. E all'atterraggio? Una così poteva fare qualsiasi cosa, in qualsiasi momento. Difficile prevedere le sue reazioni scomposte. Una mina innescata. A furia di premere i tasti, la donna aveva schiacciato anche quello per chiamare la hostess. Per ben quattro volte. Rocco avrebbe voluto schiaffeggiarla, stordirla, renderla innocua. Ma la hostess col sorriso gentile arrivò bloccando l'istinto omicida del vicequestore.

«Posso aiutarla?» chiese.

«Eh?» disse la vicina.

«Dico, posso aiutarla?».

«Perché?».

«Perché lei ha chiamato quattro volte!» intervenne Rocco ad alta voce. «Ha spinto quattro volte quel cazzo di pulsante per vedere se funzionava. Be', ora se n'è accorta, funziona! Adesso, ha qualcosa da dire all'assistente di volo?».

«Lei è un cafone!».

«E lei è una rompicoglioni. Allora? Niente?». Rocco si rivolse alla hostess: «Vada pure e la scusi... dovrebbe aver finito».

«In che senso avrebbe finito?» chiese la roscetta con gli zigomi spellati.

«La signora ha toccato tutto. Non ha più niente da premere, muovere, sganciare, controllare. Credo che siamo pronti al decollo, se vuole avvertire il comandante».

«Voglio cambiare posto!» esclamò la vicina.

«Magari, ma l'ho già chiesto io, non si preoccupi. Anzi, ha qualche novità sulla cosa?».

«Ora vedo». La hostess sgambettò via. Dal sedile davanti era spuntata la faccia di un uomo con la barba sfatta e i capelli rasati a zero. Il volto rugoso e magro sembrava avere un occhio più scuro dell'altro. «Voi avete intenzione di fare così per tutto il viaggio?» chiese minaccioso.

«Ah, non lo so. Chiedilo a lei» fece Rocco.

«Stronzo...» mormorò quella fra i denti.

«No, perché si dà il caso che invece io voglia stare tranquillo».

«Allora cambia di posto con me» propose il vicequestore, «mettiti tu vicino al Nido del cuculo».

Il passeggero guardò prima Rocco, poi la vicina, poi sparì.

Col cazzo che ci viene, pensò il vicequestore. E invidiò il ciccione con i sandali che invece dormiva placido e sereno con la testa della compagna poggiata sulla spalla.

Finalmente la hostess riccia tornò. «Purtroppo ho una brutta notizia...».

«Il posto non c'è» concluse la frase Rocco.

«Già».

«Può spargere la voce? Do cinquanta euro a chiunque voglia fare cambio con me».

La riccia si mise a ridere. La vicina di Rocco invece si voltò di scatto: «Io ne do cento».

«Centocinquanta» alzò la posta il vicequestore.

«Duecento!» sparò la donna.

Il passeggero con gli occhi strani riapparve: «Ve ne do trecento se ve ne state zitti!».

«Per favore» disse la hostess. «Cerchiamo di mantenere la calma. Ora l'aereo decolla e...».

«E questa sbrocca di brutto, glielo dico io» assicurò il vicequestore. «Non ce l'ha un valium nella sua borsetta?».

«Non prendo il valium!».

«Vabbè, quello che ha. Perché non s'attacca alla boccetta e si stordisce fino a Marsiglia?».

«È un'idea» fece il passeggero con gli occhi strani.

«Siete... siete degli schifosi!».

«Per favore, per favore!» la hostess alzò la voce. «Adesso vedo se c'è qualcuno che è disposto a cambiare il posto con lei».

«Sì, ma dia la priorità a medici o infermieri...».

«Basta!» la donna si slacciò la cintura di sicurezza e si alzò. «Io qui non ci sto più. Ecco, lì ci sono due posti vuoti. Mi faccia passare!». Rocco slacciò la cintura e si alzò. «Prego».

«Per favore restate seduti, l'aereo è in fase di...».

«Di che?» intervenne l'amico del passeggero con gli occhi strani. «È mezz'ora che stiamo fermi. La faccia andare lì».

Mentre la vicina di Rocco scartava il vicequestore per andare a occupare uno dei due posti liberi, la hostess spellata sugli zigomi si avvicinò: «Per favore, quei posti devono restare liberi, non si può».

«E perché?» chiese la vicina di Rocco. «Io accanto a questo il viaggio non lo faccio».

«Siamo d'accordo» fece Rocco. «Avete a bordo un letto di contenzione? Potete metterla lì».

«Vada-a-fare-in-culo!» sparò la donna bello tondo in faccia al vicequestore e senza aspettare altro andò a sedersi in uno dei posti vacanti.

«Signora, non si può!» la hostess riccia cercò di fermarla. Arrivò anche la bella, l'assistente di volo bruna e con gli occhi neri come due olive greche. Guardava la scena ma non alzava un dito. Rocco si perse a osservarla e per qualche secondo non sentì più nulla. La sua mente era proiettata altrove. Un letto, lenzuola fresche, il corpo di quella donna steso accanto al suo.

«... seduti per favore!» fu la voce acuta e un po' effemminata dello steward col pizzetto a riportarlo alla realtà. A riportare invece la situazione sui binari del vivere civile, fu l'aereo che si mosse e ricominciò a fare la retromarcia. Il vicequestore si mise seduto, tutti i passeggeri si piazzarono pronti al decollo mentre le hostess continuavano a cercare di convincere la vicina di Rocco che non voleva saperne di tornare al suo posto. Alla fine si arresero. Allargando le braccia, tutti e quattro gli assistenti di volo tornarono chi in coda chi in testa al velivolo.

Sembrava ristabilita la calma. L'aereo aveva finito la sua retromarcia e ora puntava lentamente verso le piste. Solo il rumore dei motori al minimo e il fischio dell'aria condizionata. Qualcuno dell'equipaggio ebbe l'idea di calmare l'atmosfera mettendo una musichetta. Rocco riconobbe una versione da aeroporto di *What the world needs now* di Bacarach. Cercò di rilassarsi e di pensare alla Provenza. Aveva preso il primo albergo a Saint-Rémy, tre giorni, poi si sarebbe spostato ad Arles e infine dritto per Saint-Paul-de-Vence.

Da solo. Ne valeva davvero la pena? Aveva un senso per lui questo viaggio? Forse sarebbe stato meglio andare a Stintino con Seba, oppure con Brizio e Furio al Circeo. Almeno la notte non sarebbe stato un buco nero. Una zona di non ritorno che neanche il sole pallido dell'alba avrebbe rischiarato. Era stufo di riempire quello spazio con incontri casuali, senza senso, senza spessore e senza vita. Ebbe un brivido a pensare alle notti che avrebbe passato ad Aosta. In una casa sconosciuta, in un posto sconosciuto con quelle temperature micidiali.

A che ora farà notte d'inverno ad Aosta? si chiese. Alle tre di pomeriggio? Prima?

L'aereo si fermò per la quarta volta. A fare un calcolo azzardato, aveva percorso sì e no un centinaio di metri e l'ora del decollo era passata da più di mezz'ora. La musichetta si acquietò per lasciare spazio alla voce del comandante. «Signore e signori benvenuti a bordo del volo KK 243 per Marsiglia Provenza, io sono Carlo Cencetti e sono il vostro comandante. Fra poco decolleremo... ci scusiamo del ritardo dovuto a...». Il comandante fece una pausa. «... a cause tecniche. Prevediamo l'arrivo per le 12 e 35, speriamo di recuperare qualcosa durante il volo... dopo il decollo...» e si zittì.

Dopo il decollo? Non disse più niente. Ripresero a sparare aria condizionata al massimo. Ripartì la musichetta. Una versione orchestrata di *Let it be*.

L'aereo sembrava si fosse inchiodato sulla pista. Le hostess e lo stewart erano spariti, rintanati dietro le tendine alla testa e alla coda dell'aereo, i passeggeri muti aspettavano che il bolide muovesse verso la pista, aumentasse i giri del motore, corresse come un cavallo imbizzarrito per poi prendere il volo verso Marsiglia.

Invece niente. Passarono più di dieci minuti di attesa. Poi una voce dalla coda del velivolo si alzò. Roca, romana, scoglionata. «Ao', e 'nnamo un po'! Io per Natale ci ho da fa'!».

Più dei tre quarti dei passeggeri scoppiò a ridere. Rocco compreso. Poi l'aereo riprese la sua lenta marcia. Rocco si allungò verso il finestrino. E notò che la punta dell'aereo virava decisamente verso l'aeroporto, come se volesse tornare nel parcheggio. Infatti, neanche cinque minuti dopo, il volo KK 243 per Marsiglia Provenza era fermo a poche centinaia di metri dai gate.

«Che succede?» disse Rocco a mezza voce. Quando i motori addirittura si spensero, qualcuno si alzò in piedi. «Che è? Che succede? Ma si può sapere...» risuonavano le voci dei passeggeri. Rocco si slacciò la cintura di sicurezza. In quel momento dalla radio emerse come un fantasma la voce dello steward: «Signore e signori ci scusiamo...».

Di che? si chiese Rocco. La voce riprese: «... ci scusiamo dell'inconveniente. Sono Michele Mambri, il capocabina. Purtroppo per cause non dipendenti dalla nostra volontà, dobbiamo ritardare il volo di circa... di circa mezz'ora...».

Si alzò un boato. «Mezz'ora!». «Ma siamo impazziti?». «Ma che vi dice il cervello?».

Rocco era in piedi in mezzo al corridoio. Gli altri passeggeri lo guardavano. Nei loro occhi il vicequestore lesse chiara l'autorizzazione a farsi portavoce di tutti. Si diresse verso la testa dell'aereo mentre la voce del capocabina continuava a spiegare: «... purtroppo cause tecniche e indisponibilità della pista a Marsiglia ci costringono a questa attesa... ora gli assistenti di volo passeranno per un rinfresco e...». Rocco scostò la tenda con un gesto secco della mano e trovò lo steward in piedi che parlava dentro il microfono. Gli occhi del vicequestore puntuti come spilli strozzarono le parole in gola al capocabina. «Dica...».

«Che vuol dire mezz'ora? Perché siamo tornati al parcheggio?».

«La prego, torni al suo posto e...».

«Voglio sapere che succede! Ora! Mi faccia parlare con il comandante».

«È impegnato alla radio».

«Allora mi dia una spiegazione, motivata, e la dica ad alta voce nel microfono. A tutti!» insistette Rocco. Lo steward guardò la collega riccia che si mordeva le labbra. «Ci sono problemi a Marsiglia» disse con un filo di voce.

«Quali?».

«Non lo sappiamo ancora. Il comandante sta cercando di capire. Pare ci siano delle piste in gestione».

Rocco rifletté sul senso di quelle parole per almeno cinque secondi. Poi esplose: «Ma che vuol dire? In gestione? E che è, un negozio?».

Intanto tre passeggeri delle prime file si erano alzati e facevano capoccetta dietro le spalle del vicequestore.

«Be', significa che forse un aereo ha perso carburante, oppure c'è congestione del traffico. Oppure...».

«Oppure lei ci sta dicendo solo cazzate!» fece una voce alle spalle di Rocco.

«Vi prego, per favore, tornate seduti. In meno di mezz'ora decolleremo. Vi do la mia assicurazione».

Rocco si passò una mano nei capelli, poi si girò per tornare al suo posto facendosi largo fra i curiosi che s'erano assiepati nel corridoio. I passeggeri rimasti seduti invece lo osservarono dalle poltrone con l'aria un po' spaventata. Un uomo con gli occhiali lo fermò: «Ma che succede?».

«Non si capisce. Un ritardo... pare ci siano problemi a Marsiglia».

Quello con gli occhiali sbuffò recuperando l'italica pazienza di fronte ai soprusi mentre il vicequestore se ne tornò al suo posto. Si sedette senza agganciare la cintura di sicurezza, tanto di partire non se ne parlava proprio.

Ma in testa all'aereo la ribellione bolliva. Gli altri passeggeri continuavano a protestare con lo steward e la hostess. C'era bisogno di un intervento superiore, delle parole di un leader che placasse gli animi. E improvvisamente dall'interfono affiorò la voce del comandante: «Signore e signori, sono il comandante. Vi spiego che succede...». Tutti si zittirono e si misero a guardare il soffitto dell'aereo. «... purtroppo a Marsiglia Provenza c'è un problema sulla pista 1 e sulla 3. Questo ci costringe ad attendere il segnale di partenza per... per almeno una mezz'ora. Mi rendo conto che è un inconveniente... fastidioso, ma vi prego di ritornare ai vostri posti». Le parole del comandante ebbero un effetto taumaturgico sui rivoltosi che come morti viventi tornarono mogi alle loro poltrone. «... fra pochi minuti gli assistenti di volo cercheranno di rendere più piacevole questa attesa...».

Rocco sorrise. Si immaginò l'assistente di volo con gli occhi greci prendere posto accanto a lui. In quel caso su quell'aereo avrebbe aspettato anche una settimana che la pista di Marsiglia Provenza si liberasse. Invece preparò lo stomaco alla ciofeca che stava per arrivare nei bricchi di peltro.

E puntuale il carrellino con le bevande cominciò il primo giro. L'odore di caffè e il rumore della carta dei biscotti s'impossessò della cabina. Rocco si limitò ad un bicchiere d'acqua.

La hostess riccia tornò dalla vicina di Rocco. Evidentemente la convinse perché la fece alzare e accomodare in coda all'aereo. Poi non accadde più nulla e la mezz'ora passò lenta e ottusa sotto lo sbocco sferzante dell'aria condizionata e la misteriosa orchestrina che sventrava canzoni come maiali al macello.

All'improvviso si aprì il portellone dell'aereo. Insieme a una folata di aria calda e stagnante entrarono due uomini. Quello che camminava davanti sulla cinquantina, cicciottello, pochi capelli, in giacca e cravatta, aveva lo sguardo di chi la sa lunga e non ha tempo da perdere. Della coppia il capo era lui. Era seguito da uno più giovane, sulla trentina, che portava una borsa di pelle nera e un vestito un po' liso. Sui rever della giacca aveva una spolverata di granellini bianchi. Pareva una cascata di forfora, ma più probabilmente era zucchero. I due nuovi entrati attraversarono l'aereo e si andarono a sedere nei posti vuoti, quelli vietati che già Rocco e la sua vicina avevano adocchiato. Una hostess parlava al cicciottello sottovoce, quello annuiva senza sorridere.

A quel punto i motori dell'aereo si riaccesero.

Non quadrava. Non quadrava per niente.

Rocco guardò i nuovi arrivati, poi si alzò. Subito una hostess lo raggiunse, ma Rocco la scansò gentilmente. Cento occhi erano puntati sul vicequestore.

«Posso sapere chi siete?» chiese gentilmente Rocco ai due. Il cicciottello lo squadrò sprezzante: «Posso sapere chi è lei?».

«Vicequestore Rocco Schiavone. E lei?».

L'ometto sorrise: «Marco Giacomazzi». Poi per zittire quell'insolente snocciolò il suo curriculum. «Deputato della camera e sottosegretario alle politiche industriali. Cos'è, sono in arresto?» e si fece una risata, insieme al suo accompagnatore che intanto si puliva i granelli di zucchero dal vestito.

«No, assolutamente. Solo, vede? Noi dovevamo decollare più di un'ora fa, e invece abbiamo aspettato. Pare per degli inconvenienti a Marsiglia».

«Mi dispiace. Ma io che ci posso fare?».

Ora l'attenzione dell'aereo era tutta sui posti 11 C e D, quelli occupati dal sottosegretario e dal suo portaborse.

«Lei niente, figuriamoci. Però io comincio a credere che 'sta storia di Marsiglia è una bugia. Ne conviene?».

Tutti gli assistenti di volo si stavano avvicinando guardinghi. Nonostante l'aria condizionata, la temperatura all'interno dell'aereo stava salendo.

«Guardi vicequestore, faccia una cosa. Si metta seduto e si goda il viaggio. Marsiglia è una bella città. È piena di belle donne, sa?» gli fece l'occhiolino e aprì il giornale. Considerava il dialogo chiuso lì. Rocco pre-

123

se il quotidiano, lo sfilò dalle mani del sottosegretario, lo appallottolò e lo scagliò lontano.

«Ma che...?».

«Io la vedo così» riprese. «Lei era prenotato su questo volo, era in ritardo, e noi qui come dei coglioni ad aspettare i suoi comodi, rollando sulla pista inutilmente. Mi dica se sbaglio».

«Come si permette? Mi ridia il giornale. Io la denuncio, sa?».

«Si accomodi, lavoro per la polizia di Stato».

«Anche per me è come dice lui» intervenne il passeggero dagli occhi strani. «Siamo stati qui ad aspettare i suoi porci comodi per più di un'ora, non è così?».

«Perché non dice come stanno le cose?» fece una voce di donna.

«Sentite, io non so cosa vi siete messi in testa. Io sono arrivato all'aeroporto, il volo era ancora qui e l'ho preso!» si giustificava Giacomazzi. «Sto andando a lavorare per gli interessi del paese agli incontri del Mediterraneo. Ora se permettete...».

L'aereo fece uno scossone e si mosse, i passeggeri in piedi erano più di una ventina. Inutilmente le hostess cercavano di farli tornare seduti.

«Cazzate!» urlò una voce.

«Vede, dottor Giacomazzi» riprese calmo Rocco, «io la penso diversamente. Lei era prenotato su questo volo, tanto è vero che i suoi posti sono lì, liberi, nonostante io e Hannibal Lecter, che ora è in coda, avessimo chiesto di poterne occupare uno. E sono sicuro che se andiamo a guardare la carta passeggeri il suo nome e quello del suo leccaculo spunterebbero in mezzo agli altri. Mi dica se sbaglio».

«Per favore tornate seduti che stiamo preparando il decollo».

Rocco si girò verso la hostess riccia guardandola dritto negli occhi. «Taccia!». Quella spaventata si azzittì.

«Io non devo rendere conto a lei né a nessun altro di nulla. Ora se ne vada, a meno che non abbia voglia di passare un guaio!» il sottosegretario era passato alle minacce.

E aveva sbagliato.

Rocco lo afferrò per la cravatta, lo fece alzare in piedi e lo trascinò nel corridoio, fra le urla e lo spavento degli altri passeggeri.

«Mi lasci. Come si permette? Guido... Guido!» urlava il sottosegretario. Guido il portaborse si alzò, ma la cintura lo inchiodò al sedile. Rocco intanto non mollava la presa. Attraversò l'aereo fra gli sguardi compiaciuti dei passeggeri trascinandosi l'ometto come un trolley. Arrivato in testa all'aereo, con sua sorpresa, trovò il comandante appena uscito dalla cabina di pilotaggio. Era un uomo alto e biondo con un naso a pinna di squalo. «Che sta succedendo?».

Rocco non rispose. Afferrò l'interfono, una specie di citofono, lo sbatté in mano al sottosegretario e guardandolo duro negli occhi disse: «Ora lei prende in mano questo coso, e si scusa con tutti i passeggeri spiegando loro il vero motivo del nostro ritardo!».

«Senta, sono il comandante e...».

125

«Lei stia zitto!» fece il vicequestore. Poi tornò ad occuparsi del politico. «Dica nome, cognome, e chieda scusa a questa gente che è qui che l'aspetta da più di un'ora. Avanti!».

«Io non...».

«Lei invece lo fa. Forza!».

Il sottosegretario si avvicinò al microfono. Mentre i passeggeri s'erano ammucchiati per vedere cosa stesse succedendo, il comandante e il suo vice osservavano tesi la scena. Guido cercava di farsi strada senza riuscire a raggiungere il suo datore di lavoro.

«Sssa... ssa prova microfono...» fece il sottosegretario.

«Guardi che non sta a un concerto» fece Rocco.

«Buongiorno a tutti. Sono Marco Giacomazzi... sottosegretario alle politiche industriali...».

«E chissenefrega!» fece una voce anonima di un passeggero.

«Vi prego di scusarmi. Il ritardo del volo è colpa mia. Purtroppo impegni di governo mi hanno bloccato al ministero...».

«Meno cazzate. Dica la verità» fece sottovoce Rocco.

«È la verità!».

Il vicequestore passò un dito sotto la guancia del politico. «Il sangue della barba di stamattina ancora non s'è coagulato. Dica la verità!».

Il sottosegretario riprese il microfono. «Purtroppo ho avuto un contrattempo...».

«S'è svegliato tardi» suggerì Rocco.

«Mi sono... svegliato un po' tardi...».

«Va meglio».

«... e non potevo perdere l'aereo. Impegni di governo...».

«Non ricominci con le cazzate. Non poteva perderlo perché?».

«Perché?».

«Me lo dica lei».

«Perché alle 14 ho una riunione».

«Quindi...».

«Dovevo prenderlo assolutamente».

Tutti i passeggeri s'erano zittiti, ad ascoltare quel curioso dialogo amplificato dalle casse dell'interfono. Qualcuno ridacchiava, qualcun altro sgranava gli occhi. L'unico a non avere reazioni era il ciccione con i sandali che continuava a dormire insieme alla fidanzata. La vicina di Rocco in fondo all'aereo era tutta presa nell'aprire e chiudere il tavolino di plastica.

«... allora cosa ha fatto? Ha telefonato?» continuava Rocco.

«Sì. Ho chiamato la compagnia aerea e ho chiesto...».

«Chiesto?» fece Rocco dubbioso.

«Sì. Chiesto». Il deputato cominciava a sudare. Il muso s'era imperlato. Veloce come un rettile si passò la lingua per asciugarsi.

«Lei lo ha chiesto oppure intimato?». Ormai il vicequestore era entrato in fase interrogatorio, e la deformazione professionale gli impediva di lasciar cadere lì la cosa. Non era più su un aereo, era nella stanza della questura, all'Eur, di fronte a un mentecatto da inchiodare.

«No, guardi, ho chiesto gentilmente se potevano...».

«Dica la verità. Lei non l'ha chiesto, ha intimato alla compagnia aerea di ritardare il volo».

«Un po'...».

Rocco annuì. «Vada avanti».

«E così mi sono precipitato in aeroporto per prendere l'aereo».

Il vicequestore scosse la testa. «Io e lei avevamo fatto un patto, ricorda? Meno cazzate».

«È così!» protestò Giacomazzi. «Le sto dicendo la verità! Io e Guido ci siamo precipitati qui a prendere l'aereo».

«Precipitati. E allora perché il suo leccaculo ha lo zucchero sui rever della giacca?».

Giacomazzi fece una smorfia. «Non... non lo so... Guido?» gridò voltandosi verso il corridoio dell'aereo, «perché hai lo zucchero sulla giacca?».

«Lo dico io? Perché vi siete presi tutto il tempo per fare colazione e poi salire a bordo dell'aereo». Marco Giacomazzi annuì. Rocco buttò un'occhiata alle spalle del sottosegretario. «Com'era la ciambella, Guido?» urlò.

«No, era una bomba... alla crema» rispose la voce fievole del portaborse.

Il vicequestore tirò un fiato e riprese: «Allora ricominciamo. Ripeta con me. Nel microfono. Ho fatto tardi e...».

Il deputato si avvicinò e lentamente ripeté: «Ho fatto tardi e...».

«E nonostante tutto mi sono fermato a fare colazione...».

«E nonostante tutto mi sono fermato a fare colazione...».

Furono le ultime parole dette all'interfono. Poi si scatenò l'inferno.

«Basta» gridò qualcuno. «Ora basta!». Una ventina di passeggeri si scagliarono sul sottosegretario. Mani artigliate cercavano di ghermirlo. Volò uno sganassone che colpì Guido il leccaculo facendogli uscire il sangue dal naso. «Arrghh!» urlò il poveretto e finì a terra dimenticato come uno straccio. Ma nei cuori dei passeggeri non c'era più spazio per la pietà. Le hostess urlavano, un paio di bambini piangevano. Rocco afferrò il sottosegretario e facendo scudo con il suo corpo, con un movimento rapido lo portò dentro la cabina di pilotaggio. Entrò insieme al comandante e chiuse la porta. Il secondo pilota, ancora seduto al suo posto, si voltò spaventato.

«Non si può aprire da fuori, vero?» chiese Rocco al comandante.

«No» rispose Carlo Cencetti, «posso farlo solo io col codice dall'interno».

Intanto pugni e calci cercavano di sfondare la porta del cockpit.

«Chiami la polizia dell'aeroporto» ordinò Rocco. Il comandante scattò e cominciò ad armeggiare con dei tasti misteriosi.

«Mi dispiace» fece il vicequestore al sottosegretario, «credo di aver esagerato».

L'uomo, in preda al panico, guardava ora il poliziotto ora la porta della cabina temendo che quella potesse cedere da un momento all'altro e far entrare l'orda assassina. «Non... non si preoccupi... solo, per favore, mi tiri fuori di qui!».

«La polizia sta arrivando» comunicò il comandante.

Da fuori le urla aumentavano. «Fatelo uscire! Fatelo uscire!».

«Questi mi ammazzano» piagnucolava il deputato. Rocco gli mise una mano sulla spalla. «Aspetti, aspetti qui e non si muova» fece Rocco. «Comandante, mi apra».

«Ma...».

«Niente ma. Ho detto mi apra».

Il comandante premette dei tasti sulla consolle. «Deve solo spingere».

«Ma è sicuro? Guardi che...».

«Tranquillo...» fece Rocco. «È lei che vogliono, non me. Risolviamo questa cosa. Lei stia indietro, Giacomazzi».

Rocco fu rapidissimo. Aprì la porta e se la richiuse alle spalle impedendo a chiunque di entrare nel cockpit. Il sottosegretario si asciugò il sudore. «Io lo denuncio a quel pezzo di merda». Il comandante scosse la testa. «Lei ringrazi Dio se esce vivo da questa cosa. E, detto fra noi, io la detesto con tutto me stesso».

Appena fuori dalla cabina Rocco guardò i passeggeri negli occhi. I capi della rivolta erano quello dagli occhi strani e il suo amico. «Per favore. Per favore, ascoltatemi. Non lo fate, non lo fate».

«Lei è stato bravo, ora però si tolga...».

«E che volete fare? Ucciderlo?».

Improvvisamente si zittirono. «Volete uccidere un coglione che ha fatto fare un'ora di ritardo all'aereo? Vi ha chiesto scusa, ha capito e...».

«L'ha fatto perché lei l'ha costretto» urlò una donna.

«Sì, ma l'ha fatto. Ora basta. Se non mi fossi alzato, se non l'avessi costretto, come dice lei, voi sareste restati comodi sulle poltrone in attesa del decollo. Cazzo, che diritto avete ora di fare i giacobini? Mettetevi comodi, prendete posto e lasciate che 'st'aereo decolli».

«Dobbiamo continuare ad abbozzare?» chiese quello con gli occhi strani.

«Perché? Fino ad oggi che cosa avete fatto? L'abbiamo umiliato, s'è scusato, ora basta».

«Lei l'ha preso per il collo, l'ha quasi picchiato e ora ci viene a fare la morale?».

«Sì» rispose tranquillo il vicequestore. «E vi dico anche perché. Perché quello che faccio io, lo faccio per me, e mi prendo le responsabilità delle mie azioni. Non l'ho fatto per sobillare voi, non l'ho fatto per un senso di giustizia. L'ho fatto perché odio essere preso per il culo. Tutto qui. Ora sono soddisfatto e pronto a partire per Marsiglia. E poteva essere un politico, un medico, un calciatore o un portantino. È l'uomo che mi fa arrabbiare, non il vestito. Chiaro?».

«Ha ragione» disse la ex vicina di Rocco, che s'era unita al gruppo di protesta. «Mica è un nuovo '89... ha sbagliato, l'abbiamo castigato e ora basta. E che sarà mai?».

«È l'arroganza dei politici che non mi va più giù. Destra, sinistra, tutti uguali. Ritardano gli aerei e pure il paese! E io non ne posso più» disse quello con gli occhiali.

La ex vicina di Rocco lo affrontò decisa, guardandolo negli occhi. «E allora faccia cose concrete, non discorsi da bar. E soprattutto non tiri su forche e linciaggi per questa gente. È troppo facile e di pessimo gusto. Vi saluto» e a passi ampi se ne tornò al suo posto.

«Brava!» urlò una donna. «Brava!» e fece partire un applauso al quale si unì mezzo aereo che accompagnò con ovazioni e fischi la vicina di Rocco fino al suo posto. Appena seduta, festeggiò la riuscita dell'intervento accendendo per quattro volte la luce di cortesia. L'uomo con gli occhiali avrebbe voluto risponderle, ma fu un gesto deciso di Rocco ad impedirglielo. «Ascolti me, lasci stare Hannibal. Non siamo in grado di prevedere le sue reazioni». L'uomo annuì e tornò a sedersi insieme ai rivoltosi. Chi bofonchiando, chi mormorando parole strappate. Qualcuno sembrò risvegliarsi da un sogno a occhi aperti, imbarazzato di trovarsi lì e vergognandosi di quello che aveva pensato di fare. Solo Rocco rimase in piedi fino a che l'ultimo dei passeggeri si sedette. E in quel momento arrivarono due agenti di polizia direttamente dalla scaletta che le autorità aeroportuali avevano fatto riagganciare al velivolo. Rocco tirò fuori il tesserino: «Vicequestore Schiavone... è tutto a posto».

I due agenti sorrisero. La porta della cabina di pilotaggio si aprì e ne uscì Marco Giacomazzi. S'era rassettato ma aveva perso la sua aria di superiorità e soprattutto il sorrisetto che portava come un paio di baffi era sparito dalla faccia. Guardò il vicequestore, poi i due agenti.

«Scortate il signore al suo posto insieme a quell'altro» e indicò Guido il leccaculo che s'era rintanato in un angolo con un po' di sangue che ancora colava dalla narice di destra. Gli agenti obbedirono. E Marco Giacomazzi, teso come una corda del bucato, percorse il corridoio sotto gli occhi minacciosi di tutti. Mentre lo seguiva, a Rocco venne in mente un vecchio film dove un soldato americano catturato dagli apache era costretto ad attraversare tutto il villaggio sotto gli occhi assassini dei pellerossa. Arrivato al suo posto, il 9 B, il vicequestore aprì la cappelliera e prese il suo zainetto. Poi si girò verso il sottosegretario. «Le auguro buon viaggio» gli disse. Quello sorrise appena e si immerse nella lettura della rivista di bordo. Poi Rocco andò dalla sua vicina in coda all'aereo. Aveva ripreso a smanettare con il tavolinetto. «Auguro buon viaggio anche a lei».

«Perché? Lei non viene?».

Rocco le sorrise: «No. Per oggi è sufficiente». E a passo veloce tornò alla testa dell'aereo raggiungendo i due agenti. «Aspettate. Vengo con voi!». Quelli gli sorrisero. Schiavone strinse la mano al comandante. Era dura ed asciutta: «Comandante, faccia buon viaggio».

«Non viene a Marsiglia?».

«E che ci vado a fare? Mi stia bene».

E detto questo il vicequestore uscì dall'aereo insieme ai poliziotti.

L'aria calda e soffocante del luglio romano lo strozzò mentre i boati dei motori riempivano l'aria ferma e bollente. «Che fa, dotto'?» chiese uno degli agenti. «Vuole un passaggio fino all'uscita?».

«Sì, grazie. Portatemi al parcheggio. Madonna che caldo».

«Eh già» disse l'altro.

Sull'auto di servizio la temperatura era ancora insopportabile. «Ma non l'avete l'aria condizionata?» chiese il vicequestore.

«Dotto', ringraziamo che c'è la benzina» rispose quello che guidava. Rocco aprì il finestrino, ma anche quando l'auto partì lasciando il Boeing al suo destino, l'aria rimaneva appiccicosa e stagnante.

Ritrovò un po' di serenità solo a bordo della sua Volvo sparando l'aria condizionata al massimo. Accese la radio che teneva fissa sempre sulla stessa stazione. Una radio che mandava solo classici del pop e del rock. Bette Midler stava cantando un successo dei Beatles. *There are places I remember...* Si accese una sigaretta e ingranò la prima.

«E allora? Non ci vai più?» gli chiese Marina.

«No. Non vado più».

«E dove passi queste vacanze?».

«Boh... andrò al Circeo da Furio».

«E gli appuntamenti delle case?».

«Tanto mica se ne vanno, quelle...».

Alzò il volume della radio. La voce calda e perfetta di Bette Midler cantava *Some are dead and some are living in my life, I've loved them all...* Il grande raccordo anulare era lì pronto ad abbracciarlo insieme ad un altro milione di macchine.

Gaetano Savatteri
Il lato fragile

Il vescovo mi osserva dall'alto del suo scranno.

Cattedrale gremita, folla sulle panche, tutti gli occhi fissi su di me.

Il vescovo dà un colpo di tosse, un invito a iniziare il mio discorso.

Cerimonia solenne, credo di insediamento del prelato.

Salgo sul pulpito. Sento gli sguardi della gente, un bambino laggiù in fondo corre da una navata all'altra, inseguito dalla madre.

Il vescovo sorride compiaciuto.

Metto la mano nella tasca interna della giacca per prendere i fogli della mia prolusione.

Non li trovo. Non li trovo più. In verità, non trovo nemmeno la tasca, nemmeno la giacca.

Il sorriso del vescovo si smorfia di disgusto.

Sono in canottiera, me ne accorgo solo ora. Sul pulpito della cattedrale in canottiera, nel giorno dell'insediamento del vescovo.

Un mormorio turbato risale dalle panche.

Un tuffo allo stomaco.

«Scusi, può allacciare la cintura? Stiamo iniziando la discesa».

La mano della hostess sulla spalla.
Dormivo.
Mi asciugo il filo di saliva all'angolo delle labbra.
Sorrido, con la faccia di chi torna da lontano.
Ringraziando dio, sono in giacca, sia pure senza cravatta. Per fortuna non porto più la canottiera da quando avevo dodici anni.

Butto un'occhiata all'articolo del «Corriere della Sera» che mi aveva sprofondato nel sonno: «Rapporto Censis sulle piccole e medie imprese. La burocrazia uccide una pmi su cinque». Ficco il fascio dei quotidiani nella borsa. Il tablet è scivolato da qualche parte. Strozzato in pancia dalla cintura di sicurezza annaspo a tentoni per ritrovarlo.

«Scusi, stiamo atterrando. Può spegnerlo?».
Ancora la hostess di prima, già da un pezzo mi osservava con il disprezzo delle assistenti di volo per i passeggeri abituali delle prime cinque file, quelli da Freccia Alata, i più disinvolti, al cellulare fino al momento del decollo e non appena l'aereo tocca terra. In pratica, l'arroganza del volare.

Il mare di qua, Montagnalonga di là. Il volo AZ qualche cosa atterra morbido. Dalle file in fondo un accenno di applauso, consueto entusiasmo di italo-americani in vacanza.

«Benvenuti all'aeroporto Falcone e Borsellino di Palermo. Grazie di avere scelto Alitalia...».
La colonna sonora di *Nuovo Cinema Paradiso* in filodiffusione. Ci mancava questa, ci mancava.

Alfredo! Alfredo! Vattinni chista è terra maligna! Non tor-

nare più, *non ci pensare mai a noi, non ti voltare, non scrivere. Non ti fare fottere dalla nostalgia, dimenticaci tutti.*

«Ma che fa, spinge?».

Il solito vastaso vuole farsi spazio prima ancora che l'aereo sia fermo. Mi volto malamente: sono in piedi anch'io, mentre la hostess dalla sua postazione non vede l'ora di dirmi finalmente arrivederci, mandandomi in mente sua a fare in culo.

«Saverio. Tu sei?».

Ma chi è questo?

«Eggià, io sono» sorrido.

«Saverio, non mi riconosci più? Allora ti sei fatto vero stolido. Franco sono, Franco Pitrone!».

Minchia, Franco Pitrone.

Don Franco Pitrone.

«Da dove spunti, Franco?».

«Qui ero, tre file dietro di te. È da quando siamo partiti da Roma che ti guardo, volevo salutarti, ma poi ti sei addormentato».

«Non dormivo, riposavo».

«Dormivi, dormivi. Russavi pure. Ci stava mezzo aereo che rideva. Devi avere fatto un brutto sogno perché sembrava che ti volevi strappare la camicia».

«Non volevo strapparmi la camicia, ma... lasciamo stare. Come ti va, don Franco?».

«Bene, sempre sulla breccia, come vedi. Sono stato a Roma. Sai chi ho incontrato?».

«No, Franco. Come posso saperlo?».

Si spalanca il portellone, i passeggeri premono con

tutta la fretta di chi deve telefonare, fumare, pisciare o riprendere a farsi i cazzi propri.

Franco blocca la fila.

«Si vede che siamo in Sicilia» grida uno da dietro.

«Se non le piace, resti a casa sua» replica Franco.

«Io sono più siciliano di lei».

«Allora vuol dire che ci ha perso l'abitudine» dice a voce alta, senza nemmeno voltarsi indietro.

Raccoglie con calma il suo bagaglio, il cardigan di cotone, un libro.

«L'ultimo di Roberto Saviano. Vuoi sapere cosa ne penso?» mi sussurra.

Non faccio in tempo a saperlo perché la hostess ci tira letteralmente fuori dall'aereo, mandando me – e credo anche Franco – a farci fottere.

Travolto dai passeggeri nel tunnel del finger, resto colpito al naso, credo poco casualmente, da una racchetta da tennis in custodia rigida che uno spilungone in bermuda si trascina dietro per punire i compagni di viaggio con tessera Freccia Alata e la cattiva abitudine di rallentare le file in uscita.

Perdo di vista Franco. Non so perché, mi sento sollevato. Illusione. Franco invece non mi ha mai perso di vista, me lo ritrovo accanto al nastro riconsegna bagagli.

«Hai imbarcato? Chissà quanto ti tocca aspettare».

«Sì, Franco, ho un bagaglio grande. Mi fermo in Sicilia per tutto il mese».

«Capisco».

Che c'è da capire?

Gli squilla il telefono. Risponde, mi strizza un occhio.

«Carissimo, sì, sono appena atterrato. Hai letto l'intervista del ministro su "Repubblica"? Certo, tutte fesserie, però stai attento: a un certo punto hai visto cosa dice? No, questo non è importante. Se leggi bene, dice che è necessario un cambio di passo, parla delle procure più esposte in prima linea. Chiaro, no? È un segnale al tuo procuratore, ma pure al Csm. È quella?».

Franco indica una delle valigie sul nastro.

«No, la mia è rossa».

«Allora è quella lì» punta il dito, sempre al telefono, «no, non parlo con te, sono con un amico. Ma certo che lo conosci: Saverio. Saverio Lamanna».

Con chi sta parlando?

«Saverio, ti saluta Gigi».

«Gigi?».

Mette una mano sul telefono.

«Gigi Savoca, il magistrato» bisbiglia.

«Ah, salutamelo».

La mia valigia è arrivata.

Guardo l'orologio. Tra dieci minuti passa l'autobus per Trapani.

Franco, ancora attaccato al telefono, si congratula con gli occhi perché ho avuto l'abilità di saper raccogliere la mia valigia rossa dal nastro scorrevole.

Che faccio, aspetto?

Se perdo l'autobus per Trapani mi toccherà rimanere altre due ore a Punta Raisi prima che passi il prossimo.

Batto l'indice sul vetro dell'orologio, la mano a far cenno che devo scappare via.

Mi fa ok con il pollice, strizza tutti e due gli occhi, continuando a parlare con Gigi Savoca dell'ultimo congresso di Magistratura democratica.

Guadagno l'uscita. I cani antidroga neppure mi annusano: perfino i pastori tedeschi si accorgono che non ho più l'età per portare un tocco di fumo nelle mutande.

La biglietteria della Segesta chiusa.

Non si vede nessun pullman. Studio l'orario: il bus per Trapani dovrebbe passare fra tre minuti. Il biglietto lo farò a bordo.

Siedo sulla panchina protetta dalla scarsa linea d'ombra delle undici del mattino.

Smanetto sul tablet, la cuffietta nell'orecchio, attivo il programma.

Una mesa para dos, por favor.

«Una mesa para dos, por favor» ripeto.

Me gustaría una mesa junto a la ventana.

«Me gustaría una mesa junto a la ventana».

Un motoscafo fila in mare verso Isola delle Femmine.

Accanto a me c'è uno che fuma con gli occhi stretti al riverbero blu.

«Non si parte» dice.

«Prego?» chiedo, togliendo la cuffietta dall'orecchio.

«È italiano lei? Oggi non si parte».

«Come, non si parte?».

«Non lo sa? I mangiapane a tradimento sono in sciopero».

«Sciopero di che?».

«Sciopero del trasporto pubblico. Li trova tutti davanti alla Regione, a quest'ora sbafano pane e panelle e birra fresca».

«Ma senza preavviso?».

«Di preavvisare, in verità, hanno preavvisato».

«Quando? Dove?».

«Io l'ho sentito stamattina a Tgs».

«Ma com'è possibile?».

«Di possibile è possibile. Se deve andare a Palermo sta venendo a prendermi mio cognato, le posso dare un passaggio».

«Io devo andare a Trapani».

«No, mio cognato a Trapani oggi non ci deve andare. Forse domani».

Domani.

Si vede che siamo in Sicilia.

E si sente. Deve essere scirocco questo caldo umido che mi bagna la camicia.

«Ha una sigaretta?» chiedo.

«Era l'ultima. Ma se aspetta, mio cognato fuma Merit».

«Saverio!». Franco affacciato al finestrino di un'Audi blu.

Allargo le braccia.

Franco scende dall'auto.

«Ti persi di vista. Aspetti l'autobus? Dove vai?».

«Dovrei andare a Trapani, ma c'è sciopero».

«E certo. Lo diceva il "Giornale di Sicilia"».

«Non l'ho letto».

«Guarda, facciamo così» indica il ragazzo alla guida dell'Audi, «Kevin ti accompagna a Trapani, io prendo un taxi e torno a Palermo».

«No, Franco, non devi disturbarti» ma già mi sono fatto convincere.

«Ma che disturbo. Kevin è contento di andare a Trapani. Vero, Kevin?».

Il ragazzo annuisce.

«E visto che accompagni il mio amico Saverio, passa da San Vito Lo Capo, dalla villa del dottor Corsentino che deve consegnarmi un plico».

«Veramente, io devo andare proprio a San Vito» sussurro.

«Perfetto. Sei fortunato, Saverio. E pure tu, Kevin. Siete tutt'e due fortunati».

«Grazie, Franco».

«Ma pure io sono fortunato, Saverio. Ti ricordi che venerdì prossimo c'è il convegno?».

«Cosa c'è?».

«Ma le leggi le mail, Saverio? Gli stati generali della legalità e del diritto. Viene pure il ministro, sai?».

«In questi ultimi tempi sono stato un po' distratto».

Don Franco Pitrone mi poggia una mano sulla spalla. Ora sì che sembra un prete, anche senza clergyman né collarino ecclesiastico.

«Lo so. Mi dispiace molto, Saverio».

«Sapessi a me».

«È arrivato mio cognato» dice l'uomo della panchina, «la vuole una Merit?».

«No, grazie. Ho smesso di fumare».

Mi piacerebbe fumare, adesso.

La brezza del condizionatore annichilisce il giallo delle vallate che da Alcamo scendono a mare. Il golfo di Castellammare è segnato dalle scie dei motoscafi.

«È sabato, sono usciti dal porto tutti quelli che hanno il cabinato» dice Kevin.

Annuisco. L'Audi fila sull'autostrada.

«A Castellammare del Golfo hanno inventato la parola Cosa Nostra».

Guardo in faccia Kevin, ammirato.

«Lo ha scritto un magistrato» prosegue Kevin, gli occhi sulla strada, «da Castellammare arrivavano i primi grandi mafiosi sbarcati negli Stati Uniti: Magaddino, Bonventre, Bonanno. Si scannarono uno con l'altro, infatti lo scontro tra famiglie fu chiamato guerra castellammarese. Per mettere fine alla guerra, furono costituite le cinque famiglie che si spartirono New York».

Sono veramente ammirato.

«Però Joe Bonanno, che nel 1957 partecipò al summit dell'Hotel delle Palme a Palermo, non la chiamava Cosa Nostra. La chiamava la mia Tradizione, con la T maiuscola. Anche lui veniva da Castellammare. All'Hotel delle Palme fu stretto l'accordo tra le famiglie siciliane e quelle americane, per i primi traffici di eroina. La morfina raffinata arrivava dall'est, si fermava in Sicilia e ripartiva per gli Stati Uniti. E questo succedeva quando in Sicilia nessuno sapeva cos'era la droga».

Sono estasiato.

«Come le sai tu queste cose?» gli chiedo.

«Tutte cose don Franco mi ha spiegato».

Kevin indica con la mano la spiaggia di Castellammare.

«È probabile che le prime casse d'eroina per gli Stati Uniti siano state imbarcate proprio da questa spiaggia».

L'archeologia mafiosa è meglio della storia degli Etruschi.

Però ho voglia di fumare. Devo mangiare qualcosa.

«Le fanno ancora le cassatelle calde?».

«Cassatelle?».

«Minchia, Kevin, sai tutto dell'eroina, della morfina base, di Vito Corleone e Donnie Brasco e non sai che a Castellammare del Golfo fanno le cassatelle calde più buone del mondo?».

Kevin non risponde.

«Adesso ci fermiamo e ti faccio scoprire il più famoso trafficante internazionale di cassatelle. Anche lui di Castellammare del Golfo».

Me n'ero mangiate due. Calde di ricotta, nel caldo dell'ora del pranzo. Acidità di stomaco assicurata. E chissenefotte.

Kevin aveva elogiato la cassatella, con meravigliata sincerità, ma sentivo che a lui non diceva niente di più. Non gli ricordava le estati da bambino, la Fiat 128 verde, mia sorella con le sue bambole, papà che trovava sempre una scusa per fermarsi al bar, le zingarate con gli amici, quella volta in sei sulla Renault 4 di Guido, e quando ci portai Catherine che veniva dalla Scozia e per sentirmi felice bastava ripulirle le labbra dallo zucchero a velo.

Il corso di spagnolo in cuffia: la voce femminile che ho ribattezzato Teresita mi guida nel capitolo «Cibo e Ristoranti».

Me gustaría una mesa en una zona de no fumadores.

«Me gustaría una mesa en una zona de no fumadores» sussurro.

Me gustaría di fumare. Quanto me gustaría.

La radio a volume basso. Kevin guida in silenzio, distratto. Evidentemente, non abbiamo più incontrato luoghi di stragi, porti della cocaina, lapidi di vittime della mafia degni di essere illustrati, a maggior gloria della merda e del sangue di Sicilia.

Quello stronzo.

Non Kevin, poveraccio.

Ma quello stronzo. Ancora mi incazzavo.

Franco Pitrone l'aveva saputo. Tutti l'avevano saputo. Dagospia ci aveva sguazzato per una settimana. Saverio La-canna, mi aveva ribattezzato. E giù a dargli sotto, come se non avessi già i cazzi miei. Amarissimi.

Quello stronzo, lo stronzo per cui lavoravo fino a un mese fa, si trova a un convegno dell'associazione nazionale dei genitori sai-quanto-me-ne-frega. Mi chiama al telefono, ho appena finito, dice, un successone, sto salendo sull'aereo, scusa ti sento male, prepara il comunicato, dice lo stronzo, scrivi che il governo avrà più tolleranza sulle droghe leggere, al resto ci pensi tu, ciao, devo chiudere, ci sentiamo appena arrivo a Roma.

Scrivo in fretta il benedetto comunicato, lo mando all'Ansa, – tanto chi vuoi che lo riprenda mai, era un sabato di giugno, mezza Italia pensava al week end –, forse uscirà qualcosa sui siti, magari chiamo il mio amico di «Repubblica.it», gli chiedo se gli fa fare un passaggio sulla home page, giusto il tempo che lo stronzo se lo legge sull'iPad ed è tutto contento.

Guardo il golfo di Castellammare, il sapore delle cassatelle si è fatto acido a ripensare come tutto è crollato in fretta.

Alle 17 e ventidue esce il lancio Ansa con il mio comunicato. Alle 17 e cinquantacinque «Repubblica.it» riprende la nota di agenzia, ci monta sopra una polemicuzza di inizio estate e strilla un titolo di apertura: «Droghe leggere, bufera nel governo. Il Viminale smentisce il premier: ci vuole più tolleranza». Alle 18 e trentadue lo stronzo, appena atterrato, mi manda un sms: «Mi vuoi fottere? Vediamo come finisce». A quel punto ero già licenziato. C'era poco da discutere: ho provato cinque volte, lo stronzo non mi ha mai risposto al telefono. Ho preso le mie cose e me ne sono andato.

Era un bell'ufficio quello del Viminale, non certo al piano nobile, ma comodo. Mi ci aveva portato lo stronzo quando era diventato sottosegretario degli interni nel nuovo governo. Non mi era rimasto niente, solo la tessera Freccia Alata prossima a scadere.

Aveva scaricato tutto su di me. E forse aveva pure ragione, perché lui al convegno aveva detto il contrario: ma che ne sapevo? Mai aveva avuto un'idea precisa sulle droghe leggere, né su molti altri argomenti aveva una sua opinione. Ma era furbo e fiutava l'aria. Ingenuamente, avevo creduto che per una volta avesse trovato un po' di coraggio. Avrei dovuto controllare meglio, ma avevo altri pensieri, la fretta di scappare a un aperitivo su un barcone sul Tevere con un'attrice di fiction che avevo conosciuto tre sere prima a una festa. Magari lo stronzo pensava veramente quello che mi aveva detto al telefono oppure avevo inteso male io, vai a capire. Lui è ancora sottosegretario, io senza lavoro e un'estate davanti per ripensare alle mie cazzate. E al mio futuro. Chi se lo prende Saverio La-canna?

La casa è prima di San Vito, nella borgata di Màkari. A mia madre non piaceva, così diceva.

«Appena i figli crescono, e non ci vengono più, la vendiamo» ripeteva sempre a mio padre, mentre quello stava sistemando una grondaia, lo scaldabagno o le tegole portate via dal vento.

«Va bene, appena crescono la vendiamo» le rispondeva papà.

«Tanto io non ci metto più piede, lo faccio solo per i bambini. È troppo piccola, fa troppo caldo e il mare è distante».

«Va bene, come dici tu» diceva papà, trafficando con la cipolla della doccia otturata dal calcare.

«Dici sempre: va bene. Secondo te scherzo?».

«No, lo so che non scherzi» annuiva papà, le labbra strette nello sforzo di stringere le viti del letto a castello.

«Vabbè, con te non c'è gusto» e mia madre offesa usciva sul terrazzino a guardare Monte Cofano.

Mio padre la raggiungeva, la abbracciava da dietro e le sussurrava qualcosa all'orecchio. Lei rideva. Restavano a fissare il mare, nell'ora in cui la spiaggia è ancora deserta e c'è solo qualche turista francese e una donna con il cane.

Si capisce che non l'hanno mai venduta. Anche quando io e mia sorella passavamo le nostre estati altrove, loro tornavano sempre a Màkari.

Mia madre allora diceva che non c'era un altro posto così, e mio padre sbuffava ché non gli andava di passare le vacanze a riparare rubinetti, tegole portate via dal vento e letti a castello dove non dormiva più nessuno.

«Vendiamo la casa. E finalmente facciamo vacanze in albergo, serviti e riveriti» bofonchiava papà.

«Quando lo dicevo io, mi babbiavi. E ora vuoi vendere? Dovevi pensarci prima. Adesso te la tieni. E sistema la maniglia della cucina che si è staccata» gli gridava mamma dalla sua poltrona in terrazza, guardando Monte Cofano.

Non ci tornavo da sei anni. Dopo la morte di mamma non c'era tornato più nemmeno papà.

«Lì va tutto a rotoli» diceva, con un gesto di fastidio.

Ma era l'unico posto dove passare le mie vacanze forzate, senza spendere troppo. Sul conto mi erano rimasti novemilasettecento euro e non sapevo quanto dovevano durare, prima di ritrovare un lavoro.

Tiro giù la borsa dall'Audi.
«Allora vengo a prenderti venerdì mattina» fa Kevin.
«Venerdì? Perché?».
«Don Franco ha detto che devi venire agli stati generali».
«Io non sono generale».
«Battutona. Don Franco dice che non puoi mancare».
«Ma quando l'ha detto?».
«Mi ha mandato un messaggio».
Mi ha incastrato, pretaccio infame.
«Va bene, ne riparliamo».
«Io venerdì alle nove sono qui. Ciao, buona vacanza».
«Ciao Kevin. E attento alla mafia delle cassatelle: non perdona».
Kevin mette in moto, fa manovra.
«Ehi!» gli grido.
Apre il finestrino.
«Ma perché ti chiami Kevin?» chiedo.
«Mia madre. Era incinta di me quando ha visto *Balla coi lupi*. E mi ha chiamato Kevin».
«Ti è andata bene. Potevi chiamarti Vento Nei Capelli».
Se ne va giù veloce per la discesa, il giovane Balla Coi Lupi.

Da Baia Santa Margherita, da Isulidda, da Acque

Fredde sale il brusio dei bagnanti, qualcuno urla il nome di Marco.

Devo trovare Piccionello. Mi pare si chiami Piccionello.

La valigia rossa sullo scalino, davanti alla porta chiusa.
Piccionello ha le chiavi di casa, così ha detto mio padre.
«Cerca Piccionello, abita a due passi».
Cerca Piccionello.
Busso a una porta. Niente.
Busso a un'altra porta.
Da una finestra la testa di una donna.
«Cu è?».
«Buongiorno, signora, cerco Piccionello».
«Piccionello?».
«Sì, Piccionello».
«Piccionello di Maria o Piccionello di Totò?».
«Non lo so».
«E qua tutti Piccionelli siamo».
«Anche lei?».
«Mia madre era Piccionella, da signorina».
«Sono il figlio del professor Lamanna».
«Saveriuccio, tu sei? E scusami, non ti avevo riconosciuto. Aspetta che scendo giù».

Mi fa entrare, ristagna odore di melanzana fritta, mi costringe a prendere un caffè freddo, si riaddolora per la buonanima di mia mamma, mi chiede come sta papà, vuole sapere dov'è mia sorella, perché è finita a Berlino quando poteva stare bella comoda a Palermo, accanto alla mamma sua, com'era gentile la buonanima, sempre premurosa. Finalmente si ricorda di Piccionello.

«Ti accompagno da mio cugino».

«Cugino?».

«Mio cugino Piccionello di Pasquale. Abita qua dietro».

Facciamo sette passi, dico sette, non di più, arriviamo a casa di Peppe Piccionello di Pasquale.

«Pè, Amelia sono. È tornato Saveriuccio».

Peppe si affaccia alla porta in mutande.

«Qua sei?».

Da quando me lo ricordavo io, sembra ancora più basso del solito. Ma forse perché bambino lo misuravo più alto di quanto veramente sia.

«Saverio, perché non mi avvertivi?».

«Non avevo il numero».

«Ma tuo papà ce l'ha, gliel'ho dato io».

«Mio papà si scorda le cose».

«Non parlare male di tuo padre, Saverio».

«Non parlo male. Si scorda le cose, è fatto così».

«Aspetta che prendo le chiavi. Mah. Un padre campa cento figli, cento figli non campano un padre».

E con la sentenza delle due del pomeriggio posso ufficialmente entrare nella casa che mia madre voleva vendere e dove è morta, proprio sulla poltrona in faccia a Monte Cofano.

«Saverio, allora come va?».

Franco Pitrone chiamava ogni giorno.

Il telefono squillava mentre tentavo di scrostare il calcare dalla cipolla della doccia, quando stringevo le viti del letto a castello, non appena salivo sul tetto per rimettere a posto le tegole portate via dal vento.

Ero diventato mio padre.

Ma a differenza di lui, combinavo solo guai.

Combinavo guai e ascoltavo il mio corso di spagnolo.

He perdido mi pasaporte, diceva Teresita con le sue esse seseanti dense di sensuali promesse.

«He perdido mi pasaporte» ripetevo con lingua di pezza, cercando di riattaccare la maniglia alla porta della cucina.

He perdido mi bolsa, diceva ancora Teresita.

Peppe Piccionello passava ogni pomeriggio, portava i pomodori del suo orto, un melone giallo, i fichi neri. Guardava il lavoro che avevo fatto, scuoteva la testa.

«Saverio, lascia perdere, non è mestiere tuo. Tu sei un intellettuale. Domani mattina vengo a darti una mano».

Prima di andare via mi lasciava la lista delle cose da comprare dal ferramenta: silicone, cemento bianco, flessibili da mezzo pollice, viti autofilettanti, sei vasi di gerani, una pianta di citronella, rete metallica a maglia stretta, sacchi grandi neri da spazzatura.

Alle sette di sera chiamava Franco.

«Saverio, allora come va?».

«Va bene, Franco».

«Lo sai chi viene pure?».

No, non lo so chi viene. Come faccio a saperlo?

«Erminia Fanelli».

«Minchia, allora la cosa è vero importante».

«Ridi, ridi. Erminia Fanelli non si muove da Milano nemmeno per il papa».

«Ma tu conti più del papa, Franco».

«Scherza, scherza. Ho pensato di inserirla nel dibattito sulla corruzione dopo Mani Pulite, solo che c'è anche il professor Mascuolo e secondo me i due non si prendono bene, tu che ne pensi?».

«Non lo so, Franco. Se non si prendono è meglio, così litigano e finisci sui giornali».

«Sì, però non vorrei che la Fanelli si possa innervosire. A quanto pare, prima Mascuolo era al Consiglio superiore della magistratura e la Fanelli in quel periodo ha avuto un problema disciplinare...».

Franco Pitrone mi spiegava con dovizia i guai della Fanelli, i rapporti di forza tra Magistratura democratica e Unicost, la questione dell'obbligatorietà dell'azione penale, la riforma del 41bis, l'articolo di Sciascia sui professionisti dell'antimafia, il concorso esterno in associazione di stampo mafioso, e tutto si teneva, si intrecciava, si capiva e si spiegava, mentre io continuavo a rileggere la lista lasciata da Peppe Piccionello – silicone, cemento bianco, flessibili da mezzo pollice – pensando se per cena era meglio un'insalata di pomodori col tonno o riprendere dal frigo le patate assassunate con cipolla e prezzemolo, cucinate e offerte dalla signora Amelia.

«... peraltro hai letto il fondo del "Corricre" di stamattina, che in qualche modo può farci da sponda...».

Quasi quasi vado a cena da Marilù, nella sua terrazza sul mare, e così faccio pure due passi.

«Saverio, ci sei ancora?».

«Qui sono, Franco, ti seguo».

«Ti saluta Kevin, che è accanto a me. Questo ragazzo lo hai stregato, mi parla sempre di te. Ha grande stima e simpatia».

«Ricambio».

«Viene a prenderti venerdì mattina, non fare scherzi».

«Ma che c'entro io?».

«C'è un sacco di gente. Anche per il lavoro, può esserti utile. Ciao. A venerdì».

«A venerdì, Franco».

Resto a guardare Monte Cofano, scuro nel crepuscolo.

Teresita dal tablet nell'altra stanza insiste sempre con la stessa domanda.

¿Estàs bien?
¿Estàs bien?

Non si zittisce finché non mi sente rispondere. È fatta così.

«¿Estàs bien, Teresita?» grido.

Se non fosse per Franco Pitrone, il mio telefono sarebbe soltanto un pezzo di silicio muto. Ho fatto il conto: sei chiamate in quattro giorni, una delle quali per la promozione Tim Estate, mille sms a cinque euro.

Vado da Marilù, qua sotto, al suo albergo con ristorante e terrazza sul golfo. Questa sera ho voglia di trattarmi bene.

Mi guarda le mani.

Porta le linguine con i ricci di mare e mi fissa ancora le mani.

Stappa una bottiglia di bianco d'Alcamo e torna a scrutare le mani.

«Lavoratore» dico sfarfallando i palmi macchiati di vernice.

Arrossisce un po', sembra ancora più bella.

«Ha mani eleganti» mi fa, per togliersi d'imbarazzo.

«Pianista disoccupato. Mi sono presentato ubriaco sul palco del Royal Opera House di Londra, dovevo suonare Rachmaninoff. Mi hanno buttato fuori. Ora mi dedico all'arte astratta, stile Pollock».

«Veramente?».

Rimango serio per poco, la risata mi sfugge dalle labbra.

«Che scema. Ci avevo creduto».

«Però è vero che faccio arte astratta. Devi vedere come sono venute le porte di casa».

Marilù mi lancia un'occhiata dal suo angolo e scuote la testa. Capisce che ci sto provando con la cameriera.

Quando Marilù arrivò a Màkari tutti la prendevano per pazza perché aveva deciso di aprire il suo albergo proprio lì. Ma che ci vieni a fare? Vai a Taormina. Vai a Cefalù. Poi, da un anno all'altro, San Vito diventò di moda. E tutti dicevano: bella forza, lo sapevamo, ma quella aveva i soldi e noi no.

Con Gabriele – ora emigrato in Argentina o in Venezuela, non ricordo – da ragazzi andavamo a nasconderci dietro le siepi per vedere le turiste che prendevano il sole a bordo piscina con le minne di fuori.

Marilù ci scoprì e ci obbligò a ripulire la sua piscina per tre giorni, pena la denuncia immediata ai nostri genitori per atti osceni in luogo pubblico. Da allora, ogni qual volta mi trova a parlare con una donna, strizza l'occhio e fa segno che merito legnate.

E infatti, da lontano Marilù fa così con la mano.

«Secondo? Dessert?» chiede la cameriera.

«Cosa c'è di dolce, oltre a te?» lo so, è una battuta cretina, ma a volte funziona.

«Biancomangiare alla mandorla, mousse di pistacchio, tortino di cioccolato bianco. E pure gelo di melone, ma devo controllare se ne è rimasta una porzione».

Fa per andare in cucina, la trattengo per un braccio.

«Non c'è bisogno. Biancomangiare. E una grappa morbida. Come ti chiami?».

«Suleima».

«Che nome è?».

«Il nome di una farfalla».

«Complimenti».

«Non è colpa mia» arrossisce e sorride.

Una famiglia con due bambini vestiti come lord inglesi scatta foto ai piatti in tavola. Lei bionda, le labbra rifatte, chiama Marilù ogni due e tre per sapere com'è fatto questo e com'è cucinato quello. E sempre conclude allo stesso modo:

«Non c'è aglio, vero? Sono allergica».

Marilù sfodera il sorriso di mestiere. No, non c'è aglio. E nemmeno cipolla, solo un po' di cardamomo, la signora non sarà mica allergica al cardamomo, sennò lo togliamo.

«Ecco il suo biancomangiare».

«Diamoci del tu, Suleima».

«Non posso» col mento indica Marilù.

«Fino a che ora non puoi?».

«Fino a mezzanotte».
«Allora da mezzanotte puoi chiamarmi Saverio».
«Chissà».
Resto al tavolo fin quando se ne vanno tutti. La terrazza si svuota, laggiù brillano le luci di Erice.
Marilù si avvicina, beve una birra per fare compagnia alla mia seconda grappa, parliamo di gente che abbiamo perso di vista, per fortuna non mi chiede niente del lavoro: forse sa, forse non sa.
A mezzanotte e due minuti Suleima esce dalla cucina.
Ha un paio di scarpe col tacco alto, i capelli sciolti, le gambe come piacciono a me.
Lascio un bacio sulla guancia a Marilù.
«Ci vediamo presto. Buonanotte».
Marilù fa così con la mano.
«Attento a te, vedi che ti mando a ripulire la piscina».

La sveglia: no.
Il telefono: sì.
«Saverio. Dormivi?».
È Franco. Sono le sette e venti.
«No Franco, a quest'ora do sempre il pastone alle galline».
«Ho, capito, dormivi».
«Sentiamoci tra poco, Franco. Ti richiamo» dico a voce bassa.
«Richiama però. È urgente».
Suleima muove le labbra nel sonno. La sfioro, sento che dice qualcosa, sapone o sapore, non capisco bene.
Mi alzo piano, per non svegliarla.

Vado in cucina, apro il frigo, mi attacco alla bottiglia dell'acqua fredda. Non sono ancora le otto e già fa caldo.

Maledetto Franco Pitrone.

«Allora? Dimmi».

«Devi aiutarmi, Saverio. Mi hanno incastrato».

«Addirittura. Parli come un gangster».

«Scherza, scherza. Ieri a mezzanotte mi ha chiamato Sammarco. Lo conosci, no?».

«Purtroppo sì».

«Insomma, la prende alla larga: come va, come non va. Poi mi infila il discorso che al convegno sarebbe giusto invitare Simone Triassi».

«Mica è sbagliata come idea».

«Saverio, ma ci sei o ci fai? Lo sai chi è Simone Triassi?».

«E certo che lo so. Sta in televisione una sera sì e una sera sempre».

«Quello è talebano».

«Di Kabul o di Kandahar?».

«Non fare finta di non capire, Saverio. Ci sono i talebani dell'antimafia, i cobas dell'azione giudiziaria. E Triassi è il loro portabandiera».

«È una tua classificazione».

«Non è mia. È la verità. L'antimafia è divisa in aree…».

«… di riferimento culturale, appena dici così metto giù».

«Dillo come vuoi tu, non importa. Ci sono i talebani, i duri e puri, quelli senza se e senza ma. Ci sono i furbetti, quelli che ci mettono tutti i se e tutti i ma, perché vogliono farsi i fatti loro. E poi ci sono gli sciasciani, idealisti che puntualizzano e distinguono, in nome della legge e del diritto».

«Tu con chi stai?».

«Saverio, ma sei sveglio o dormi? Io non sto con nessuno. Te lo sei dimenticato quando criticavo il sindaco di Palermo, più di vent'anni fa? Criticavo, ma non lo mollavo. Non ero con lui, ma nemmeno contro di lui. Io da vent'anni cerco di mettere insieme i pezzi di questo baraccone che passa il tempo a litigare su ogni cosa. Da quando erano vivi Falcone e Borsellino».

«Allora sai cosa sei? Democristiano».

«Saverio, i democristiani, come li chiami tu, sono quelli che hanno scoperto che l'antimafia aiutava a fare carriera. Secondo te ho fatto carriera io? Prete ero e prete rimango. Manco monsignore mi hanno fatto».

«Ma se vuoi tenerli assieme, allora perché non inviti Simone Triassi?».

«Perché mi sbilancia tutto sul fronte talebano. Triassi è ingombrante, fa cassetta, fa notizia. Con lui, gli stati generali diventano il festival di Triassi».

«E Sammarco vuole Triassi a tutti i costi».

«Certo, mi ha fatto capire che se non c'è Triassi il ministro non viene. Si vede che deve coprirsi su quel lato lì. Puoi chiamare tu Sammarco?».

Questo solo ci manca.

«No, guarda, Franco. Quello è stato il primo a piantarmi i chiodi quando stavo in croce».

«Non essere blasfemo, Saverio. Magari con lui potevi sondare, capire se c'erano margini».

«Chiedimi tutto, Franco, ma non questo».
«Cazzo».
«Franco!».
«Scusa, Saverio, ma quando ci vuole ci vuole. Mi toccherà invitare Triassi».
«E invitalo, Franco. Fammi sapere come finisce, ma non chiamarmi mai alle sette e venti, perché sono fuori a far mangiare le galline».
«Ridi, ridi. La cosa è seria».
Dalla camera da letto spunta Suleima con la mia camicia addosso.
«Ciao, Franco. Ci sentiamo. Qui è spuntato il sole».
E vederla sorridere mentre sbadiglia è già una festa.

Si affaccia alla porta. In mutande, al solito suo.
«Allora?».
Arrampicato sulla scala per sistemare un lampadario, nemmeno rispondo.
¿Puedo besarte?, Teresita è al capitolo «Amore». Il mio preferito.
«Certo che sì».
¿Puedo besarte?
«¿Puedo besarte?» ripeto.
Peppe Piccionello avanza circospetto.
«È permesso? Si può?».
«Peppe, che c'è?».
«Non so, magari non sei solo».
A Màkari si è già sparsa la voce.
«Adesso non sono più solo».
«Dicevo per dire. Per educazione».

Siento algo port ti, annuncia Teresita.

«Ma cu è chista ca parla?» fa Piccionello.

Scendo dalla scala, spengo Teresita, vado a preparare un caffè.

Peppe si appoggia al tavolo.

«Passata bene la notte?».

«Discretinamente».

Ridacchia.

«Peppe, perché giri sempre in mutande?».

«Non sono mutande. Boxer sono».

«Sempre mutande sono».

«Prendo fresco. Il fresco previene le malattie».

«Non lo sapevo. Sto andando a bruciare tutti i pantaloni».

Prendiamo il caffè. Da qualche casa vicina arrivano le notizie del giornale radio della Sicilia.

«... proseguono le indagini sull'omicidio della giovane donna uccisa ieri a Pietraperzia... gli investigatori propendono per la pista passionale...».

«Mah» sospira Peppe.

«Mah» gli faccio eco.

«Novità?».

«Lo scarico del bagno non perde più».

«Te lo dicevo io che era la guarnizione».

«E infatti».

«Ti sei affittato una macchina?».

«No. Perché?».

«Mah, non so, stamattina presto mi era sembrato di vedere una Cinquecento qui davanti».

«E forse c'era».

«Ah, forse c'era? Non è tua?».

«No».

«Strano. Mi sono chiesto: chi viene a parcheggiare qui?».

«Già, chi può venire a parcheggiare qui?».

Peppe finisce la sua tazzina di caffè.

«A volte le ragazze che lavorano da Marilù vengono a parcheggiare qui».

«Ah, sì?».

«A volte, però».

«A volte».

«Continentali sono, vero?». Peppe si lecca il cucchiaino del caffè.

«Chi?».

«Le cameriere di Marilù. Molte vengono dal continente».

«Credo di sì».

«Vabbè, Saverio, me ne vado. Ho capito che non vuoi parlare».

«No, parliamo. Fammi una domanda e ti do una risposta».

«Che siamo a "Vuoi essere milionario"? Se vuoi parlare parli, sennò amici come prima».

Peppe parte per l'uscita.

«Non dovevi aggiustare lo scaldabagno?» gli chiedo.

«Fa troppo caldo adesso. Stasera vediamo».

«Peppe!».

«Sì?».

«Si chiama Suleima, è di Bassano del Grappa, studia architettura a Firenze e lavora per pagarsi l'università. Soddisfatto?».

«Era sua la Cinquecento?».
«Sì, sua».
«Lo dicevo io. Bedda è».
«Sì, vero bedda è».

Scendevo al mare alle cinque del pomeriggio.
L'asciugamano sulla spalla, la borsa di tela del Festival dell'Economia di Trento del 2011 con il volumone dei *Fratelli Karamazov* abbandonato a Màkari un'estate di dieci anni prima che non ero mai riuscito a leggere fino in fondo, il telefonino muto come il servo muto di Zorro e la lista scritta da Piccionello con le cose da prendere dal ferramenta.

Lungo la strada chiamavo papà, per sapere come stava.

Arrivavo in spiaggia all'ora più bella.

Entravo subito in acqua, una nuotata lenta e placida. Il sole cominciava ad abbassarsi, la spiaggia sembrava prendere un ritmo meno convulso, ritmato dal tic toc dei maledetti racchettoni.

Una bracciata dopo l'altra, tenevo a mente le cose fatte, le cose da fare. La casa usciva dall'abbandono grazie alle mie mani, ancor più doveva a quelle di Peppe Piccionello. Le pareti imbiancate, i lavandini sottratti alla ruggine, le porte smaltate, gli infissi dipinti.

Tutto era semplice, logico, solo un po' faticoso. Carteggi il muro, diventa liscio. Dipingi il legno, torna nuovo. Cancellare il passato, scrostare le macchie, e via così.

Tornavo a riva, mi stendevo sulla sabbia.

Tin tin, un messaggio. Suleima.

«Ho comprato il velo bianco. Ci sposiamo domani?».
«Domani no, vado a Palermo» scrivo in risposta.
«Uomini. Tutti uguali. Ogni scusa è buona».
«Matrimonio stanotte?».
«Devo pensarci».
Poi mi manda uno smile e un cuore rosso: mezzanotte.
«Medianoche» confermo.
Tutto semplice, tutto logico. Solo un po' faticoso.

«Che ore sono?».
«È presto, dormi».
«È finita?».
«Dormi, è presto».
«Ho capito. Mi lasci».
Ficca la testa sotto il cuscino. La vado a cercare, fa resistenza, insisto, trovo il suo sorriso, la bacio, si gira, mi bacia, restiamo lì.
«È tardi, tra poco vengono a prendermi» sospiro.
«Vattene, non farti vedere mai più».
«Torno domani pomeriggio».
«Forse non mi trovi. Scappo in Australia a rifarmi una vita».
«Fai bene, ormai sei disonorata».
«Aspetto due gemelli».
«Da quando?».
«Da ora».
«Chi è il padre?».
Mi lancia il cuscino mentre vado in bagno, glielo tiro indietro.

«Ho appena saputo che i gemelli sono tre. Due tuoi, il terzo non so» grida dal letto.

«Lo vendiamo» rispondo a voce alta, tastando il calore dell'acqua della doccia.

Non voglio andare a Palermo. Non voglio sentire il blabla-bla di magistrati, giornalisti, professori, preti, sottosegretari e ministri. Non me ne frega niente. Voglio stare con Suleima. Voglio ridipingere la mia casa, sistemare le mensole della cucina, prendere il caffè con Peppe Piccionello e scendere in spiaggia a las cinco de la tarde. E dopo mezzanotte fare l'amore con Suleima.

«Saverio, perché vuoi imparare lo spagnolo?» chiede dal letto.

«Per andare a vendere granite di mandorla a Formentera».

«Quanto sei cretino».

«No, è vero. Ci sono stato due anni fa. In tutta Formentera non si trova nemmeno una granita. Col caldo che fa, pensa che affari» rispondo mentre mi rado la barba.

«Allora è grave. Meglio se eri cretino».

Preparo una borsa veloce, un paio di pantaloni, due camicie, mutande. Cravatta? Una, non si sa mai.

Teresita me la porto, non si sa mai.

Suleima ora dorme, una gamba fuori dalle lenzuola.

Mi avvicino, respira piano, la bacio, mormora qualcosa, amore o sapore, non capisco.

Là fuori il rumore di un'auto.

Esco in strada, il giovane Balla Coi Lupi saluta con la mano.

Al primo bar di Castelluzzo prendiamo un caffè.

Mi dispiace un po' per Kevin, ma non ho molta voglia di chiacchierare. Ho lasciato Suleima sola nel mio letto, sto andando dove non mi piace andare e ho pure sonno.

Sulla carreggiata opposta incrociamo le auto del week end dirette a San Vito.

Socchiudo gli occhi.

La radio a volume basso. Il Gr Rai Sicilia.

«Palermo, si aprono oggi pomeriggio a Casa Professa gli stati generali per la legalità e il diritto. Un grande appuntamento per fare il punto sulla lotta antimafia in Italia. Un programma fitto di appuntamenti, incontri e dibattiti. Molto atteso l'arrivo di Simone Triassi, soprattutto dopo le accese polemiche delle ultime settimane. Sentiamo l'intervista realizzata dal collega Salvo Marabbino con uno dei promotori dell'evento. Dunque, don Franco Pitrone, la presenza di Triassi è sicuramente il momento decisivo di questa due giorni. Lei non pensa che...».

Kevin spegne la radio.

Riapro gli occhi.

«Che fai?».

«Pensavo che volevi dormire».

«Non ascolti don Franco?».

«L'ho già ascoltato stamattina alle sette. È sempre la stessa intervista».

«Siamo polemici?».

«No. Sono un po' stanco, tutto qui».

Povero ragazzo. Io mi sono alzato presto, ma lui due

ore prima di me per venire a prendere uno che avrebbe preferito essere dimenticato a Màkari.

«Kevin, fermiamoci».

«Cassatelle?» sorride lui.

«Cassatelle calde calde».

Palermo. Tir incolonnati sulla circonvallazione. La Lapa del venditore di cantalupo. L'autobus congelato nel traffico. Palermo. Forse dovrei andare a trovare papà. I motorini che sorpassano a sinistra. I clacson al semaforo appena diventa verde. Il venditore di pane e panelle. Palermo. Poi uno si chiede come si fa a viverci. Il mulunaro a un euro a fetta bella agghiacciata. La sirena delle auto di scorta. La saracinesca chiusa del bar dove andavamo la domenica a comprare le sfince di San Giuseppe. Il bus 806 scoperto con le ragazze in pareo che vanno a Mondello. Palermo. Poi uno si chiede come si fa ad andarsene via.

¿Puede decirme dònde me encuentro?, sussurra Teresita all'orecchio.

Già, dove siamo? A Palermo siamo.

Kevin ha preso una guida nervosa, del tutto inedita. Svicola, taglia traiettorie, insiste, insulta, primeggia, sfida. Il traffico di Palermo è darwiniano, seleziona la specie più forte.

«Ti regalo cinque euro per ogni pedone che lasci in vita» biascico, attaccato al sedile.

Kevin ride, diventa più feroce.

Si fa improvvisamente clemente per lasciar passare una vecchia sulle strisce pedonali di via Principe di Paternò, redarguito dai clacson infuriati di chi sta dietro.

Palermo.

Via Libertà, Politeama, Massimo, via Maqueda.

¿Puede decirme dònde me encuentro?

Ci infiliamo nei vicoli dei mandamenti del centro storico.

Sbuchiamo al Cassaro, giù verso piazza Marina.

Estoy perdido.

Estoy veramente perdido.

Palazzo Steri, il ficus gigante, il banchetto del pane ca' meusa.

«Qui hanno ammazzato Joe Petrosino» fa Kevin.

«Pace all'anima sua. Il pane con la milza ne ammazza più della mafia».

«Non te ne frega niente, vero?».

«Me ne è fregato fin troppo, quando tu non eri ancora nato. C'è il diritto a dimenticare, no? Viviamo in un paese libero, se non sbaglio».

Il convento di Franco Pitrone.

Scendo dall'Audi, ho il mal di mare da traffico.

Il portale barocco, il chiostro mal tenuto, la scalinata un tempo solenne macinata dai secoli. Kevin mi dice di salire su, lui resta a dare una mano ai ragazzi che caricano su un furgoncino brochure, manifesti, pass, bottiglie di acqua minerale.

Risalgo le scale dominate da un immenso Cristo crocefisso che mi scruta dalla fessura delle palpebre abbassate.

A destra, il salone vasto e vuoto del refettorio. Seguo l'eco dei miei passi per il lungo corridoio.

«Desidera?» una voce alle spalle.

«Cerco don Franco».

«Ah, là in fondo» una vecchia in pantofole mi indica la fine del corridoio, «l'ultima stanza a destra».

Avvicinandomi sento la voce di Franco.

È al telefono, mi vede, fa segno di entrare.

La sua scrivania è ricoperta di carte, mazzette di giornali, un vangelo, il codice penale, una copia di «Micromega», la biografia del papa, una boccia di vetro con la cupola di San Pietro sotto la neve finta, le *Confessioni di Sant'Agostino* con pagine sottolineate, lo schermo del computer aperto sul sito del «Fatto Quotidiano».

«... ma sai, dal "Giornale di Sicilia" non mi aspettavo molto di più... li ho chiamati, domani dovrebbero darci una pagina... vogliono intervistare Triassi... ho preso tempo... "Repubblica Palermo" invece ci snobba, se puoi intervenire tu, magari posso anticipare le mie conclusioni di domani... grazie, ci vediamo più tardi».

Butto un occhio alla «Stampa» spianata sulla scrivania.

Franco chiude la telefonata.

«Hai visto? Ci citano in un corsivo a pagina otto».

«Chi scrive?».

«Non è firmato, sono poche righe. Ma il titolo è buono: "L'antimafia del futuro nasce oggi?"».

«Hai invitato Triassi».

Allarga le braccia.

«Ubi maior».

«Già, dove maggiore c'è, minore cessa».

«Ti faccio vedere la tua stanza. Anzi, la tua cella».

Mi fa strada per corridoi deserti.

«Ma quanti monaci vivono qui?» chiedo.

«Solo io».

«Hai un convento tutto per te?».

«Che vuoi farci? Crisi delle vocazioni. Pensa che cento anni fa ci stavano sessanta frati. Ormai il mio è un ordine veramente minore. Anzi, minimo».

Ride. Rido.

La camera è monacale, ça va sans dire. Letto singolo, comodino, armadio, sedia, scrittoio, bagnetto.

«Povera, ma onesta» dice Franco.

Lo squillo di un telefono per il corridoio.

«Cercano me» dice Franco, «va avanti così dalle sette di stamattina».

Mi lascia solo.

Sistemo la borsa nell'armadio, mi sciacquo la faccia. Mi butto sul letto, lo sguardo al soffitto bianco, il crocefisso appeso al capezzale.

Dalla finestra aperta una nenia dimenticata.

«Bellu cavuru, ra biella vieru! Uora u sfuinnavu, uora! Chi ciavuru!».

Il venditore di sfincionello.

Palermo.

Come si fa a dimenticare?

¿Cómo se puede olvidar?

Alle cinque della sera risalgo per corso Vittorio Emanuele.

Smaltito il polpo un po' troppo calloso assaggiato al Foro Italico. Smaltito anche il pezzo duro di Ilardo, scorsoiara a Cannella. Mi manca solo il pane ca' meusa per completare il tour gastronomico del palermitano di ritorno. Rimando all'indomani.

Le mani in tasca, guardo le facce dei passanti. Tamil, pakistani, romeni, marocchini. Palermo delle cento moschee, Palermo felicissima, Palermo tutto porto. Forse così deve essere.

Piazza Pretoria, fontana della Vergogna, palazzo delle Aquile, università, mi infilo verso Ballarò, per Casa Professa.

L'ultima volta era una sera di giugno del 1992. Un mese prima avevano ammazzato Falcone a Capaci. Nel chiostro di Casa Professa Paolo Borsellino parlò del suo amico Giovanni. Non ricordo bene le frasi, ma ho ancora presente la disperata tensione, la vertigine di stare sul ciglio del vulcano, le labbra strette di Costantino seduto alla mia sinistra e una macchia di caffè sul pantalone che cercavo di mandar via strofinandola di saliva.

Qualcosa come rabbia, il furore di voler cambiare tutto. O forse quella sera cominciai a fuggire da Palermo, come ho fatto per il resto del mio tempo. Borsellino saltò in aria venti giorni dopo. Allora mi voltai e andai via.

Se Franco Pitrone ha scelto Casa Professa, non è un caso.

Le auto blu. Gli sbirri appoggiati ai parafanghi. I carabinieri in divisa. L'ufficiale azzimato appena uscito dall'accademia. I marsupi degli agenti di scorta a nascondere le Beretta 9x21 d'ordinanza.

«Saverio, che ci fai qui?».

Marina Tadde.

«Ciao, Marina. Tu che ci fai? Io sono a casa mia».

«Ah, è vero, tu sei palermitano. Guarda, lascia stare, il giornale mi ha spedito qui e non so nemmeno perché».

«Magari dovrai scrivere un pezzo. Certo, capisco che per te non è una cosa semplice».

«Simpatico. Non ti smentisci mai. A proposito, bella la vita adesso che sei disoccupato, no?».

«Lo puoi dire. Scopo tanto, vado al mare e coltivo melanzane ruspanti».

«Vedi che essere trombati fa bene? C'è ancora speranza su questo pianeta».

«Ma solo per chi merita. Ci vediamo, Marina. Se hai bisogno di me non mi chiamare, sono molto impegnato: sto traducendo il *Finnegans Wake* in siciliano antico».

«Sei veramente uno specialista in cazzate, Lamanna. Ci vediamo in giro».

Saluto altre quattro o cinque persone di cui non conosco nemmeno il nome. Gigi Savoca mi abbraccia come se avessimo combattuto assieme sul Piave, mi racconta di suo figlio che fa un master di biosticazzi a Princeton, mi molla senza manco dirmi scusa per rincorrere il procuratore nazionale antimafia.

All'ingresso della biblioteca vengo bloccato dalle ragazze dell'accettazione. Una storce i piedi sui tacchi alti, mordendosi una ciocca di capelli, senza sapere bene cosa fare. La biondina al tavolo mi piazza in mano una cartellina, un pass da mettere al collo.

«Giornalista?» chiede.
«Cominciamo male».
«Cosa ho fatto?».
«Lei offende».
Si mette a ridere. Mi abbasso sul tavolinetto.
«Allevo struzzi, ma non lo scriva. Qui non sopportano gli allevatori di struzzi, non ho mai capito il perché».
«Scrivo solo allevatore?».
«Sì, senza specificare. Meglio restare in incognito, Aurora Esse».

La biondina copre con la mano il cartellino con nome e cognome puntato appiccicato al bavero della giacca blu, scuotendo la testa divertita.

Entro nell'aula della biblioteca. Minchia caldo. Tutti si sventolano con la cartellina del convegno.

Il perimetro della sala è contrassegnato dagli agenti di scorta in piedi, a gambe larghe, le mani nelle mani, gli occhi mobili dalla platea all'ingresso, dal tavolo dei relatori alle finestre.

Mi sorbisco rassegnato due sostituti procuratori, un gip milanese, due giornalisti, uno scrittore calabrese, un testimone di giustizia napoletano, un procuratore aggiunto, tre universitarie di Torino, un cattolico di sinistra, un cattolico e basta, un prete casertano, un conduttore televisivo, un'attrice teatrale, un sindacalista comunista, un socialista pentito e un mio ex compagno di liceo che non so cosa c'entri visto che ai tempi di scuola si occupava solo di femmine.

Mi manca Teresita.
¿Qué estoy haciendo aquí?

In prima fila Franco Pitrone annuisce, scuote la testa, ridacchia con il vicino di sedia, prende appunti, manda messaggi dal telefonino.

Esco fuori. Ho voglia di fumare.

Penso a Suleima, il piede nudo fuori dalle lenzuola.

La biondina di prima chiacchiera con quella alta.

Il chiostro di Casa Professa è di pietra morbida nel tramonto.

Chiamo Suleima.

«Non posso parlare, sto lavorando. Come ti va?» sussurra.

«Bene. Mi manchi».

«Anche tu. Ci sentiamo stanotte» e chiude.

Sento un applauso forte dalla sala.

La biondina viene a chiamarmi.

«Ora parla Triassi, non vuole ascoltarlo?».

«Aurora Esse, faccio quello che fai tu».

«Io vado, sono qui solo per lui. Sai che palle tutti gli altri».

Così vado a sentire Simone Triassi.

La biondina mi precede correndo sui tacchi alti con un movimento meritevole di grande attenzione.

Franco Pitrone spaccia la sua tirchieria per morigeratezza claustrale.

La cena nel refettorio del convento può definirsi monacale perché di certo antichi codici miniati testimoniano che i fratacchioni mangiavano pasta scotta, panata alla palermitana senza sale e insalata di pomodori mosci.

Sarà stato don Franco a combinare il tavolone lungo da ultima cena? Immagino proprio di sì. Dopo essersi fatto a lungo pregare – la testa reclinata di lato, per modestia –, si è piazzato al centro, secondo l'iconografia leonardesca: alla sua destra Simone Triassi, alla sinistra il procuratore nazionale antimafia.

«E la Fanelli?» chiede qualcuno.

«Arriva domani col primo volo da Milano» risponde Franco.

«Certo, quella arriva solo quando ci sono i ministri» commenta un sostituto procuratore di Caltanissetta.

Il procuratore nazionale antimafia ride, dice qualcosa all'orecchio di don Franco. Sghignazzano.

Meno male che Marina Tadde manco voleva venirci a Palermo. Appiccicata tutta la sera a Triassi, lo ha monopolizzato: Simone di qua e Simone di là, posso assaggiare la tua insalata, ti dispiace se prendo un pomodoro dal tuo piatto, ma dai, non dirmi che pure tu passi l'estate a Villasimius.

All'ultima cena non è stata invitata Aurora Esse. C'era il rischio di alzare troppo la media della bellezza, prossima allo zero.

In refettorio saremo sì e no una dozzina, gli ospiti del convento per questa notte.

«Gli eletti» ha detto Franco, allargando le braccia. Ora spezza il pane e versa il vino, ho pensato.

Al lato opposto del tavolo Kevin mangia in silenzio. Non sorride alle battute di don Franco, sembra distante e distratto perfino quando Simone Triassi dà fiato a una filippica che parte dalla strage di viale Lazio, passa per il fallito attentato a Falcone all'Addaura, arriva a Wall Street, torna a Corleone e svela due o tre retroscena quasi inediti – li avevo già letti in un libro – sulla cattura di Bernardo Provenzano.

Mi alzo. Ho voglia di fumare.

«Saverio, dove vai?» chiede Franco.

«Una telefonata».

«Non ci abbandonare, però».

Mentre esco dal refettorio intuisco che parlano di me, presumo con falsa commiserazione.

È mezzanotte.

Mi prende nostalgia di Màkari. Dell'odore di mare e di Suleima.

Quando rientro in sala, la cena è finita, i commensali si muovono a gruppetti verso le loro celle di clausura.

La risata di Marina Tadde nel corridoio, per qualche cosa che ha detto Simone Triassi.

Don Franco, ora al capo del tavolo, parla fitto con Kevin, accarezzandogli la testa. Ritira la mano appena incontra il mio sguardo.

«Saverio, una telefonata importante a quanto intuisco».

«Femmine».

«Non conosco, ma capisco».

«Beato te, Franco. Io più conosco, meno capisco».

Me ne vado. Kevin non ha alzato nemmeno gli occhi per dare la buonanotte. Balla Coi Lupi è contropigliato.

Traffico con l'iPad. Mando qualche messaggio erotico a Suleima. Ci starebbe bene una sigaretta, affacciato alla finestra, il fumo lanciato nella notte di Palermo.

Il convento ha muri spessi, non fa nemmeno caldo.

Vado a cercare su Google il nome del mio sottosegretario preferito, lo stronzo. È stato a Lampedusa, ha prodotto una dichiarazione sui migranti, sulle misure necessarie per fermare l'emergenza sbarchi: aria fritta, al solito suo. L'unica volta che ha detto una cosa di rilievo, era una frase sbagliata. Vorrà dire qualcosa, no?

Accendo Teresita.

La noche es oscura.

«La noche es oscura» sussurro al tablet.

¿Cuál es la forma de salir de aquí?

Vorrei saperlo, Teresita mia, qual è il modo per uscire al più presto da qui.

¿Cuál es la forma de salir de aquí?, si incazza.

Meglio spegnerti, Teresita.

Guardo il quadretto attaccato sullo scrittoio, un vescovo che legge dentro una biblioteca. Mi pare preciso al vescovo del mio sogno. Mi alzo, vado a leggere: «San Girolamo nello studio», Antonello da Messina, 1475 circa, National Gallery, Londra.

Penso che vorrei comprare delle stampe di Maurilio Catalano, belle colorate, da mettere a Màkari. Se ho tempo domani faccio un salto da Arte al Borgo, magari se Maurilio è in galleria mi fa pure lo sconto.

Qualcuno parla a voce bassa. Una risata.

Socchiudo la porta.

Marina Tadde, in sottoveste nera, appoggiata allo stipite, fa la cretina con Simone Triassi in mutande e t-shirt bianca, in posizione plastica sulla soglia della sua camera.

Il corridoio è al buio, dalla vetrata in fondo il chiarore giallo della città.

Spengo la luce, provo a dormire.

Riaccendo la luce, ritorno sul tablet, leggo le ultime del «Corriere.it», tento di appassionarmi a un editoriale sulla riforma della giustizia civile. Niente, non funziona: non trovo sonno.

Mi affaccio alla finestra.

Da qualche parte arriva musica, mi sembra *Summertime*.

Ho voglia di fumare.

Ho voglia di tornare a Màkari.

Appena scade la mia cambiale con don Franco, mi faccio portare indietro e ci rivediamo minimo minimo tra dieci anni.

Ho sete.

Nemmeno mi ricordo come si dice in spagnolo. Ho sete.

Metto i jeans, a scanso di equivoci: non si sa mai incontro Marina Tadde malintenzionata.

Nel corridoio ora c'è silenzio. Dietro una porta qualcuno russa sonoro.

Vado in refettorio a cercare una bottiglia d'acqua.

Previdente, don Franco ne ha fatte lasciare una decina sul tavolo.

Mi attacco a garganella.

Su una panca un pacchetto abbandonato di Marlboro Light. Ma è vuoto.

Cerco attorno, niente.

Dov'erano seduti Kevin e don Franco trovo una cartellina del convegno. La apro. Scarabocchi, come sempre se ne pasticciano ascoltando interessantissime relazioni. Più sono dotte e interessanti, più scarabocchi producono. Potrei scrivere un breve saggio su questo argomento, magari il Mulino me lo pubblica.

Non riesco a leggere, nel refettorio c'è troppo buio. Intravedo stelle, quadrati, croci, teschi. Sarà il gusto barocco di Franco Pitrone.

Una bottiglia in una mano, la cartellina sotto il braccio, torno in camera.

Quello che russa ha cambiato ritmo: prima era un gorgoglio continuo, adesso sussulta in apnea. Gli farà male al cuore, se continua così.

Arrivo alla vetrata illuminata dalle luci di piazza Marina. Spettacolare. Infilo la cartellina sotto la porta dell'ufficio di Franco.

Una sigaretta ci starebbe benissimo, adesso.

Rientro nella mia cella. La misuro a passi: quattro-e-mezzo per tre.

Chissà che direbbe Teresita.

Provo a dormire. Forse ci riesco. Sulla soglia del sonno avverto il rumore di una sedia finita a terra, un respiro affannoso, una specie di risata. Marina Tadde deve aver sgominato le ultime difese di Simone Triassi. Buonanotte.

«Saverio! Saverio!».

Chi è? Peppe Piccionello? No, Franco Pitrone. Mi sveglio nel letto del convento.

La porta della camera sobbalza, presa a pugni.

«Saverio!».

Mi alzo di botto. Apro.

Franco mi scuote, mi tira fuori, mi spinge dentro. Boccheggia. Ansima.

«Saverio!».

Lo prendo per le spalle, stringo forte.

«Calmati, Franco, calmati. Che succede?».

«Triassi. Saverio!».

«Calma, Franco. Prendi fiato. Che succede?».

«Lo hanno ammazzato».

«Chi?».

«Triassi è morto. L'hanno ammazzato».

Cazzo.

«Cazzo».

Esco dalla camera, mi trascino dietro Franco. La porta della stanza di Triassi è aperta. Immobile sulla soglia, la mano sulla bocca, la vecchia custode del convento deve aver perso una pantofola.

Mi affaccio nella camera di Triassi.

Il sangue è la prima cosa.

Impregna le lenzuola. Una striscia scura si allunga verso il bagno, segnata da impronte di scarpe.

Triassi è scomposto sul letto, le gambe penzoloni a terra, la maglietta zuppa di sangue, le mutande tirate giù alle caviglie, un braccio contro il muro, gli occhi sbarrati al soffitto.

Cazzo.

Franco mi riempie le spalle di pugni, spinge per entrare. Picchia con la testa sulla mia schiena. Lo sento singhiozzare.

La vecchia senza una pantofola soffia forte nella mano che le copre la bocca.

Cazzo.

Hanno ammazzato Simone Triassi.

Minchia bordello.

La polizia. Subito. Chiamare la polizia.

Per fortuna il procuratore nazionale antimafia ha preferito andare a dormire altrove, sennò a quest'ora qui c'era lo stato di guerra.

Per fortuna il sostituto procuratore di Caltanissetta è tornato di notte e notte a casa sua, sennò avevamo già i paracadutisti sul tetto.

I giornalisti arriveranno presto. Altro casino da sbrogliare.

Il convegno è morto. Morto come Triassi.

Io non potrò tornare a Màkari stasera.

«Franco, chiama la polizia» grido.

«La polizia, sì».

«Il telefono, Franco. Chiama il 113. Subito».

«La polizia, sì» resta fermo.

«Ho capito».

Corro nella mia cella, afferro il cellulare, torno in corridoio.

Uno uno tre.

«Polizia Palermo, operatore undici».

«È un'emergenza. Chiamo dal convento di don Franco Pitrone, piazza Marina, ha capito? C'è un morto, un omicidio. Guardi, non posso essere più preciso. Mi chiamo Lamanna, Saverio Lamanna. Mandate qualcuno, presto. Sì, io sono qui, non mi muovo, non tocchiamo niente».

Chiudo. Chiudo gli occhi, aspetto il suono delle sirene.
«Che facciamo, Saverio?» chiede don Franco.
«Tu che sai farlo prega, Franco».
«Sì. È una buona idea. Tilde» dice alla vecchia, «preghiamo. L'eterno riposo dona a nostro fratello Simone, o Signore, splenda per egli la luce perpetua. Riposi in pace, amen».

Penso in fretta. Non ho fatto il nome di Simone Triassi al 113.

Meglio prendere un po' di tempo prima che lo sappia tutta Italia.

Che ore sono? Le sei meno dieci.

Fuori è già chiaro.

Si schiude una porta, si affaccia Marina Tadde, gonfia di sonno.

«Che succede?» chiede.
«Puoi scrivere il tuo pezzo».
«Quale?».
«Hanno ammazzato Simone Triassi».
«Non scherzare, dai».
«Magari. Non li senti questi due?».
«... riposi in pace, amen».

Marina Tadde sbarra gli occhi. Le sfugge un sospiro, come un rantolo, si appoggia allo stipite e viene giù, culo a terra.

«Sui gradini un manipolo sparuto si riscaldava di se stesso».

Mi ballano in testa questi due versi, non riesco ad andare avanti.

Una poesia sul calcio, mandata a memoria alle elementari.

Un manipolo sparuto si riscaldava di se stesso.

Il manipolo sparuto degli ospiti del convento.

Ci hanno detto di aspettare qui. E aspettiamo. In silenzio attorno al tavolone del refettorio, gira di mano in mano una moka gigante piena di caffè.

Marina Tadde singhiozza, si sente già vedova.

Nel corridoio via vai di sbirri, squadra mobile, sezione omicidi, scientifica. Un bordello.

La notizia è già sulle prime pagine di tutti i siti. Sotto il convento si sono piazzate le parabole di Sky, Rai, Mediaset.

Franco Pitrone si è calmato. Scuote la testa, sussurra ordini a Tilde: prepara altro caffè, prendi i biscotti, per me un tè e due fette biscottate.

Gli sbirri hanno chiesto i documenti a tutti.

Aspettate qui.

L'assassino è seduto a questo tavolo, penso di botto.

Tilde, la vecchia, è troppo vecchia, non sta manco in piedi.

Marina Tadde? Potrebbe essere. Piange assai. Senso di colpa?

Le tre studentesse di Torino, strette fra di loro, sono troppo insignificanti per ammazzare una persona: nemmeno in tre ci riuscirebbero.

Ci sarebbe il giornalista inglese del «Guardian», non ricordo come si chiama. Ma se uno parte da Londra per ammazzare la gente a Palermo, vuol dire che ignora le leggi fondamentali del mercato: in Sicilia c'è sempre stata più offerta di omicidi che domanda.

Certo, c'è Franco. Un prete può ammazzare un cristiano? Forse sì, anche se non ricordo precedenti illustri. Mai però avrebbe messo a rischio il suo convegno solo per togliersi lo sfizio di uccidere Triassi, per quanto potesse stargli antipatico.

Cazzo.

Ci sono io. Il movente ci vuole. Il movente. Provo a pensare.

Due anni fa Triassi aveva dichiarato in un'intervista che il mio sottosegretario – ma lo stronzo, ai tempi, non era ancora sottosegretario – era socio di un'impresa vincitrice di un appalto per i lavori di ricostruzione dell'Aquila. Non era vero. O meglio: le quote dell'impresa erano intestate alla moglie dello stronzo. Avevo mandato una lettera di smentita alla «Stampa», dura e ironica (ero abbastanza soddisfatto del tono complessivo) contro Triassi, firmandola come portavoce dello stronzo.

Può essere un movente? Semmai è il movente per ammazzare lo stronzo. Oppure il movente di Triassi per ammazzare me, infatti c'eravamo salutati a stento.

Entra uno che ha la faccia di capo degli sbirri.

«Lamanna?».

Dice proprio a me. Mi hanno scoperto.

«Eccomi» mi alzo di scatto. Dal tavolone tutti gli sguardi si sollevano. Forse pensano che ora confesso, come in un telefilm di Ellery Queen.

«Sono il vicequestore Randone. Come stai?».

Mi dà subito del tu, i sospetti contro di me devono essere pesanti.

«Compatibilmente» rispondo.

Mi sudano le mani.

«Mi fa piacere conoscerti di persona, anche se l'occasione purtroppo è quella che è».

Gli fa piacere conoscermi. Perché? Il cacciatore e la preda, il gatto e il topo. Il topo sono io. Gioca.

«Ricambio».

«Lamanna, sei un poco teso».

«I morti prima di colazione mi fanno sempre questo effetto».

Mi prende sottobraccio, mi allontana dal tavolo.

Ci siamo. Ora mi dice: in nome della legge sei in arresto, hai diritto a un avvocato, hai diritto di tacere, tutto ciò che dirai potrà essere usato contro di te.

«Lamanna, ma non ti ricordi? Sono il marito di Giovanna Curtopelle».

Giovanna Curtopelle?

Giovanna Curtopelle!

Certo che sì. Si era fatta raccomandare da una mia prof del liceo per un trasferimento dalla prefettura di Macerata alla Sicilia, dove aveva lasciato marito e due figli. Avvicinamento per urgenti ragioni familiari, ricordo benissimo. Aveva perfino accluso alla richiesta un certificato medico che diagnosticava la grave depressione del marito a causa dell'assenza della moglie. Dunque, il vicequestore Randone è il gravemente depresso.

«Giovanna è finita alla prefettura di Enna».

«Meglio che a Macerata».

«Certo, e ti ringrazio. Però viaggia ogni giorno, in macchina: sai com'è, spese di benzina, disagi, pericoli. Non è che si può fare qualcosa per portarla a Palermo?».

Il gravemente depresso è l'unico in Italia a non sapere che al Viminale non ci posso manco mettere piede.

«Possiamo provare. Tu adesso come stai?».

«Benissimo. Perché?».

«Avevi avuto qualche problemino, se non sbaglio».

«Forse mi confondi con qualcun altro, Lamanna. Ringraziando Iddio non ho mai avuto guai di salute» e si dà una toccata scaramantica.

Hai capito il depresso? Cosa non si fa per la famiglia.

«Bel casino» cambio discorso.

«Già, bel casino. Il capo della mobile è in vacanza e tocca a me sbrogliare questo bordello. Ma fra tre giorni io parto e vado al mare, pure se ammazzano il papa».

«Si è capito qualcosa?».

«L'hanno ammazzato fra le due e le tre di notte».

«A quell'ora ho sentito dei rumori, ma non ho capito bene, stavo prendendo sonno».

«Tre coltellate, una dritta al cuore, micidiale. È morto quasi subito. Stamattina doveva partire per Roma con il primo aereo, aveva messo la sveglia alle cinque e un quarto. La vecchia era già in piedi per preparare la colazione, sapeva che Triassi doveva andare via. Non lo ha visto arrivare ed è andata a chiamarlo. La porta era socchiusa, ha visto il morto, ha avvertito don Franco».

«Il resto lo so. Mafia?».

«Ma che mafia, Lamanna. Storia di froci».

«Politicamente impeccabile».

«Vabbè, gay, omosessuali, chiamali come vuoi. Stiamo cercando il ragazzo».

«Quale ragazzo?».

«Il biondino che vive nel convento».

«Kevin?».

«Ah, sì, si fa chiamare Kevin. Il vero nome è Salvatore Cucurullo, nato nel 1992, orfano di padre e di madre, piccoli precedenti per furto, sei mesi al Malaspina, disturbi della personalità, infatti è arruso, anzi gay, don Franco se l'era preso al convento per dargli una mano d'aiuto, Triassi forse ha pensato di farselo, hanno litigato, sai come sono questi, Cucurullo probabilmente è andato in cucina, ha preso un coltello e lo ha scannato. Poi è fuggito. Fine della storia».

«Triassi era omosessuale?».

«E chi ci capisce, Lamanna? Questi famosi sai come sono: una botta lì, una botta là».

«E Kevin dov'è? Voglio dire, Cucurullo».

«Non si sa. Lo stiamo cercando. Ma è questione di tempo. Dove vuoi che vada? È Totò Cucurullo, non è mica Matteo Messina Denaro».

«Dottore Randone, che facciamo con i giornalisti? Fanno come i pazzi» grida uno sbirro dal corridoio.

«Minchia, i giornalisti. Che gli dico? Tu sei del mestiere».

«Digli che le indagini si muovono a 360 gradi e non si esclude nessuna pista».

«Lamanna, queste cose qui nemmeno i carabinieri le dicono più».

«E allora digli che è storia di froci».

«Mi pare troppo. Se vuole dirlo il magistrato, cazzi suoi, quando finalmente si degnerà di farsi vedere. Io dichiaro che al momento non ci sono dichiarazioni».

«Bravo, così non sbagli mai».

«Ma che succede? Tu come stai?» messaggio di Suleima.

«Io bene. Hai visto la tv? Hanno ammazzato Triassi» rispondo.

«Visto, terribile. Stasera non torni?».

«Non so. Ti faccio sapere».

«Stai attento, non farmi preoccupare. Ti aspetto. Baci dove sai tu».

Franco è al telefono, ancora nel salone del refettorio.

«Questioni di opportunità, capisco. No, ancora non si sa molto. Terribile, sì, terribile. Una vittima innocente. Vittima della violenza di questo nostro tempo. Quel suo discorso di ieri è un testamento. Sì, abbiamo pure il video, appena posso te lo faccio avere. Salutami il ministro. Per il momento non fa dichiarazioni, vero? Certo, è ovvio, prima bisogna capire meglio».

Don Franco mi viene incontro.

«Sono sconvolto» mi abbraccia.

«Devi essere forte, Franco».

«Lo sai che Kevin è scappato?».

«L'ho saputo. Dicono che è stato lui».

«Non riesco a crederci, Saverio. Come ha potuto?».

«Quel ragazzo ha avuto una vita difficile».

«Sapessi com'è buono, com'è affezionato».

«Lo so».

«Ho annullato tutto. Per fortuna la Fanelli non era ancora partita da Milano. Il ministro, giustamente, vuole capirci meglio. Cosa dice il commissario? Ho visto che parlavi con lui».

«Cosa vuoi che dica, Franco? La cosa è un po' confusa».

«Oddio» si mette le mani nei capelli, «perdonami se ti nomino invano, mio Dio. Capisci cosa significa, Saverio? Una morte così, per passioni nascoste, tenebrose, inconfessate. Dio misericordioso abbi pietà di lui, di noi. Abbi pietà della nostra vergogna, mai dovremmo provare vergogna per i nostri fratelli. Beati i poveri di spirito».

«Franco, squilla il tuo telefono».

«Ah, scusami. Pronto? Grazie, grazie. Una cosa terribile. Terribile. No, veramente, preferisco non dire niente. Capisco che è il tuo lavoro, caro, ma cosa vuoi che dica? Con Simone Triassi avevamo cenato assieme, era sereno: rideva, scherzava. Il suo discorso di ieri al convegno è stato di altissimo livello, un testamento morale. Sì, abbiamo un video, appena posso te lo faccio avere. Mi mandi la tua mail con un messaggino?».

Rintraccio Randone oltre il cordone di plastica bianco e rosso che taglia a metà il corridoio. Lo faccio chiamare da un poliziotto in divisa.

Dalla stanza di Triassi stanno portando fuori la bara di zinco.

«Lamanna, dimmi, non ho molto tempo» fa Randone.

«Ma devo rimanere qui o posso andare via?».

«Vai dove vuoi, basta che resti a Palermo. Tra stasera e domani mattina dobbiamo fare i verbali di testimonianza. Lascia il tuo numero di telefono all'agente, ti cerco io quando ho bisogno».

Ripasso dal refettorio. Marina Tadde scrive al computer, accanto ha un mucchietto di fazzolettini di carta stropicciati.

«Contenta? Finisci in prima pagina» dico.

«È il pezzo più difficile che abbia mai scritto».

Le sussurro all'orecchio:

«Ma te lo sei scopato?».

«Stronzo».

«È la mia natura».

Non gliela posso perdonare a Marina Tadde. Quando mi hanno trombato ha scritto il pezzo più velenoso di tutta la stampa nazionale.

Le tre studentesse giocano con i telefonini. Ridacchiano, forse per smaltire la tensione. Il giornalista del «Guardian», avendo finalmente capito che c'è stato un omicidio, reagisce con flemma inglese intervistando Pitrone con l'iPhone.

«Perché Triassi non aveva sua scorta di protezione? Ma lo Stato italiano sapeva che lui veniva a Palermo dove Cosa Nostra è molto comandante e ha sempre ucciso uomini di antimafia. Don Franco, lei ha paura?».

Scendo la scalinata, una poliziotta con il fratino blu fuma una sigaretta appoggiata alla balaustra.

Mi torna la voglia di fumare.

Sul portone due agenti impediscono l'accesso a estranei e giornalisti. Scivolo fuori, cercando di svicolare nel caos di auto blindate, volanti con i lampeggianti accesi, fly televisive, telecamere, curiosi di passaggio, ragazzini sugli scooter. Giro l'angolo, nessuno si è accorto di me.

«Saverio» mi sento chiamare.

Matteo Pipitone dell'Ansa, seduto su uno scalino, addenta un'arancina.

«Vieni da su?» mi chiede.

«Che vuoi sapere?».

«Hai chiamato tu la polizia, vero?».

«Sì. Le notizie girano in fretta».

«Saverio, faccio questo lavoro da vent'anni. Che sai?».

«Hanno ammazzato Triassi».

«Dai Saverio, non scherzare. Hai notato qualcosa di strano?».

«Era morto, pieno di sangue, buttato sul letto della sua stanza. Va bene così?».

«Hai scattato foto?».

«Foto?».

«Sì, col telefonino. Hai fatto una foto? Un video?».

«Matteo, ragioni o sei diventato cretino?».

«Lo so, Saverio, ma quelli del sito vogliono foto o video. Delle notizie non gliene frega più niente a nessuno».

«Matteo, storia di froci è».

«Vabbè, hai sempre voglia di babbiare».

«Stai attento, Matteo, ti sei sporcato la camicia. Buon lavoro».

Lascio Pipitone concentrato sulla macchia d'olio della camicia, risalgo per via Alloro, arrivo a piazza Magione, sbuco in via Garibaldi. Posso rallentare il passo.

Adelante, con juicio.

Ci vorrebbe Teresita, pure se questa non mi pare frase sua.

Entro in un bar, iris al forno con ricotta e caffè. Àcito e umito sono i mali di Palermo, tanto si sa.

La televisione senza volume su Tgcom, sullo schermo scorre il serpentone delle ultime notizie: «Omicidio Triassi, si indaga sulla pista personale».

«Minchia, si scannano tutti 'ntra iddi» commenta uno sollevando la testa dalla schedina del Gratta e vinci.

«Parrini e sbirri. Schifiu» replica il barista.

Si scannano fra di loro. Trent'anni fa lo dicevamo dei mafiosi. Il mondo cambia, le parole rimangono le stesse.

Quasi quasi vado a trovare papà. E stanotte dormo lì, nella mia stanzetta da ragazzo, sul muro ancora il poster di Gilles Villeneuve. Non voglio tornare in convento.

Minestra di tenerumi.
Io e papà mangiamo in silenzio, sul tavolo della cucina.
«Ti piace?» chiede papà.
«Buona, non la mangiavo da anni».
«Quando eri bambino non ti piaceva».
«L'hai fatta tu?».
«Ma che dici? Manco le uova mi so cucinare. L'ha preparata Maricchiedda».
«Ancora viene Maricchiedda? Quanti anni ha?».
«Più vecchia di me e più testona di me. Ci sono discussioni ogni due per tre. Ma che ci vuoi fare, è fidata e sa come prendermi».
È avanzata un po' di pasta con i tenerumi nel fondo della pentola, la spartisco nel mio piatto e in quello di papà.
«A Màkari come va?» fa lui.
«Una meraviglia. Devi venire a vedere».
«Bah, lì va tutto a rotoli».
«Ho sistemato tutto. Pare nuova».
«Piccionello si comporta bene?».
«Una colonna».
«Una colonnetta, semmai. È alto un metro e basta».
I canarini cantano nella gabbia in veranda.
«Non ti fanno pena?» chiedo.
«Chi? I canarini? Gli do da mangiare, gli do da bere. Che vogliono di più?».

«La libertà».

«Saverio, questa cosa della libertà è troppo esagerata. Tu sei libero, no? E che te ne fai?».

«Me la godo».

«E ognuno si gode la gabbia sua. Vabbè, sparecchia tu che io vado a riposarmi. Alle quattro e mezzo passa Mimì, andiamo al circolo a giocare a burraco. Tu che fai?».

«Passo tempo».

«E bene fai. La tua stanza sai dov'è».

Lavo piatti e bicchieri, li metto a scolare sul lavello.

Mio padre torna in pigiama.

«Questa storia di Triassi com'è?».

«Storia di omosessuali».

«Brutta morte. Tu hai problemi?».

«I soliti».

«Allora dormo tranquillo. A dopo».

Accendo la televisione. Mi riguardo un pezzo di film su Retequattro con Michael Douglas che fa Gekko.

Giro col telecomando, trovo un tg.

Il vicequestore Randone in diretta.

«... il giovane era da noi attivamente ricercato... abbiamo trovato alcuni inoppugnabili elementi a suo carico... l'analisi del Dna potrà definitivamente dare valore scientifico alle ipotesi di indagine che ormai purtroppo sono abbastanza delineate... una doppia tragedia».

Una doppia tragedia.

Telefono a Franco. Risponde al primo squillo.

«Saverio, Kevin si è impiccato».

Minchia.

«Si è ammazzato per colpa mia».
«Tu non c'entri, Franco».
«Dovevo stargli vicino, Saverio. E ora come faccio?».

Lo sento piangere al telefono.
I canarini cantano forte dalla gabbia.

Cammino per strada, le mani in tasca, a mangiarmi tutti gli odori di Palermo.

Penso a Kevin. Lo hanno trovato ad Acqua dei Corsari, impiccato a una trave di ferro di un capannone abbandonato. Caso chiuso. Addio, Balla Coi Lupi.

Ho sentito Suleima, era al mare con un'amica.

«Tesoro, qui è tutto una follia» le ho detto.

«Questa l'ho già sentita».

«Hai ragione. È un libro di John Fante, l'ho comprato ma non l'ho mai letto. Mi piaceva il titolo».

«Domani a pranzo non lavoro. Che dici se vengo a Palermo e poi torniamo assieme?».

«E me lo chiedi?».

Devo sbrigare la pratica con l'ex depresso se voglio essere libero domani.

Chiamo la questura.

Anzi, no. Non me lo passeranno mai al telefono. Ci vado direttamente. Sono testimone oculare di un delitto, mica possono dirmi: passi più tardi. Percorro corso Alberto Amedeo, infilzo Porta Nuova, sbuco nella Villa Bonanno con le sue palme morte, arrivo alla squadra mobile.

«Il dottor Randone?» faccio al piantone.

«Lei chi è?».

«Lamanna. Devo testimoniare per l'omicidio Triassi».

«Vada lì, lasci un documento e salga su alla sezione omicidi».

Eseguo. I poliziotti a Palermo sono più flemmatici del giornalista del «Guardian». Passano venti minuti buoni prima di certificare la mia esistenza in vita di testimone oculare.

Al piano, Randone mi viene incontro. Sembra contento di vedermi.

«Scusa, Lamanna, una giornataccia, puoi immaginare».

«Passavo di qui».

«Hai fatto bene, così chiudiamo il verbale. Alessi, mettiti al computer e scrivi».

Per fortuna Alessi è veloce alla tastiera.

Facciamo in fretta. Io sottoscritto, eccetera eccetera, identificato a mezzo di carta d'identità numero, eccetera eccetera, trovandomi nella notte a pernottare presso il noto convento, eccetera eccetera, avvertivo alle ore due e trenta circa del mattino rumori ai quali non prestavo particolare attenzione, eccetera eccetera, svegliato di soprassalto dal Pitrone don Franco mi rendevo immediatamente conto dell'accaduto, eccetera eccetera, al che con il mio personale telefono portatile avvertivo il 113, eccetera eccetera, conoscevo superficialmente il Triassi Simone per ragioni connesse al mio lavoro, eccetera eccetera, letto e confermato, Palermo in data odierna, eccetera eccetera.

Firmo, una copia mi viene consegnata, la piego in quattro e la metto in tasca.

«Allora, Randone, sono libero?».

«Libero come l'aria, Lamanna. Magari più in là ti chiamerà il magistrato, ma non credo perché non si farà nemmeno il processo. Reato estinto per morte del reo, si dice».

«Posso andare?».

«Aspetta, Lamanna, vieni nel mio ufficio».

Non finisce mai questa storia.

I calendari appesi alla parete, lo stemma dell'Fbi sulla scrivania, le menzioni e gli encomi incorniciati sopra la poltrona, il modellino di una volante sulla cassettiera, penne stilografiche, la coppa di un torneo di calcio tra forze dell'ordine, il disegno di un bambino con scritto sotto AL MIO PAPÀ, un pacchetto di Camel blu.

«Vuoi una sigaretta?» chiede Randone andando a sedersi.

«Ma qui si può fumare?».

«Qui decido io. Se fumi però apriamo la finestra».

«No, ho smesso di fumare».

«Bravo, pensa alla salute. Lamanna, cosa possiamo fare?».

«Cosa?».

«Per Giovanna, dico, se ci puoi mettere una buona parola e farla avvicinare a Palermo».

«Bisogna trovare una motivazione».

«Mio figlio è un po' dislessico. Non molto, per fortuna; ma forse per il trasferimento può bastare».

«Fammi avere qualche documento e vediamo cosa si può fare».

«Te li mando al ministero?».

«E dove sennò?».

Sulla scrivania di Randone, un fascicolo con il nome Simone Triassi sulla copertina.

«È finita, dunque?» chiedo.

«Per fortuna è finita presto. Fra tre giorni parto e vado al mare».

«Hai detto che ci sono elementi d'accusa inoppugnabili».

«Sì, nella stanza di Triassi abbiamo trovato questo» cerca tra i faldoni accatastati sul tavolo, «dove cazzo è messo? Ah, eccolo».

Un foglio di carta con il titolo del convegno. Al centro una frase a stampatello TRIASSI MORTO circondata da simboli.

Stelle, quadrati, croci, teschi.

«La grafia è quella di Cucurullo» dice Randone, «per scrupolo faremo la perizia calligrafica, ma si vede a occhio nudo che lo ha scritto lui».

Stelle, quadrati, croci, teschi.

«Devo andare, Randone».

«Lamanna, aspetta, prendi un caffè?».

«No, devo andare».

«Ti mando tutto al ministero, allora?».

«Certo. Al ministero. E dove sennò?».

«Giovanna Curtopelle, ricordatelo» mi grida dietro nel corridoio».

«E chi se lo scorda».

Ho il respiro pesante, devo rallentare.

I macellai hanno acceso le lampadine da duecento watt. Nei vicoli di Ballarò è già buio.

Vado di fretta.

Vado di corsa.

Macerie, balconi, portoni, impalcature, tubi Innocenti, lavori in corso, moto smarmittate, pane e panelle, mussu e carcagnolo, divieto di sosta.

Vado di corsa.

Lasciate libero lo scarrozzo, focacceria, carnezzeria, chi butta la munnizza è curnutu, forza Palermo, sciarpe rosanero, accura ca sbandi.

Vado di fretta.

È bellu cavuru è bellu vieru, sfincionello, tastalo chi cuosi belle, babbaluci, cucuzzedda lunga, muluni d'acqua, muluni bianco, semaforo, rosso, fermi, verde, via, accura, ma chi fa nun ci viri.

Non ce la faccio più.

Sono al convento.

I giornalisti si sono spostati da qualche altra parte, è rimasto solo il furgone bianco della Rai.

Mi appoggio al portone chiuso. Devo prendere fiato. Devo riprendere fiato.

La mano al petto. Ora mi prende un infarto, penso. Addio Màkari. Addio Suleima. Addio Teresita. Ci resto secco. Morire a Palermo. E dove, sennò? Non c'è posto migliore per lasciarci la vita.

Il citofono. Busso. Busso ancora.

«Cu è?».

«Signora Tilde?».

«Cu è?».

«Lamanna» non riesco a parlare. «Lamanna sono. Si ricorda? Ho dormito qui questa notte, sono venuto a riprendere la mia borsa».

«Ci apro».

Risalgo piano la scala. Non ho più polmoni. In cima mi aspetta la vecchia in pantofole.

Prendo la borsa, ficco dentro la maglietta usata per la notte, la camicia del giorno prima buttata a terra, il tablet.

«Don Franco c'è?» chiedo, «quanto lo saluto».

«Mischino, don Franco. Troppi dispiaceri».

«A chi lo dice. È nel suo ufficio?».

«Là» indica il fondo del corridoio.

Franco Pitrone al buio, seduto alla scrivania nel vago chiarore della finestra.

«Saverio, tu sei?».

«Sì, Franco».

«Entra».

Mi siedo. Ora siamo solo due ombre.

Due ombre in silenzio.

Franco dice qualcosa. Non capisco bene.

«Cosa dici?».

«Sono andato a trovarlo, povero figlio. Mi ha perdonato».

«Te lo ha detto?» mi pento del sarcasmo.

«Sì, me lo ha detto. L'ho baciato in fronte, sembrava dormisse. Aveva una specie di sorriso sulle labbra. E così mi ha perdonato».

«Ti ha perdonato. Da morto».

«Padre, perdona loro perché non sanno quello che fanno».

«Franco, non fare il prete con me».

«Sono sempre un prete. Con te, con Kevin, con tutti».

Adesso gli tiro un pugno, penso.

Stendo il braccio sopra il tavolo, sopra i suoi libri, i suoi vangeli, i ritagli di giornali, *L'imitazione di Cristo* e l'ultimo numero di «Famiglia cristiana». Un pugno e me ne vado. Cosa posso fare di più?

Adelante, con juicio.

Tiro un respiro con la bocca.

«Kevin l'hai ammazzato tu» sbotto.

«Hai ragione. Quando si è presentato qui per la prima volta gli avevo detto di restare, gli avevo promesso che non l'avrei abbandonato mai, che l'avrei protetto dal mondo».

«Franco, lascia perdere le promesse. Gli hai messo la corda al collo».

«Fai bene a dirmi così. Sei un amico, Saverio. Merito i tuoi rimproveri».

«No, Franco, non sono tuo amico».

«Non sei mio amico?» ora la voce di Franco è sorpresa.

«No, non sono tuo amico».

Accende la lampada sul tavolo, la luce illumina le carte, una porzione del suo volto resta nell'ombra.

«Franco, io lo so che tu hai ammazzato Kevin».

«Sei impazzito?» mi chiede allarmato.

«No, io lo so. Il foglio, Franco, quello con gli scarabocchi».

«L'ha scritto Kevin. Il magistrato mi ha detto che la calligrafia è la sua».

«Lo so che l'aveva scritto lui. L'aveva dimenticato in refettorio. Ma sono stato io a infilarlo sotto la porta del tuo ufficio. Solo tu potevi metterlo nella stanza di Triassi. Perché lo hai fatto?».

Da fuori arriva la musica di *Summertime*.

Franco Pitrone tormenta con le dita l'angolo della pagina di un libro.

«Parliamoci chiaro, Saverio».

«Io ho parlato chiaro. Parla chiaro tu, se sei capace».

«Vedi Saverio, questa è una città insanguinata».

«Non girarci attorno, Franco. Perché lo hai fatto?» sto gridando.

«Fammi spiegare, Saverio».

«Perché lo hai fatto?» la voce mi si strozza.

«Simone Triassi stava rovinando tutto. Kevin l'ha ucciso per amore mio. L'ha fatto solo per me».

«E tu lo hai ripagato così».

«Saverio, ti prego, fammi parlare. Palermo è una città insanguinata. Lapidi, commemorazioni, strade, piazze, alberi. Tutto parla di morte. Tutto parla di mafia, ma parla anche di una lotta eroica, grandiosa, titanica tra il bene e il male, tra i giusti e gli ingiusti. Tu lo sai che da una vita cerco di tenere insieme questo fronte. Ma il lato giusto è fragile, esposto alle ambizioni personali, ai fanatismi, alla cecità della buona fede, alla corruzione del potere. Triassi portava scompiglio, divideva con l'accetta del moralismo feroce i buoni dai meno buoni, i puri dagli impuri. Ma per vincere questa lotta ci vogliono anche i meno buoni, gli impuri».

«Impuri come te».

«Sì, come me. I peccatori, quelli che non hanno paura di sbagliare perché sanno che ci sono voluti i morti, gli errori, il martirio e l'ambizione per arrivare dove siamo arrivati oggi. E molto altro ancora c'è da fare. Ma uniti, Saverio. Uniti e non divisi, come voleva Triassi. In pochi, seppure giusti e puri, si perde la guerra. Non esistono eroi solitari, Saverio. Gli eroi solitari vengono sempre sconfitti».

«E Kevin ci ha creduto, vero? Gli hai riempito la testa di queste cazzate, Joe Bonanno, Magaddino, Michele Greco, le vittime, le lapidi, merda e sangue, buoni e cattivi, la lotta del bene contro il male, la grande battaglia del secolo».

«Viveva accanto a me, ogni giorno. Si era legato come un figlio. Più di un figlio, perché lo avevo scelto tra molti. Era sensibile, povero ragazzo. Ogni mio dispiacere era per lui una ferita. Odiava chi mi faceva stare male. Odiava Simone Triassi. Ma io non l'ho mai incoraggiato, mi devi credere, Saverio».

Una sirena d'ambulanza copre le ultime parole di Franco Pitrone.

Afferro un tagliacarte dalla scrivania, colpisco di punta il legno morbido del tavolo. Franco sussulta.

«Era un ragazzo, Franco. Era solo un ragazzo. Ho visto la sua data di nascita: 7 dicembre 1992. Che ne poteva sapere lui di quello che era successo a Palermo? Che ne sapeva delle autostrade che saltavano in aria, della gente che piangeva per strada, della notte di pioggia sulla città, delle luci accese a palazzo di giustizia e delle mani sulle bare? Era un ragazzo, ma gli hai gonfiato i pensieri. Era facile, no? Due storie raccontate bene, quattro ritagli di giornale, qualche foto, la retorica del reduce di quegli anni. Non deve finire mai questa guerra, Franco?».

«Non può finire proprio ora che stiamo vincendo».

«No, Franco. Non finisce mai perché non volete farla finire. C'è sempre un'altra guerra da fare. Solo che quella lì era vera, con i morti ammazzati. Ma questa è una guerra finta, per un titolo di giornale, per una casella sulla scacchiera, per dimostrare chi sta dalla parte più giusta. Perché c'è sempre uno più giusto degli altri, vero Franco? Che ne sapeva Kevin di tutto questo? Credeva in te e gli hai fatto credere che la guerra vera fosse questa qui, lo hai imbottito di risentimento, di disgusto. Gli hai passato i tuoi ricordi, le tue sconfitte, i tuoi desideri».

Franco batte il pugno sul tavolo.

«Che dici? Cosa stai dicendo? Ho fatto il mio dovere. La memoria, Saverio, la memoria di questa città è sacra. È un esempio per il mondo. Certo, inutile spiegarlo a te che sei scappato via per dimenticare tutto».

«Sono scappato via per vivere. Senza questo peso, senza questa zavorra che ti gonfia il petto e ti fa misurare le persone sulla distanza dai morti. Non ne potevo più di quelli come te, Franco, che pesano la loro morale e quella degli altri sulle tombe degli eroi».

«Non ho ammazzato Kevin. E nemmeno Triassi. È stato Kevin, lo sai anche tu».

«Hai ragione. È stato Kevin. Ha ammazzato Triassi per farti un piacere, per eliminare la causa delle tue angustie. Fedele. Come un figlio. Magari dopo è venuto anche a dirtelo».

Franco ha un singulto. Mi sembra stia piangendo, ma non vedo bene. Si è tirato indietro dalla luce, rintanato nell'ombra.

La marmitta di un motorino rompe il silenzio, fa tremare i vetri prima di allontanarsi nella notte, copre le parole di Franco.

«Aveva occhi stralunati, le mani piene di sangue. Ha voluto confessarsi, con un prete, con suo padre. Cosa può fare un prete, un padre? L'ho perdonato, in nome di Dio che attraverso me somministra la sua clemenza. Gli ho lavato le mani, i piedi, come fece nostro Signore Gesù».

«Prima lo hai perdonato, dopo lo hai fottuto. Bravo prete. Bravo padre».

Franco Pitrone non risponde. Abbassa la testa sul petto, con il pugno chiuso si colpisce all'altezza del cuore. Sento il rimbombo della cassa toracica.

«Mea culpa, mea culpa, mea maxima culpa».

«Non ti serve a niente il latino. Perchè lo hai fatto?».

«Simone Triassi non poteva diventare un martire. Sarebbe stata la rovina per l'antimafia, per me, per tutti. Triassi era morto, non c'era più niente da fare. Il corpo era sul letto, scomposto, già quasi svestito. Suggeriva qualcosa».

«Gli hai abbassato le mutande per farla sembrare una storia di froci».

«Non usare queste parole, Saverio. Ho pensato che era meglio così. Ho sbagliato, lo so. Ma Kevin sarebbe stato scoperto, prima o poi. Con tutte queste diavolerie di Dna, di polizia scientifica, avrebbero capito che era stato lui. Ho voluto soltanto evitare malintesi, dare una ragione privata a un delitto che poteva altrimenti diventare deleterio per la grande battaglia contro il male assoluto».

«Per non farlo sembrare quello che era, hai sacrificato tuo figlio».

«Saverio, anche nostro Signore sacrificò il suo unico figlio per la salvezza degli uomini».

«Hai messo in croce Kevin e gli hai piantato i chiodi».

Non ce la faccio più. Devo riprendere fiato.

Franco ora piange. Gli viene fuori una voce da bambino grasso.

«Non l'ho ucciso io, non sono stato io. Non ho ucciso nessuno».

Non riesco a sopportare il suo lamento.

Esco dall'ufficio.

Torno indietro.

Pitrone singhiozza al buio.

«Franco, ho dimenticato una cosa. Mi fai schifo».

Gli sputo addosso.

Una nave con tutte le luci accese taglia il mare fermo.

Resto a guardare fin quando scompare dietro Capo Zafferano.

Le automobili corrono veloci alle mie spalle.

Sull'erba secca del Foro Italico tento di indovinare il profilo di Monte Pellegrino.

Si avvicina un ragazzo.

«Hai una sigaretta?».

Allargo le braccia, scuoto la testa.

«Magari».

Le luci del porto brillano nell'afa della notte.

Palermo. Come si fa a vivere qui?

Provo a sentire Teresita.

Niente, tablet scarico.

Batería baja.

L'odore marcio del mare.

Il telefono.

«Dove sei?» chiede Suleima.

«Al mare».

«Domani mattina sono da te».

«Ti aspetto».

«Dove?».

«Mi trovi qui».

«Non ti muovere».

«Non mi muovo».

Da qualche parte, verso Bagheria, si accendono giochi di fuoco. Scoppiano nel cielo buio. Senza rumore.

Francesco Recami
Giallo a Milano (Marittima)

«Dov'è che sei Cipolla? Dai, non fare scherzi, che qui se ti perdi... e poi chi glielo racconta alla mamma?».

Amedeo Consonni stava passeggiando col nipotino per la pineta vicino al mare, nella Riserva Naturale di foce Bevano. Un'area molto bella e selvaggia, gli avevano detto che era una zona di tartufi. Si alternavano aree di fitto sottobosco ad altre con radure ombrose. Enrico credeva di aver visto una lepre e le era corso dietro.

«Nonno, sono qua».

«Ma dov'è che sei? Ti sento ma non ti vedo...».

«Nonno, sono qua sotto, sotto un cespu... nonno, nonno, vieni a vedere cosa ho trovato... vieni... ci sono due persone...».

«Due persone? Insieme? Sotto il cespuglio?». L'Amedeo previde il peggio: c'era da immaginarselo che quel luogo isolato fosse l'ideale per le coppiette.

«Vieni subito qui Enrico... vieni dal nonno, mi senti?».

«Ti sento benissimo, nonno» disse Enrico che si trovava a mezzo metro da lui.

«Andiamocene via, che questo qui è un posto che non è adatto per te».

«Ma nonno, devi vedere anche tu quelle persone, sono per terra, sotto il cespuglio, una sopra l'altra».

Amedeo prese Enrico per un braccio e lo trascinò via. Il bambino cercava di opporre resistenza.

«Nonno! Li devi vedere, sono tutti nudi!».

«Non sono affari che ci riguardano... andiamocene via... e non ti sognare di raccontarlo alla mamma, che quella poi...».

«Nonno, nonno! Sono tutti nudi e sono due uomini, uno sopra l'altro... una cosa fighissima...».

Oh Santa Madonna, anche questa... povero piccolino, via, via, occorreva togliersi di lì, anche se il Consonni non sapeva bene da che parte andare, aveva perso l'orientamento, in mezzo agli alberi.

«Nonno, li devi vedere assolutamente. Sono incastrati. Quello sopra ha infilato il pisellino grosso nel sedere a quell'altro che è di sotto».

Amedeo stava per perdere i sensi, ci mancava solo che il bambino restasse traumatizzato da una scena del genere, non se lo sarebbe mai più dimenticato.

Eppure il bambino non sembrava affatto traumatizzato, al contrario pareva elettrizzato.

«Nonno, li ho visti bene. Hanno gli occhi spalancati, e non respirano. Sono stato lì a guardare se facevano finta. No no, nonno, non respirano mai. Sono morti».

«Ma Enrico, che cosa stai dicendo». Amedeo cercava di condurre il nipotino fuori zona, ma si ritrovarono esattamente nel punto da cui erano partiti.

«Nonno, sono bianchi e non respirano... devi vederli... eccoli lì...».

Senza volere erano proprio davanti al cespuglio in questione, e Amedeo li vide. «Tu non guardare» disse al nipotino, che a non guardare non ci pensava nemmeno. Erano due maschi di costituzione robusta, non più giovani, entrambi proni, uno sopra l'altro, immobili.

«Non ti muovere di un millimetro di qui e guarda dall'altra parte!» intimò a Enrico, che ubbidì solo al primo comando.

Amedeo non poté che constatare che i due signori erano privi di vita, completamente nudi, e che avevano trovato la morte proprio nel mezzo di una penetrazione anale. Non c'erano però tracce di sangue o ferite visibili. Ossignur...

La mente del Consonni si affollò di talmente tanti pensieri che non riusciva a connettere. Enrico fu molto più concreto: «Nonno, bisogna chiamare la polizia».

E così effettivamente avrebbero fatto, di lì a poco. Enrico suggerì, mentre si allontanavano, di fare come Pollicino, cioè di lasciare per terra dei sassolini o qualcosa del genere per ritrovare il posto e farlo vedere ai poliziotti. Consonni strappò dei pezzi di carta dal suo quadernetto, finché non raggiunsero una strada sterrata più grande, dove erano posteggiate un paio di auto, tutte infangate. Lì vicino stazionavano alcune persone, vestite da cacciatori e con due cani, ma senza fucili, che chiacchieravano per i fatti loro. Consonni lanciò subito l'allarme: «Presto, aiutatemi, presto, bisogna chiamare la polizia! Ci sono due cadaveri nel bosco, due cadaveri!».

I signori vestiti da caccia lo guardarono come se fosse pazzo, doveva essere uno scombinato, e poi si dicevano quelle cose davanti a un bambino piccolo? Ma quel signore tanto fece e tanto disse che telefonò al 113. Chiese a quei tipi dove si trovassero di preciso. Nel giro di un quarto d'ora arrivarono i carabinieri. Nel frattempo il numero di persone che si andavano raccogliendo attorno al Consonni, che pareva invasato, aumentò. Si creò un numeroso capannello di curiosi, che in dialetto romagnolo facevano commenti su questi villeggianti milanesi che vedevano crimini dappertutto: «*Sti milanis! Is cred d'esar a e cino*». C'era tuttavia molta curiosità, non capitava tutti i giorni di trovare un paio di cadaveri nudi nella pineta. Uno dei due brigadieri chiese chi era che rispondeva al nome di Consonni Amedeo e da questo si fece accompagnare sul posto. Il Consonni chiese a una signora di Castel Bolognese che era lì a curiosare con l'intera famigliola se poteva affidare l'Enrico a loro per qualche minuto, giusto il tempo di portare i militi sul luogo del ritrovamento. La signora fu d'accordo, insieme al marito e a due figlie fra i tredici e i quindici anni, che già stavano messaggiando sulla novità. Fotografarono il Consonni, l'Enrico e i due carabinieri.

Il signore milanese, sconvolto, non si era ancora mosso che già la sua immagine ebbe diffusione planetaria sul più frequentato dei social network. Il gruppo di Castel Bolognese, presto rinfoltito quando arrivarono altri loro amici, avrebbe voluto andare a vedere i cadaveri, ma i brigadieri furono perentori, nessuno si sarebbe mosso di lì, potevano addentrarsi nel bosco solo loro e il denunziante, il quale prese a seguire i foglietti di carta. L'espediente funzionò e in dieci minuti il cespuglio fu raggiunto.

Nel frattempo Enrico teneva banco, raccontando con dovizia di particolari la situazione dei due uomini morti, bianchi bianchi, con uno che teneva un grosso pisellone nel buco del sedere di quell'altro. Si scatenò immediatamente una fittissima pioggia di telefonate, magia dell'era del cellulare in pochi secondi l'intera Riviera Romagnola era al corrente del fatto che alla Bassona avevano giustiziato due culattoni mentre erano all'opera.

L'Amedeo se l'era sentito fin dall'inizio che quella di andare in vacanza a Milano Marittima con la figlia Caterina, il nipotino Enrico e il signor Massimo, l'attuale compagno della figlia, non era una buona idea. Ma Caterina aveva stabilito il suo diktat. Vorrei prendermi una pausa e abbiamo – abbiamo chi? si era domandato il Consonni – amici che tutte le estati vanno a Milano Marittima e si trovano benissimo. Allora io e Massimo abbiamo pensato di prenderci un B&B carinissimo, mentre tu ed Enrico andrete in pensione, una pensione familiare molto adatta a un nonno e un nipotino, a pochi metri dal mio B&B. Potremo vederci quando vogliamo, ma non saremo vincolati in nessun modo. Naturalmente conti alla romana, tu paghi solo per te ed Enrico, la mia parte è a mio carico. La Pensione Aldebaran è convenzionata con un bagno che fa prezzi interessanti, e che per anziani e bambini va benissimo. Noi invece andremo al bagno Casta Beach 257 per una clientela un po' più esigente, d'altronde ho bisogno di rimettermi un po' in forma, ed è lì che vanno i nostri amici.

A Consonni il mare non era mai piaciuto. Sulla spiaggia si annoiava dopo dieci minuti, e l'insieme dei rituali balneari, dalla passeggiata affollata nel centro turistico al gelato, dalla sala giochi al noleggio del moscone, non l'aveva mai digerito. Sul fatto che durante la villeggiatura fosse lui a doversi occupare di Enrico non aveva sollevato alcuna obiezione, gli faceva piacere passare il tempo col nipote, ci si trovava molto bene, era una gioia per lui portarlo in giro, al parco divertimenti, a fare il bagno, a giocare con altri bambini. Ma che bisogno c'era di fare la vacanza nello stesso posto? Lui sarebbe andato più volentieri con Enrico in montagna, per esempio sulle Prealpi Orobie, in luoghi che conosceva bene. Caterina però aveva imposto queste ferie collettive ma separate, forse perché non si fidava di suo padre al punto tale da mandare il figlio in villeggiatura con lui in un luogo diverso. E inoltre così probabilmente si sentiva in pace con la sua coscienza: in fondo era come se andasse in vacanza col figlio avendo al seguito una dama di compagnia, l'Amedeo. Ma vabbè, che cosa ci si voleva fare. D'altronde le due coppie avevano orari diversi: nonno e nipote si alzavano presto e alle otto e mezza avevano già fatto colazione. Alle nove erano al mare, alle undici e mezza si erano già stufati e rientravano per il pranzo. Proprio a quell'ora invece i due neoamanti si alzavano da letto, giusto in tempo per l'aquagym delle 12.30. Poi partita a racchettone, e bagno di sole, intervallato da «Insalatona». Alle 18 ritorno in camera e... La sera uscivano tardi per cena, e poi iniziava la folle notte di Milano Marittima.

Dunque Caterina incontrava suo figlio Enrico due volte al giorno: alle undici e mezza quando lei usciva e il figlio rientrava e alle 18 quando lei rientrava e il figlio usciva col nonno per il gelato, già bello docciato e profumato.

Ormai era già una settimana che procedeva questo tran tran. Consonni aveva cercato di programmare accuratamente gli impegni della villeggiatura.

Il richiamo principale, ovverosia il parco divertimenti di Mirabilandia, poneva un problema: Enrico era troppo piccolo, le più famose attrazioni sulle quali il bambino era documentatissimo, il Katun e le montagne russe a lancio magnetico, richiedevano un'età minima di 12 anni. Per i più piccoli erano a disposizione divertimenti assai meno succulenti, come il Leprotto Express, una ridicola montagna russa alta sei metri, o le Mini Rapide, o le Pentole Stregate. Le due giornate che nonno e nipotino spesero – è il caso di dirlo – a Mirabilandia non furono prive di divertimento per il piccolo, ma sul suo volto restava dipinta un'ombra di rimpianto e di umiliazione, non potendo accedere ai giochi più fantastici. E per le finanze del Consonni tali gite a Mirabilandia furono più che sufficienti.

Un'altra giornata, scelta a causa del fatto che il tempo era brutto, fu passata a Ravenna, in visita ai famosi monumenti di età gota e bizantina. All'Enrico dei mosaici di San Vitale e del Mausoleo di Galla Placidia non è che interessasse granché, tanto meno della lunga galleria di santi di Sant'Apollinare Nuovo. Ma di questa visita turistico-artistica daremo meglio le ragioni in seguito.

L'Enrico avrebbe preferito partecipare al corso di kitesurfing, oppure avrebbe dato la vita per essere ammesso a cavalcare un banana boat, quei gommoni che vengono trascinati da un motoscafo a velocità siderale: nulla da fare, era sempre troppo piccolo per accedere a tutte quelle attività che a lui sarebbero piaciute moltissimo.

A Caterina le cose andavano alla grande, soprattutto per essere riuscita a fare in modo che Enrico e Massimo non entrassero in rotta di collisione, evenienza probabile dato che i due si detestavano.

Tuttavia alla perfetta pianificazione di Caterina era sfuggito un particolare, un segreto i cui depositari erano tre: l'Amedeo, Enrico e Angela.

Ma tornando a quella mattina, il Consonni aveva deciso di portare il nipotino a fare una passeggiata in pineta, nella Riserva Naturale alla foce del Bevano, una zona di elevatissimo interesse naturalistico, paradiso dei bird-watcher e di tutti coloro ai quali interessa la natura e le zone umide.

In quel momento stavano arrivando sul posto anche due pantere della PS e i curiosi erano diventati un bel numero, ma ancora non si sapeva niente. Per tutti coloro che erano in attesa sulla strada sterrata il tempo non passava mai, mordevano il freno. Allora, a chi appartenevano questi due cadaveri nudi? Gli agenti di PS ebbero difficoltà a impedire che i curiosi si muovessero sparpagliandosi per la pineta alla ricerca di corpi orrendamente seviziati.

Finalmente si intravidero da lontano le sagome dei due carabinieri e del turista milanese.

I brigadieri procedevano uno dietro e uno davanti al Consonni, sembrava che lo stessero scortando. Poi, senza agitarsi troppo e senza parlare con nessuno, aiutarono il testimone a salire sull'Alfa di servizio. Consonni fece presente che aveva lasciato il nipotino Enrico lì insieme a tutta quella gente, da una signora gentile di Castel Bolognese. I carabinieri rintracciarono Enrico e fecero salire sull'auto anche lui.

Parlarono con i «colleghi» della PS, scuotendo la testa. Nonostante non ci fossero comunicati ufficiali qualcosa trapelò. Trapelò che di morti non ce n'era neanche l'ombra. Avevano setacciato tutta la zona indicata dal turista milanese. Ma i cadaveri se li era sognati, oppure non erano affatto cadaveri e se ne erano andati per conto proprio. A voler essere proprio benevoli nei confronti di quel milanese rincoglionito poteva darsi che due persone ci fossero state veramente sotto quel cespuglio e che avessero fatto finta di essere morte, dato l'imbarazzo della situazione.

Consonni fu condotto in caserma per accertamenti. Lo accusarono di essere un irresponsabile. Aveva idea in un posto come quello quali potevano essere le conseguenze di denunciare un avvistamento del genere? In pochi attimi in tutta la riviera romagnola non si sarebbe parlato d'altro, cosa che effettivamente si stava già verificando.

Le centinaia di persone raccolte ai margini della pineta si ponevano mille domande: allora i cadaveri li hanno fatti sparire?

Consonni fu trattato dal comandante come un pazzo mitomane, un incosciente, uno sconsiderato, e inoltre aveva fatto quello che aveva fatto portandosi dietro un bambino di neanche cinque anni, il quale peraltro confermava la testimonianza del nonno, anzi, sosteneva che il primo a trovare i morti nudi era stato lui. Che imbecille, quel signor Consonni Amedeo, condurre un bambino in pineta alla Bassona, dove si sa che si possono fare certi incontri, o almeno così piace affermare a molti benpensanti che considerano quell'area come una Gomorra, o una Sodoma, fa lo stesso.

Prova ne sia che in pineta orde di curiosi si erano messi a setacciare il sottobosco, convinti che la versione dei carabinieri fosse fasulla, e che qualcosa doveva essere pur successo. E se le forze dell'ordine avessero già provveduto a nascondere o a portar via i due cadaveri? Oppure se avessero trovato qualcos'altro, sul quale mantenevano un assoluto riserbo?

Consonni fu trattenuto negli uffici dell'Arma fino alle due del pomeriggio, poi lui ed Enrico vennero riaccompagnati in pensione. Furono assaliti da turisti e personale dell'albergo, quasi circondati, per avere notizie.

C'erano anche dei giornalisti, operatori turistici, ristoratori, nullafacenti. Ma a Consonni era stato intimato di non rilasciare nessuna dichiarazione, anzi di non parlarne proprio con nessuno. Riuscì a chiudersi in camera con l'Enrico, mentre i gestori dell'Aldebaran facevano fatica a trattenere tutta quella truppa di curiosi, impedendole di riversarsi nei corridoi dei piani superiori.

Alle ore 15.23 il capitano Ceroni del comando Stazione Milano Marittima aveva prodotto una dichiarazione ufficiale: le voci relative ad un ritrovamento di due persone decedute nel bosco del Parco del Bevano erano assolutamente prive di fondamento, dovute alla sconsiderata dabbenaggine di una persona...
Ma ormai era troppo tardi, la marea dilagava, folle di impicciuoni arrivavano da Rimini, Riccione, Marina di Ravenna e perfino dai Lidi Ferraresi, posteggiavano sulla SS16 Adriatica, ingorgavano le strade secondarie, tutti volevano recarsi sul posto, nella speranza di avere notizie fresche, o, come minimo, nella certezza di scattare qualche fotografia di se stessi di fronte al luogo del delitto. Il cespuglio incriminato era stato evidenziato con dei nastri bianchi e rossi, simili a quelli che di solito appone la magistratura – chissà chi ne aveva un rotolo in macchina –, trovarlo non sarebbe stato difficile, visto che era presidiato da qualche centinaio di persone. Circolavano le voci più incontrollabili su chi fossero le vittime, e sul perché le autorità di polizia negassero i fatti. E tutto era dovuto al resocon-

to dettagliato che Enrico aveva esposto a quelle famiglie romagnole nei tre quarti d'ora a sua disposizione: aveva descritto con dovizia di particolari i volti delle due vittime, il colore della carnagione e mille altri aspetti. Poteva un bambino così piccolo essersi inventato tutto? Data l'impossibilità di intervistare il bambino stesso, i giornalisti si erano dovuti accontentare di coloro che col bambino avevano parlato: la famiglia di Castel Bolognese imperversava sui canali locali.

Le autorità si affannavano a negare assolutamente la fondatezza delle voci che invece circolavano freneticamente: per alcuni si trattava certamente di un regolamento di conti fra bande criminali che controllavano le slot-machine nel territorio; per altri i due erano stati uccisi da un gruppo omofobo filo-nazista pro-Putin, oppure da una setta segreta detta Dei Castratori, che sul web lanciava proclami sulla punizione esemplare che spettava ai busoni, vale a dire prima la castrazione e poi la morte. Altri ancora non avevano dubbi che c'entrasse l'arcivescovo. Naturalmente la zona pullulava di personaggi che si comportavano come i massimi esperti, custodi dei segreti più scabrosi, per esempio un tal Cleto pescatore e tartufaio, il quale sosteneva di conoscere quella pineta come le sue tasche, e di sapere benissimo cosa e chi c'era sotto – quando così si espresse non riuscì a trattenere un arguto e sdentato sorriso ironico – ma di non potere fare nomi perché l'affare era troppo grosso – anche in questo caso non si trattenne. E via andare, la polemica sul borgo abusivo di capanne di lamiera... i verdi e gli ecologisti che questa zona l'hanno rovinata... e invece, all'opposto diametrale... una zona di incomparabile valore naturalistico ridotta a feudo di poche famiglie di abusivi... loschi traffici, connessioni internazionali...

Consonni fu costretto a restare chiuso in camera per tutto il pomeriggio. Enrico fece buon viso a cattivo gioco, risolvendo la questione con una immersione completa in una serie di film televisivi. La catastrofe però era imminente, perché intorno alle diciotto Caterina si sarebbe mossa dal bagno Casta. Chissà se qualcosa le era giunto all'orecchio, probabilmente no, altrimenti avrebbe già chiamato.

Telefonò così alle regolari sei meno un quarto, chiedendo a suo padre dove fossero, lui e l'Enrico.

«Siamo in albergo».

«Va bene, stiamo venendo via dalla spiaggia, vi passo a fare un saluto...».

«Be'... sì, no, forse...».

Quando Caterina arrivò alla Pensione Aldebaran, che era assediata da un muro compatto di persone, si chiese che cosa mai fosse successo. Forse c'era qualche personaggio famoso, che so, Billy Costacurta oppure Christian Vieri, o un altro calciatore o qualche VIP, a Milano Marittima non si sa mai quali celebrità si possano incontrare. Era frequentata addirittura da Nina Moric.

Richiamò l'Amedeo per dirgli di scendere giù, che c'era un casino di gente e non si riusciva a passare. L'Amedeo con un filo di fiato riuscì a dire che non poteva scendere, perché tutto quel casino di gente era lì per lui.

All'apparecchio Caterina fu messa al corrente dell'accaduto, e gradatamente ma rapidamente il suo colore divenne rosso acceso. Non riusciva a credere che fosse possibile che l'Amedeo... quel cretino ti va a portare l'Enrico nella pineta degli omosessuali... e poi l'imbecille, con la sua fissazione per i casi polizieschi e i morti ammazzati... ah, questa poi... «E l'Enrico, come sta l'Enrico? Fammici parlare immediatamente!». Enrico con grande entusiasmo riepilogò alla mamma la loro avventura mattutina: «Abbiamo visto due morti che si infilavano il pisellone nel buco del cü», riassunse.

Caterina era fuori di sé... Riuscì a convincere i gestori della Pensione Aldebaran a farla salire, perché era la figlia del signor Consonni, era stravolta dalla situazione e doveva parlare con suo padre. Anche gli albergatori erano abbastanza stravolti, e non gradivano per niente la pubblicità che faceva loro quel cliente milanese, al centro di mille voci e supposizioni: «Noi con certe storie non vogliamo avere niente a che fare».

«Ma che c'entra, mio padre è solo un testimone... e poi, probabilmente, quello che dice di aver visto se lo è sognato».

«Non ci interessa, noi con certe storie non ci vogliamo avere niente a che fare...».

Comunque la fecero salire dal Consonni. Non vale la pena di riassumere il tono e il contenuto del discorso furente che Caterina rivolse a suo padre. Fatto sta che prese Enrico con sé, e riuscì a farlo sgattaiolare via dalla pensione per una uscita secondaria, mascherandolo con un asciugamano. Ma per quanto l'uscita fosse secondaria era presidiata da decine e decine di persone, che fotografarono Enrico come fosse una rock star ubriaca, quando cerca di lasciare in incognito il locale dove ha alzato un po' il gomito.

Così un codazzo di gente seguì Caterina ed Enrico paludato nel breve tratto fino al B&B. Numerosissime erano le supposizioni circolanti: il bambino sapeva cose che non poteva dire, o che non si voleva che dicesse... orrore, il bambino ha assistito a una scena terribile, è il testimone chiave e bisogna nasconderlo... che cosa celava la misteriosa famiglia di Milano? E chi era quel signore che accompagnava la signora Caterina Consonni, madre di Enrico?

Massimo non fu per niente contento della piega degli avvenimenti. Proprio per quella sera c'era il tavolo alla Posada. Erano mesi che avevano prenotato per una cena fusion brasiliano-romagnola nel mitico ristorante, e adesso saltava tutto, perché Caterina si ritrovava fra le palle il figlioletto. Eh, no, Massimo ci sarebbe andato lo stesso. Fu tentato di mettere all'asta il posto vacante di Caterina, che avrebbe dovuto cenare con l'Enrico, probabilmente una piadina e via.

Consonni rimase solo in camera, demoralizzato, confuso, certo di non aver detto bugie, ma anche un po' incerto sulla sua salute mentale.

Nella fibrillazione che elettrizzava l'intera Milano Marittima, inclusi i comprensori di Cervia, Pinarella, Lido di Savio e Lido di Dante, c'era una famiglia che si trovava in un certo imbarazzo. Era quella della signora Iside, proprietaria della omonima pensione, che più il tempo passava e più si rendeva conto che prima o poi bisognava decidersi. Ormai l'ora di cena era passata da un pezzo e gli ospiti tedeschi della camera 6 non erano ancora tornati. Godevano di un trattamento di mezza pensione ed erano sempre fra i primi a sedersi a tavola, certe volte verso le sette, secondo le loro usanze nordiche. Se per un caso, il che non si verificava praticamente mai, avessero saltato la cena, lo avrebbero senz'altro comunicato per tempo. La Iside non poteva naturalmente non aver orecchiato tutto quel can can che si faceva sulla coppia di maschi non più giovani intravista alla Bassona. E la descrizione dei due poteva anche coincidere con l'aspetto e le abitudini dei suoi ospiti tedeschi, una placida coppia di gentilissimi omosessuali che frequentavano la Pensione Iside da qualcosa come vent'anni. Quindi non poteva fare finta di niente.

Alla fine, erano passate le dieci, l'Iside si decise, e chiamò i carabinieri. Si qualificò e comunicò la notizia che una coppia di suoi ospiti, ehm, corrispondenti alla situazione di cui tanto si parlava, non avevano fatto ritorno in pensione, e lei era preoccupata.

Il maresciallo si raccomandò con l'Iside di non parlarne con nessuno, i militi arrivarono alla pensione dopo le undici, in borghese, per evitare di creare altri assembramenti. Furono comunque riconosciuti, e la notizia ebbe immediata diffusione.

Le sere d'estate Milano Marittima è affollata di gente che passeggia e fa le vasche per via Milano o alla Rotonda, gente che non vede l'ora di avere un motivo in più per andare a buttare un occhio dove erano arrivati i carabinieri. Chi c'è? Un personaggio con la scorta? Novità sui due culattoni? «*Ai truvé i du fnoch?*».

La stanza dei due tedeschi fu perlustrata a dovere, nella notte arrivarono in incognito quelli del Reparto Investigazioni Scientifiche di Parma: dopo pochi minuti tutta la movida milanese marittima sapeva che era in zona il furgone del RIS. La massa dei curiosi fluttuava muovendosi dallo Zouk e dal Caino, gli street bar più frequentati, alla Pensione Iside e al B&B dove risiedevano Caterina, Massimo, e adesso anche il piccolo Enrico. In breve la notizia fece furore sul web. Due turisti tedeschi omosessuali erano scomparsi dal loro alloggio. Erano loro i cadaveri della pineta della Bassona?

Nei giorni precedenti non era sfuggito ai proprietari della Pensione Aldebaran che quell'ospite milanese nel cuore della notte si assentava dalla sua camera, lasciando solo il nipotino Enrico.
Verso mezzanotte il signor Manetti Vidmer, il proprietario della Pensione Aldebaran, usava fumarsi una sigaretta sulla terrazza ovest. Una breve pausa di relax una volta esaurita la faticosa pratica della cena e quando la sala era già stata ripulita e predisposta per la colazione del mattino. E quindi, dopo diciotto ore

di lavoro consecutive, una bella sigaretta ci stava proprio bene. E così al Vidmer capitava di scorgere l'ospite Consonni mentre usciva alla chetichella dalla pensione per dirigersi chissà dove, chissà dove per modo di dire, perché a Milano Marittima tutti sanno tutto di tutti e quindi non erano in pochi a sapere che quel milanese andava a far visita alla sua dama, che aveva preso una camera alla Pensione Iside, e che durante il giorno pareva nascondersi, indossando strani cappelli ed enormi occhiali scuri. La dama in nero non faceva vita di spiaggia, ma a quanto pareva al mattino prendeva la corriera per Ravenna, dove trascorreva tutto il giorno, a fare che cosa non era dato di sapere.

Consonni lo sapeva benissimo.
C'erano state infinite discussioni con Angela sull'opportunità che anche lei trascorresse un periodo di vacanze a Milano Marittima.
«Se lo sa la Caterina si arrabbia con me e mi ricatta, impedendomi di vedere l'Enrico...».
«Falso, falso» replicava indispettita Angela, «lei ha bisogno di te che gli fai da Schwester all'Enrico, e non le costa neanche niente... E poi non vedo che cosa mi impedisca di prenotare autonomamente una camera a Milano Marittima, non ci avete mica l'esclusiva...».
«No, ma...».
«Non ti preoccupare, sarò molto prudente, Caterina non saprà mai che ci sono anch'io... e poi lo sai, a me di fare la vacanza in quel posto di merda non me

ne importa niente, con quel mare grigio e puzzolente...
io mi farò un giro per Ravenna a visitare tutte le meraviglie artistiche di quella città. Non interferirò minimamente con il tuo tran tran balneare... ma se proprio ti fa dispiacere che venga anch'io...».

«Ma no Angela... mi fa un piacere immenso... è che tu lo sai com'è fatta Caterina...».

«Lo so, lo so».

E così per via della gelosia della Caterina nei confronti della «fidanzata» di suo padre Angela aveva preso una camera in incognito, e vedeva l'Amedeo solo di sfuggita, un caffè qua, un gelato là, un furtivo incontro in camera dopo mezzanotte. Unica giornata passata insieme era stata proprio quella in cui anche Enrico e Amedeo erano stati coinvolti in una gita turistica a Ravenna. Enrico sapeva benissimo che della presenza di Angela non avrebbe dovuto fare menzione. Ma sulla bocca cucita del bambino ci si poteva fare affidamento, non era la prima volta.

Al signor Vidmer di un ordito del genere non importava proprio niente, però era stato informato che c'era un gran movimento alla Pensione Iside. Pareva che due ospiti, due vecchi busoni tedeschi, non avessero fatto ritorno all'albergo, e che fossero introvabili. Vidmer telefonò alla moglie per sapere se era già al corrente della novità. Chiaramente lo era, pareva che là all'Iside, in linea d'aria non più di cinquecento metri dall'Aldebaran, ci fosse già una gran folla di persone.

Vidmer si accese un'altra sigaretta, e ripensò alle avventure notturne del milanese, e nella sua testa qualche cosa cominciò a suonare storto. Possibile che fosse un caso che proprio quel coglione avesse sollevato il polverone dei due busoni morti, dopo aver frequentato di nascosto la pensione dove questi erano ospiti? Così Vidmer si trattenne qualche minuto in più nel suo posto di osservazione.

E anche stavolta il signor Consonni sgattaiolò fuori dall'albergo, più tardi del solito, mascherato in modo da essere irriconoscibile. Vidmer controllò, scese giù e lo seguì. Stava andando all'Iside. Dove fra l'altro c'era ancora molta gente, che voleva curiosare sulla storia dei tedeschi. E allora come stava la faccenda?

Che la signora del mistero sapesse qualcosa sui tedeschi, e l'avesse detta al milanese?

Quella notte il signor Consonni in pensione non ci tornò per niente, evidentemente si era trattenuto dalla dama nera, visto che il nipotino in camera non c'era più, essendo stato portato via da una signora che sosteneva di essere sua madre. A Vidmer gli si chiudevano gli occhi. Quel milanese nascondeva qualche cosa. Vidmer non aveva nessuna intenzione di comunicare alle forze dell'ordine che quel tipo non gliela raccontava giusta. Ma lo disse a sua moglie, in quei due minuti di veglia condivisa nel letto del seminterrato, prima di cadere addormentato. La moglie lo comunicò telefonicamente a un'amica, si badi bene, erano le tre e mezza di notte, ma l'amica non era altro che la cugina della Benny, la quale era stata fidanzata con Prist, che altro non era che il soprannome del brigadiere Addis, lo stesso che aveva accompagnato il Consonni in pineta, dietro ai foglietti di carta, alla ricerca dei cadaveri.

Alle quattro e mezza di notte Massimo se ne tornò al B&B. L'uscita non era risultata delle più gaie. L'ambìto locale La Posada era pieno di ragazzine diciottenni che si parlavano nelle orecchie, ironizzando sui «quarantenni», e a uno come lui non se lo filavano proprio. Poi la serata era continuata per street bar, fino all'ora fatidica adatta per andare al Pineta. Massimo se ne tornò in camera ubriaco, torvo e deluso, asciugato di tutto il contante, si sentiva indubitabilmente vecchio. Forse un colpetto a Caterina?

Entrato in camera trovò Enrico che dormiva nel lettone con la madre.

Dovette buttarsi sul divano. Inoltre gruppi di persone continuavano a stazionare sotto il Bed & Breakfast, fotografando col flash le finestre della loro camera, che andavano tenute chiuse, con quel caldo insopportabile e tutte quelle zanzare.

Alle sei del mattino i carabinieri suonarono alla porta della Pensione Aldebaran, alla ricerca del signor Consonni, che però non era in camera. Dunque i carabinieri si diressero senza meno alla Pensione Iside, presidiata tuttora da qualche capannello di curiosi, e fecero chiamare l'ospite della camera 8, ovvero quella della signora Mattioli Angela, Milano.

Angela, colta nel sonno, aprì la porta e si ritrovò davanti due uomini in uniforme che cercavano il signor Consonni Amedeo.

«Ma chi vi autorizza... ma come pensate... a quest'ora della notte...».

«Lascia stare Angela, lascia stare...» disse sommessamente il Consonni, che cominciò a rivestirsi. Rassicurò i carabinieri, arrivava subito. Angela era sbalordita.

Consonni fu accompagnato al piano terra, non poté fare a meno di notare gli agenti del RIS paludati da ricercatori scientifici che erano al lavoro nella camera numero 6.

Fu condotto di nuovo in caserma per esporre la sua versione riguardo alla frequentazione della Pensione Iside. E qui il Consonni si trovò in difficoltà massima: come giustificare la presenza dell'Angela nella stessa pensione? Come convincerli che lui dei due tedeschi non ne sapeva niente?

Poi si cambiò argomento. Gli furono sottoposte una quindicina di fotocopie di documenti di identità di persone fra i sessanta e i settanta: Consonni non ebbe esitazioni, riconobbe i signori Gunther e Hermann alla prima, erano loro i due cadaveri.

Il capitano Ceroni non la vedeva chiara ed era distrutto. Non ci era abituato a passare una notte in bianco. Fece riaccompagnare Amedeo Consonni alla Pensione Aldebaran, ricordandogli di non abbandonare l'albergo per nessun motivo. Ignorava che già tutta la Riviera era a conoscenza del fatto che c'era stato un nuovo interrogatorio del milanese, ovviamente da mettersi in relazione con la scomparsa dei due tedeschi e con tutto il resto.

Intanto lo scandalo imperversava su tutti i giornali e le gazzette diffusi nella Riviera Romagnola. Era ormai chiaro che due «storici» omosessuali provenienti da Mannheim erano scomparsi, e che difficilmente questo evento poteva essere tenuto separato da un misterioso avvistamento di due cadaveri in una pineta del litorale «nota per essere prediletta da omosessuali in cerca di avventure». A guardarla con semplicità avrebbe dovuto risultare perlomeno strano che una collaudata coppia di gay non più giovani, che disponeva di una confortevole camera matrimoniale in una pensione di Milano Marittima «dove non si guardava troppo per il sottile» (*sic*) andasse a cercarsi avventure stravaganti in pineta, ma cosa si può dire? Il mistero si allargava a macchia d'olio, anche perché nel corso della giornata precedente erano circolate voci di tutti i tipi e di tutte le provenienze, che le autorità smentivano categoricamente. Per esempio c'era chi diceva che un lavorante presso una ditta di cibi surgelati aveva trovato i due cadaveri nudi e congelati dentro l'enorme cella frigorifera dell'azienda, ma che poi i due esseri umani non c'erano più. Altre testimonianze riportavano che certe persone del luogo erano state viste trasportare un carico pesante e non rigido su un'Ape Piaggio e che dal carico stesso, mal confezionato, usciva un braccio maschile. Un testimone che aveva preferito mantenere l'anonimato aveva dichiarato che nella pineta del Lido di Savio, in una zona riservata al turismo naturistico, cioè ai nudisti, aveva avvistato due corpi gettati in un avvallamento, corpi che sembravano corrispondere alla descrizione che già circolava sui vari canali mediatici, ma che una volta corso a chiamare gente, appena tornato i due corpi non c'erano più. Una famiglia di Lugo di Romagna in escursione col proprio gommone dichiarava invece di aver visto in mare due corpi umani in qualche modo vincolati l'uno all'altro, corpi che poi erano andati a fondo. Ecc. ecc. Insomma, i mitomani si sprecavano, i curiosi si moltiplicavano, le forze dell'ordine brancolavano nel buio.

Consonni non ebbe il coraggio di uscire dalla sua camera, si fece portare un cappuccino e i giornali. Glieli consegnò il signor Manetti, il quale gli fece capire che questa situazione per loro della gestione era veramente difficile da sostenere. Gente e gente continuava ad affluire, additando la pensione come il posto dove tenevano nascosto il milanese. Insomma, bisognava che il signore se ne andasse.

«Ma come faccio, il comandante mi ha detto di restare a disposizione, in zona».

«Si trovi un altro posto».

Nel frattempo le circostanze si erano fatte difficili sia per quanto riguardava Caterina, Massimo e il piccolo Enrico, sia, dall'altra sponda, per fortuna ignota a Caterina, per la signora Angela.

Massimo aveva stabilito che la cosa non lo interessava, di passare le sue vacanze con quel moccioso in camera proprio non ne aveva voglia. Lui se ne andava da un'altra parte. Caterina d'altronde aveva i suoi problemi: molte persone volevano conferire con lei, e alcune le offrirono anche dei bei soldi per una intervista esclusiva al bambino, naturalmente col volto pixelato perché non si potesse riconoscere.

«Ma se lo sanno tutti chi è e come si chiama! Ma non vi vergognate?».

Non si vergognavano affatto, anzi, raddoppiarono l'offerta.

Le vie dei blog sono molto più rapide delle altre. Ecco che in tarda mattinata su «Milano Marittima News» uscì un articolo che andava a diffondere notizie e a intorbidare le acque.

Qui si faceva esplicita menzione del fatto che il Consonni Amedeo, ospite della Pensione Aldebaran, frequentava di nascosto nelle ore notturne un'altra pensione, l'Iside, proprio quella dove risiedevano i due tedeschi scomparsi, e che, a quanto diceva lui, proprio il Consonni aveva visto, morti, nella pineta della Bassona. Ma perché il milanese frequentava l'Iside? Apparentemente per fare visita a una misteriosa signora milanese, che di giorno nessuno aveva mai visto a Milano Marittima. Ma questa signora, da testimoni affidabili, risultava conoscere molto bene la coppia scomparsa, con la quale era stata intravista più volte dialogare intimamente. E allora poteva essere un caso che

237

proprio l'uomo che andava a trovare di notte la «dama in nero», come veniva soprannominata, dichiarasse di aver visto due cadaveri – i due tedeschi che alloggiavano proprio alla Pensione Iside – in pineta, e che poi i due cadaveri non c'erano più?

E dunque quali ipotesi avanzare, se non che ci fosse un nesso fra il milanese, la dama in nero, e la coppia di omosessuali tedeschi? E se fra il quartetto si fosse sviluppato un gioco pericoloso? E se qualcuno per sviare le indagini avesse fatto finta di trovare i due alla Bassona, quando invece stava tentando di coprire altri misteri che coinvolgevano la dama in nero? Ma allora di che si trattava, di un triangolo amoroso, per non dire quadrangolo, finito male? La dama nera sa come e perché i due tedeschi sono scomparsi? E perché sta cercando di mettere gli inquirenti su piste false? Dove sono in questo momento i due gay germanici? Sono vivi o morti? Cosa si nasconde dietro tutto ciò?

Queste o simili teorie o illazioni si diffusero alla velocità del vento. Tant'è che subito arrivarono alla Pensione Iside molti altri curiosi, molti sedicenti inviati free-lance che si definivano giornalisti, altri che mostravano improbabili tesserini, tutti volevano saperne di più sull'ospite misteriosa connessa al testimone e anche, probabilmente, alla coppia gay scomparsa, forse riapparsa, di nuovo scomparsa. Così anche Angela dovette chiudersi nella sua stanza, fino al punto di impedire alle due cameriere lituane di rifare la camera. Non poteva farle entrare, non poteva andare giù a fare colazione, sarebbe stata tempestata da una pioggia di flash. Ma lei quei signori tedeschi li aveva incontrati solo in poche occasioni, sì, è vero, una volta si erano messi a parlare dei mosaici di Ravenna, sui quali i due sembravano essere molto preparati, le avevano anche consigliato di andare a vedere la recente scoperta, i cosiddetti Tappeti di pietra, incredibili mosaici di ville romane trovati per caso mentre si stava scavando per realizzare un garage. Le avevano mostrato i dépliant.

L'unica possibilità era quella di andarsene via, a casa, a Milano. Dirlo al Consonni? E come? Certamente le loro linee telefoniche erano controllate. Mandare un messaggero? Peggio che mai, l'intera comunità ne sarebbe stata informata nel giro di pochi secondi.

E allora... fuggire... fuggire il più presto possibile, col treno delle 18.02 per Rimini, con cambio per Milano Centrale. Angela raccolse i suoi bagagli e annunciò alla signora Iside che toglieva il disturbo. Ma come fare a lasciare l'albergo senza farsi notare? L'Iside fu collaborativa e le organizzò un passaggio nel totale anonimato, col furgone della ditta.

Consonni quel pomeriggio, asserragliato e recluso in camera, abbandonato da Enrico, stanchissimo per la nottata imbarazzante in caserma, si rotolava nel letto. Ripensava. Che si fosse trattato di una allucinazione? Non era la prima volta che fra quello che pensava di aver visto e quello che poteva aver visto c'era una bella differenza. Quell'immagine ancora vivida nella sua mente, i due cadaveri uno sopra l'altro, era soltanto un frutto della sua fantasia malata? Eppure anche l'Enrico sosteneva di averli visti, ma forse anche questa certezza dell'Enrico non era altro che una sua proiezione. L'aveva condizionato? Per quale motivo si immaginava di aver visto dei morti che poi nello stesso punto non c'erano più? Lo sapeva anche lui, due persone che corrispondevano alla sua descrizione erano effettivamente scomparse, e allora che cosa aveva avuto, una premonizione? Una esperienza extrasensoriale, cioè i due morti c'erano da qualche parte, ma non dove li aveva visti lui, lui aveva avuto una illuminazione dall'oltretomba, una comunicazione misterica, una esperienza mesmerica? Ormai Consonni non si fidava più molto di se stesso, un po' per l'età, un po' per le esperienze vissute. Eppure quei due li aveva visti in carne e ossa, se così si può dire, nonostante si cercasse di convincerlo che se li era soltanto immaginati.

In mezzo a tutti questi pensieri desolanti Consonni nel tardo pomeriggio prese sonno, in fondo aveva passato la notte in bianco.

Alla stazione di Cervia-Milano Marittima alle ore 18.02 era in partenza il treno per Rimini, cambio e Freccia Bianca per Milano con arrivo previsto a Milano Centrale ore 22.25. Angela nell'anonimato fremeva in attesa del Regionale.

Manco a farlo apposta arrivarono sulla banchina anche Caterina ed Enrico. Visto il paludamento di Angela, cappello di rafia, enormi occhiali neri, Caterina non l'avrebbe nemmeno riconosciuta, assorta com'era nei suoi pensieri su quanto stronzi fossero gli uomini, a partire da suo padre Amedeo per terminare con Massimo, che l'aveva piantata in asso come una scema per via di Enrico.

Angela la vide, ed ebbe la prontezza di allontanarsi, girata dall'altra parte.

Fu solo quando Enrico si annoiò di giocare con il modellino della Vespa 125 che Caterina gli aveva comprato al negozio della stazione che disse: «Mamma, posso andare a salutare la nonna?» convinto che la mamma avesse visto benissimo Angela, e che quindi non ci fosse più l'esigenza di mantenere il segreto.

«La nonna? Ma sei fuori, la nonna non c'è più».

«Come non c'è più, la nonna Angela, è lì seduta, non l'hai vista?».

«La nonna Angela? La nonna Angela?».

Caterina si guardò intorno e intravide quella stronza di Angela Mattioli, che faceva la corte a suo padre unicamente per usufruire dei suoi beni, mobili e immobili, soprattutto l'appartamento della casa di ringhiera, che era anche suo, di Caterina, almeno per un terzo.

E che ci faceva Angela Mattioli a Milano Marittima? Allora era tutto chiaro, c'era di mezzo quella là, che aveva fatto dell'Amedeo un rimbambito.

Ah, questa poi! E l'Enrico la chiamava addirittura nonna!

I viaggiatori in attesa del Regionale per Rimini avrebbero potuto assistere a una scenata. Caterina avrebbe aggredito la signora Angela, prendendola a insulti, sostenendo che era tutta colpa sua se la sua vacanza era rovinata, e anche una relazione sentimentale appena nata. La signora oggetto di tutta quella violenza verbale non avrebbe reagito, ma ciò avrebbe mandato la Caterina ancora più fuori dai gangheri, tanto che a un certo punto sarebbe accorso addirittura il capotreno, che avrebbe invitato la madre di Enrico a mantenere un contegno più urbano.

Ma tutto ciò non avvenne, perché alla stazione arrivarono due agenti della pubblica sicurezza, che avvicinarono Angela e la invitarono a seguirli sulla vettura, doveva raccontare la sua versione su ciò che era avvenuto ai due suoi amici tedeschi, tuttora introvabili.

Per Caterina fu una piccola soddisfazione. Almeno lei e il bambino erano riusciti a salire sul treno, e l'altra no. «Me la pagherà! Me la pagherà!» urlava Caterina all'indirizzo di suo padre. «Questa volta chiamo l'avvocato!».

Enrico non si fece troppe domande, ci era abituato. Ogni tanto la sua mamma perdeva la testa, per qualche uomo antipatico o anche in generale, poi si calmava e faceva la pace col nonno.

In effetti Angela fu condotta in caserma: in primo luogo le fu chiesto che cosa l'aveva spinta a prendere il treno per lasciare Milano Marittima quando aveva pagato la pensione per altri cinque giorni. Poi, forse per indebolire la sua resistenza, fu lasciata sola per ore in una stanzetta, ad aspettare.

Soltanto dopo mezzanotte cominciarono a torchiarla. Quanto tempo prima aveva visto per l'ultima volta i signori Gunther ed Hermann? Sapeva dove si erano diretti la mattina del giorno precedente? C'era stata una discussione fra di loro? E che cosa aveva fatto quella sera, era entrata nella camera dei due tedeschi? A fare che? Qualcosa era andato per il verso sbagliato?

«Sì, è vero, sono andata nella loro camera, ma solo per parlare dei mosaici di Ravenna».

«Ah, mosaici di Ravenna... E allora la cocaina che abbiamo trovato nella camera dei tedeschi vi serviva per approfondire le vostre conoscenze sui mosaici di Ravenna? E all'incontro qual era il ruolo di Consonni? Forse che, la cosa è molto possibile, il party non è finito come si pensava, eh? E come vi è venuto in mente di simulare il ritrovamento dei cadaveri? Pensate che qui siamo tutti una manica di invorniti?».

L'interrogatorio sarebbe durato a lungo.

Del fatto che Caterina e Angela, vale a dire le due donne che nella vita del Consonni recitavano i ruoli principali, si fossero incontrate alla Stazione Cervia-Milano Marittima, l'Amedeo nulla sapeva, anche perché dormiva.

Ma quando si svegliò, a notte fonda, fu preso dalla smania, non sapeva più che fare, trincerato nella sua cameretta, solo, ora che Enrico non c'era più. Il signor Vidmer era stato chiaro, avrebbe dovuto abbandonare l'albergo la mattina seguente, ma lui dove poteva andare, visto che non gli era permesso di lasciare Milano Marittima? L'unica possibilità era di chiedere ospitalità ad Angela, almeno fino a che non si fosse trovata un'altra soluzione. Preparò la valigia e si affacciò nel corridoio. Arrivava gente che rientrava dai bagordi. Fece appena in tempo a chiudersi dentro il ripostiglio, dove erano impilati asciugamani, lenzuola eccetera. Trovò quello che faceva al caso suo per mascherarsi: un camice verdino da inserviente e un cappellino con una piccola visiera. Così vestito, trascinandosi dietro il trolley, riuscì a evitare i pochi curiosi rimasti che stazionavano fuori dell'Aldebaran, e giunse alla Pensione Iside.

Qui sembrava tutto calmo. Favorito anche dal suo mascheramento da inserviente generico e dalla chiave della porta secondaria che gli era rimasta in tasca, era quella che spettava ad Angela per il rientro notturno, Consonni si inoltrò nei corridoi della pensione e bussò alla porta della stanza 8, quella di Angela. Nessuna risposta. Forse non mi apre di proposito? Forse si è imbottita di tranquillanti?

Ma presto si sentirono dei rumori, che divennero sempre più forti.

Molte persone stavano risalendo il corridoio.

«È qua, l'ho visto, è da questa parte... andiamo... 'sta volta non ci scappa... quel maiale... la sa lunga lui... *le qua, a lo vest, sta volta un's scapa che porc*».

Cercavano lui.

Consonni si vide alle strette, cercò un rifugio improvvisato, tentò di aprire le porte che davano sul corridoio, ma niente, erano tutte chiuse a chiave.

Una sola si aprì, e lui, giunto alla disperazione, ci si infilò dentro. Fortunatamente nella stanza non c'erano ospiti. Buio e silenzio. Consonni chiuse a chiave dall'interno, giusto in tempo. Cercarono di aprirla ma trovandola chiusa passarono oltre. Uff, pensò Consonni, e l'Angela? Adesso andranno da lei, e le chiederanno cose che...

Rumori di gruppi di persone al trotto continuavano a provenire dal corridoio: ma quando se ne andranno?

Consonni con l'orecchio appiccicato alla porta cercava di decifrare i movimenti, nel buio di quella stanza in ordine. Be', sì, la stanza era in ordine, però c'era cattivo odore. Ma che strano, ma che roba è, hanno lasciato dei generi alimentari fuori dal frigo? D'altronde non poteva mica accendere la luce, lo avrebbero identificato dall'esterno e allora... ma che cattivo odore...

E poi sembrava di sentire un rumorino leggero, una specie di gocciolio. Ma che davvero avessero lasciato qualche cosa di congelato che si stava scongelando? Ma puzzava troppo. Consonni estrasse dei fiammiferi di tasca, per chiarire la situazione. Accese il fosforo che illuminò, come in una cripta protocristiana, due volti ravvicinati. Erano i due tedeschi, quelli che aveva visto sotto il cespuglio, più o meno nella stessa posizione in cui li aveva fotografati mentalmente in quella situazione. Ed erano sul letto, ancora uno sopra l'altro, nudi freddi e gocciolanti, come se fossero dei surgelati tirati fuori dal frigo. Consonni questa volta non ce la fece a reagire, e perse i sensi.

Nel corso della convulsa giornata successiva il capitano Ceroni ebbe un bel da fare per ricostruire i fatti.

La caserma era piena di civili, alcuni presentatisi spontaneamente, che giuravano di saperla tutta, altri convocati forzosamente, che spergiuravano di essere all'oscuro di tutto e che volevano essere immediatamente rimandati a casa. C'era la «dama nera» prelevata alla stazione mentre cercava una via di fuga, la quale insisteva sul fatto che lei dei due tedeschi non ne sapeva niente. C'era il turista milanese, Amedeo Consonni, rapidamente rilasciato dal pronto soccorso per un malore senza importanza. Ma soprattutto c'era tutto lo staff della Pensione Iside, e anche quello della Pensione Aldebaran, quasi al completo. In più c'erano svariati personaggi, tutti più o meno impiegati nel settore della accoglienza turistica, nella zona che va da Cervia al Lido di Savio, fra i quali i fratelli Eros e Thanatos Mazzoni, il signor Manes e suo cognato Omar, e i signori Cangini Vittorio e Suprani Quinto. Il capitano non sapeva come fare a tenere tutti questi testimoni chiave in stanze separate, affinché non comunicassero fra di loro per mettersi d'accordo o semplicemente per impedire che venissero alle mani. Ciascuno di costoro pensava di essere in possesso del pezzo più importante della verità, gli altri erano solo dei millantatori. Utilizzando tutti i locali possibili della caserma, e personale aggiuntivo proveniente da Faenza, Ceroni riuscì a interrogare quella massa di persone, alcune delle quali erano molto agitate.

Per il capitano fu una bella impresa, passava da una stanza all'altra raccogliendo le varie versioni dei fatti, ma alla fine della giornata, in qualche maniera, un quadro riuscì a farselo. La testimonianza chiave si sarebbe dimostrata quella di Ivanka, cameriera moldova presso la Pensione Iside.

In effetti tutto era cominciato la mattina di due giorni prima, quando Ivanka aveva comunicato alla signora Iside che nella camera 6 c'erano due signori morti e incastrati l'uno nell'altro. L'Iside, proprietaria della pensione omonima, non aveva retto il colpo. Se me li trovano in pensione in quella maniera per me la stagione è finita, aveva pensato. Arriverà la polizia, la magistratura, i clienti se ne andranno e quelli che hanno prenotato faranno la disdetta. E dunque aveva mobilitato suo marito, Alberto, e Loris, affinché, senza farsi notare, liberassero la stanza dei tedeschi, e li portassero via. E così i due, aiutandosi con un grosso carrello per la biancheria, avevano fatto. E avevano pensato che quella era roba da Bassona. Non si erano fatti troppe domande sulle cause della morte, se naturale, accidentale, o di stampo criminoso. La coppia andava tolta di lì e basta. E la avevano portata, con il Ducato, in pineta, vicino alla Bassona. In fretta e furia avevano lasciato i due amanti, così com'erano, sotto un cespuglio. Avevano anche provato a separarli, perché a trasportarsi insieme erano ben pesanti, ma non ci erano riusciti. Qualcuno li ritroverà, e capirà anche chi sono, avevano pensato. Verranno alla pensione, chiederanno notizie, la camera sarà ben rifatta, tutta pulita e in ordine, la versione ufficiale sarebbe stata che quei due se ne erano andati via presto, al mattino, a piedi.

E i vestiti? Boh, si vede che li avevano lasciati da un'altra parte, oppure glieli avevano rubati, non erano affari della Pensione Iside.

E così, poco dopo che erano stati depositati, i due tedeschi furono fortuitamente trovati dal milanese che sconsideratamente si era addentrato con un bambino piccolo nella pineta deserta.

Il problema è che la pineta appare deserta, sembra che non ci sia nessuno, ma c'è sempre qualcuno, in particolare certe persone che hanno interesse che in quelle zone sia tutto tranquillo, e che non avvenga nessuno scandalo. In particolare i fratelli Mazzoni Eros e Thanatos, tartufai, cacciatori di frodo, pescatori di anguille e pesci gatto ed esercitanti mille altre attività legate al territorio, nonché occupanti abusivi di alcune baracche altrettanto abusive che loro stessi avevano edificato lungo le rive del torrente Bevano. I due avevano notato strani movimenti in pineta, e i loro cani, Bavis e Toti, non ci avevano messo molto a rintracciare i freschi cadaveri. Eros e Thanatos furono presi da uno strano sentimento a metà fra la paura e il protagonismo, in ogni caso non avevano alcun bisogno che quella zona della pineta fosse messa a ferro e a fuoco per via del ritrovamento di due corpi maschili nudi e defunti. La cosa avrebbe intralciato certi affari che avevano in corso. Così decisero che i due busoni stecchiti andavano rimossi. Portarli fino all'Ape costò loro una fatica mostruosa, si aiutarono con un carrettino che di solito usavano per spostare i ballini di cemento. La loro idea forse era quella di caricare i corpi sul barchino e buttarli in mare, appena se ne fosse presentata l'occasione. Ma questa non si presentò. La voce che c'erano dei cadaveri in pineta si era già diffusa abbondantemente. Così i due decisero di temporeggiare. Chiesero un favore a Nafta, che lavorava nelle pescherie. Parcheggiarono le due salme strettamente vincolate l'una all'altra dentro l'ampia cella frigorifera della Fish Frigo Gel. Peraltro Nafta con le forze dell'ordine non fu per niente collaborativo, avvalendosi della facoltà di non rispondere. Questo gli riusciva particolarmente facile, in quanto di natura aveva delle forti difficoltà nella fonazione.

Comunque secondo i fratelli Mazzoni la strategia era chiara, appena le acque si fossero calmate, vale a dire durante la notte, quei due porconi sarebbero finiti ai pesci, quelli vivi, non quelli surgelati.

I fratelli dovettero cambiare idea, però. Questo perché in città la vicenda era sulla bocca di tutti, a causa della testimonianza del milanese. Non sarebbe stato facile trasportare nuovamente i cadaveri fino alla loro piccola imbarcazione senza farsi notare.

Dovettero temporeggiare per altre 24 ore, finché la notte successiva si decisero. Andarono a riprendere le salme, adesso perfettamente surgelate, e le ricaricarono sull'Ape. Ma dove portarle? Decisero di liberarsene in un luogo appartato e pensarono a Manes. Fra loro e Manes, che aveva in gestione un camping naturista dalle parti del Lido di Dante, non correva buon sangue. C'era una vecchia questione, forse relativa a una partita di funghi porcini nostrani provenienti dal Montenegro. Così decisero di smollare i due cadaveri, che a questo punto erano duri come il cemento e freddi come una confezione di Quattro salti in padella, nella zona di pineta di pertinenza del detto camping, che lo sapevano tutti che Manes godeva dei favori di un certo funzionario comunale che gli aveva fatto avere la concessione a niente. Questo perché Manes aveva lavorato per tanti anni in Nicaragua, dicevano i Mazzoni, e allora... Ceroni non capì il nesso.

Comunque a notte fonda i Mazzoni portarono i *du fnoch* nella zona prescelta: li scaricarono in malo modo, dovevano fare in fretta perché arrivava gente, e grossi cani. Il Manes, forse a causa della sua esperienza in Nicaragua, era uno che stava sempre sull'avviso, e non ci vedeva chiaro se qualcuno con l'Ape andava nella sua porzione di pineta in piena notte. E dunque trovò rapidamente Gunther e Hermann. I suoi cani, un bastardo mezzo rottweiler e un bastardo mezzo maremmano, se li sarebbero voluti mangiare.

Manes ci pensò accuratamente, nei minuti in cui dette due tirate al mezzo toscano. Il risultato della sua riflessione fu di una semplicità estrema: i due cadaveri dovevano tornare nella loro camera d'albergo, come se fossero stati sempre lì. Che ci si vuole fare, nelle piccole cittadine di provincia ad alta vocazione turistica ci si conosce tutti. E così capitava che Omar, il cognato di Manes, uno che fra l'altro doveva stare anche un bel po' attento a come si muoveva per via di una condanna pregressa per un furto di certe tubature di rame, lavorava alla Pensione Iside, essendo il fratello della Mara, personalità di rilievo all'interno della pensione. Dunque Manes contattò Omar perché gli organizzasse l'operazione, doveva recarsi immediatamente al campeggio col suo motofurgone, per eseguire un recapito:

«Un recapito di che che cosa?».

«*Dop a te degh*».

Curiosamente l'Omar già qualcosa sapeva della faccenda di quei due busoni stecchiti, in quanto che era il fratello di quel Loris che li aveva portati nella pineta della Bassona.

Sarebbe veramente complesso raccontare come fece l'Omar, con l'aiuto del Cangini Vittorio e del Suprani Quinto, due sessantenni di secondo piano che giravano su Ducati Monster, a compiere l'operazione. Ma ciò esula dai limiti di questo testo, che altrimenti si raddoppierebbe. Pare, e si dice pare, che in una maniera o in un'altra fosse coinvolta una camionetta della polizia. Una camionetta che arrivò alla Pensione Iside col pretesto di rimuovere i materiali del RIS, ma dalla quale furono scaricati certi cassoni, non si sa se vuoti o pieni. Su questi particolari neanche il capitano Ceroni poté avere una versione chiara dei fatti, sui quali comunque fu steso il cosiddetto velo pietoso, per evitare le solite frizioni fra la PS e l'Arma.

Sta di fatto che in un orario da precisare, verso l'alba, i due settantenni tedeschi erano di nuovo nella loro camera numero 6 della Pensione Iside, camera che ufficialmente era ancora occupata da quei due signori provenienti da Mannheim, almeno fino alle nove. E per uno scherzo di una mente malata, sarebbe stato nuovamente il milanese a trovarli.

Fu veramente difficile per il capitano Ceroni credere a questa casualità. Come non pensare che il Consonni la sapesse assai più lunga di quello che dava a vedere? Ma che interesse poteva avere quel deficiente a farsi trovare svenuto nella camera dei ricomparsi defunti, per di più travestito da inserviente?

Questa volta la signora Iside non poté farci niente, si dovette tenere i cadaveri, anche perché a trovare i crucchi fu una coppia di coniugi fra i trenta e i quaranta – ma erano veramente sposati? – di Carate Brianza. I quali nel prendere possesso della loro camera, alle 9 del mattino circa, giudicarono che il fatto che ci fossero due signori morti e nudi e un altro vestito da inserviente e svenuto non potesse passare inosservato. La prima cosa che fecero, prima ancora di informare la proprietà dell'albergo, fu quella di fotografare la scena e immetterla su Instagram. Il capitano Ceroni fu dunque informato in questo modo, e quando arrivò alla Pensione Iside e volle ispezionare la camera numero 6 Iside domandò, ignara: «*E te sa fet incora a que?*». E così, finalmente, i due sventurati furono ritrovati dalle forze dell'ordine, sempre, più o meno, nella solita posizione. Consonni fu trasportato in ospedale, in stato di veglia ma fortemente confusionale.

Sulle cause della morte dei due tedeschi le autorità mantennero, nei giorni successivi, il più assoluto riserbo, vale a dire che subito si seppe che a quanto pareva non si trattava di omicidio, bensì di un abuso di un tale cocktail di sostanze, dal Cialis all'MDMA, dal popper all'anfetamina e alla cocaina e chissà cos'altro, che aveva portato i due quasi settantenni, entrambi cardiopatici, all'infarto. Non furono in pochi a pensare che i due l'avessero fatto apposta, vale a dire che avessero organizzato una specie di suicidio orgiastico. Però ufficialmente non c'era niente di sicuro.

Consonni riuscì a rientrare in incognito a Milano, con Angela. Durante il viaggio dovette sfuggire a una marea di curiosi professionali e non che volevano da lui rivelazioni sensazionalistiche... Qual era il suo vero rapporto con i tedeschi, attraverso la dama nera? E perché lo avevano lasciato libero?

Anche a Milano Consonni dovette difendersi da attacchi serrati, chiudendosi in casa. Peraltro comunicò con Caterina: venne a sapere che questa aveva litigato con Massimo, secondo il quale lei e la sua famiglia erano una gabbia di matti. Il Massimo si era trattenuto a Milano Marittima fino alla fine del periodo previsto, dato che la camera era pagata. Finalmente, forse, poté avere qualche giorno di tranquillità. Sia il Consonni che Angela dovettero fare ricorso a certe pasticche di calmante, estenuati psicofisicamente dalla vicenda, che ancora presentava molti lati oscuri, almeno per coloro che ravanavano nel caso dell'estate, e per gli altri, assai più numerosi, che al caso avevano preso interesse, compreso il signor Bruno Vespa, che dedicò al caso dei due gay tedeschi una puntata intera della sua trasmissione. Fu intervistato anche il capitano Ceroni, che indossava l'alta uniforme, la camicia inamidata gli strozzava il gargarozzo. Il gruppo di ascolto di Alfonsine, sua città natale, disse che non l'avevano fatto parlare abbastanza.

Ma nonostante o forse a causa dell'interesse mediatico la vicenda, nelle settimane successive, rimase avvolta da un alone di mistero e di incertezza. L'unica cosa certa è che il marketing, e le relative previsioni che un imprenditore può fare sul successo delle sue attività, sono scienze assolutamente inesatte. Se il timore di Iside era che la sua stagione sarebbe stata rovinata dallo scandalo, mai previsione fu più sbagliata.

Dal momento in cui si seppe che i due cadaveri erano ricomparsi nella pensione, questa fu presa d'assedio, e il ristorante attiguo risultò sempre al completo. Fuori dall'ingresso c'era sempre una folla di persone assiepate, che prendevano fotografie dell'immobile, soprattutto della finestra che si reputava fosse quella della camera 6. Da tutt'Italia telefonavano per prenotare proprio quella camera, o almeno una attigua, i clienti erano disposti a pagare anche il doppio o il triplo della tariffa. Lo stesso avvenne per il camping del Lido di Dante.

Un piccolo imprenditore della zona organizzò a tempo di record delle navette, pulmini a 11 posti, che per 50 euro proponevano l'itinerario degli sventurati tedeschi, ripercorrendo tutti i luoghi della loro funebre odissea: nei 50 euro era compreso anche un pranzo presso il ristorante La Magneda, primo e secondo di pesce, dolce, caffè e ammazzacaffè, bevande escluse. L'iniziativa commerciale ebbe un successo senza precedenti.

Nota

Il racconto che avete appena letto, totale frutto della fantasia, è ambientato nell'anno 2010. Il 20 luglio del 2012 la pineta della Bassona è andata a fuoco, un terrificante incendio, con estrema probabilità doloso, ha distrutto una bellissima zona di interesse naturalistico, per di più protetta, che adesso non c'è più. Chi può aver avuto un'idea del genere? Difficile a dirsi, a me dispiace molto. Se il fatto non è dovuto al caso, cosa che in pochi credono, spero che gli incendiari della pineta della foce del Bevano vadano incontro a pene spietate, in questo o in quell'altro mondo, magari a base dello stesso ingrediente da loro utilizzato.

F. R.

Marco Malvaldi
Aria di montagna

Non appena la mano di Massimo si era mossa, la ragazza aveva chiuso gli occhi.

E Massimo si chiese se per caso non avesse avuto troppa fretta.

Era da tempo, da parecchio tempo, che Massimo non si ritrovava in una situazione del genere con una donna; ed era invece da poco tempo, in fondo, che per Massimo la commissaria era diventata semplicemente Alice.

Adesso era da un tempo molto breve, forse qualche secondo, ma che a entrambi sembrava lunghissimo, che Massimo e la commissaria, l'uno di fronte all'altra, avevano smesso di parlare, senza per questo ignorarsi. Anzi.

La mano di Massimo si posò sul fianco della donna, con una morbidezza non priva di esitazione.

Ma ormai, tornare indietro non si poteva.

Lo sapevano tutti e due, come lo sanno tutti: sono queste, da millenni, le regole del gioco. Alice socchiuse gli occhi, e sporse il viso verso Massimo. Impercettibilmente. Ma inequivocabilmente.

Fallo, diceva la ragazza. Fallo, e basta.

La mano di Massimo si fece più decisa. Con un gesto più naturale di quanto si aspettasse, prese la donna e la tirò a sé, portandosela più vicino.

E a quel punto, successe.

Non appena la mano si fermò, la destra di Alice scattò come un fulmine, con uno schiocco. Secco, deciso e inaspettato.

Massimo restò immobile. Immobile, e improvvisamente consapevole di aver fatto la cazzata.

Dopo un attimo, alzò lo sguardo, incrociando gli occhi di Alice.

Che, sorridendo, confermò:

«Eh sì, hai fatto la cazzata. È matto in tre mosse, caro».

Massimo riportò lo sguardo dalla scacchiera sul suo arrocco, di fronte al quale la commissaria aveva appena schiaffato un alfiere nero e beffardo che adesso si stagliava davanti al re bianco con insolenza.

«No, aspetta...».

«C'è poco da aspettare, bello mio. Adesso è forzata, o metti il re in a1 o ti do matto. A quel punto io faccio così...» la mano della commissaria, dopo aver mosso il re di Massimo, spostò nuovamente l'alfiere scoprendo una torre in fondo al proprio schieramento, «e tu a questo punto...».

«Sì, sì, temo di aver capito, grazie. Evita di muovere ulteriormente i miei pezzi, mi dà fastidio che gli altri tocchino le mie cose». Massimo, con gesti mesti, cominciò a raccogliere i pezzi sulla scacchiera. «Avevo il sospetto che muovere la donna fosse prematuro, ma non sapevo che cosa fare. E quando mi è venuto il dubbio, non potevo tornare indietro».

«Eh sì, eh. Pezzo toccato, pezzo spostato. È la regola». La commissaria spense il cronometro. «Guarda, quanto mi fanno incazzare quelli che prendono in mano un pezzo, lo lasciano a mezz'aria e poi lo rimettono a posto, non ne hai un'idea. Glielo farei mangiare».

Mentre Massimo continuava a raccattare, la commissaria si appoggiò allo schienale della sedia, per esibire la magnanimità tipica del vincente.

«Comunque, non giochi male. Hai fatto solo degli errori di foga. Tipico di chi ha furia di vincere. Per esempio, la donna hai incominciato a muoverla troppo presto già all'inizio della partita». La commissaria, ormai pienamente a suo agio nei panni di Alice, incominciò a frugare dentro la borsa di tela arancione, estraendone una pochette di tela arancione. «Invece bisogna sempre ricordarsi che i pezzi vanno mossi in modo gerarchico, prima i pedoni e gli alfieri, poi inizi a roteare i cavalli, e solo quando il gioco è sviluppato muovi le torri, e ti prepari i corridoi per la regina. Veri o finti che siano».

«Bene, credo che non sia il caso di fare altre partite» decise Massimo, prendendo così la prima decisione strategica giusta della giornata.

«Battuto da una donna a un gioco di intelligenza» disse Alice scuotendo il capo con finta mestizia, mentre prendeva tabacco e cartine dalla pochette. «Che disonore».

«Be', non troppo» si difese Massimo, chiudendo la scacchiera con l'aria di chi si ripromette di aprirla presto. «In fondo gli scacchi sono un gioco molto femminile».

«Ora mi stai prendendo per il culo, vero?».

«Sono serissimo. È la natura stessa del gioco. O metti a posto le tue cose come si deve, oppure sono guai».

«Se non ci fossimo noi a rompere i coglioni, caro, il genere umano si sarebbe estinto da un pezzo» asserì Alice, che non appena finita la sigaretta presumibilmente si sarebbe apprestata a tornare commissaria. «E non per motivazioni biologiche. Quanto uno è importante te ne rendi conto solo quando non c'è».

«Verissimo» assentì Massimo. «E se è vero per uno, figurati per quattro. Avrai notato che da qualche giorno a questa parte questo posto è un'oasi di pace e serenità. Merito soprattutto del fatto che il Movimento Quattro Vecchi è andato in trasferta».

«Non intendevo esattamente questo. A proposito, quando tornano, di preciso?».

«Oggi è giovedì. Sono partiti domenica, quindi ancora tre giorni».

«Così tanti?».

«Punti di vista. Comunque sì, tre giorni esatti. La gita delle Poste dura una settimana precisa».

La gita delle Poste era, tra le tante irrinunciabili abitudini dei vecchietti, una delle poche che Massimo approvava incondizionatamente. Tra la terza e l'ultima settimana di maggio, i quattro meno uno prendevano le rispettive consorti e si levavano dai coglioni per sette diconsi sette giorni filati; Aldo, essendo vedovo e dovendo mandare avanti il ristorante, rimaneva a Pineta, ma Aldo da solo era più che potabile.

Sette giorni in cui il bar rimaneva nelle mani di Massimo, che sottolineava la cosa marcando il territorio a livello acustico, mettendo a palla Village People, Dire Straits, Nick Kershaw e qualsiasi altro musicista di quelli che ascoltava quando era giovane, manifestando così a ritmo di anni ottanta la contentezza di essere libero dagli ottantenni.

I quali, dal canto loro, nei sette giorni di gita organizzata riuscivano comunque a dare il meglio, pur giocando fuori casa e pur scendendo ogni anno in un albergo diverso, secondo i gitanti «perché così ci si annoia di meno», secondo le mogli dei gitanti «perché du' vorte nello stesso posto 'un vi ci farebbe torna' nemmeno Madre Teresa di Carcutta, è da stupissi che 'un abbiano ancora messo le foto segnaletiche». Non che le mogli avessero tutti i torti: la compagnia, infatti, pur essendo di composizione variabile aveva anche un certo numero di partecipanti storici tra i quali, oltre ai nostri pluriagenari, spiccavano parecchi altri personaggi di un certo spessore, ognuno dotato di una propria specialità.

Menzione d'onore, secondo molti, toccava al ragionier Barlettani, instancabile organizzatore di passeggiate che coinvolgevano gli ospiti di tutto l'albergo nonché di varie strutture limitrofe: immancabilmente, durante le soste delle passeggiate (necessarie per dare sollievo a protesi e prostate) chiedeva a un gruppetto di gitanti se volevano qualcosa di forte da bere, e avuta risposta affermativa distribuiva bicchierini di vetro e, dulcis in fundo, tirava fuori dallo zaino un pappagallo da ospedale pieno di grappa di color paglierino, col tappo di sughero, e alle rimostranze degli utenti rispondeva risentito «ò, questa è tutta roba fresca, eh. L'ho fatta proprio stanotte, te lo giuro».

Altro elemento temibile era il geometra Lo Moro, il quale sosteneva di parlare correntemente il tedesco e si proponeva puntualmente di tradurre menù di ristoranti, richieste di camerieri e altre contingenze verbali per i suoi compagni, causando non di rado situazioni di non ritorno. Una volta, ad esempio, il perito Bambagioni fece chiedere al bigliettaio della corriera quanto costava andare fino a Corvara e si sentì rispondere per interposto geometra «per uno così grasso dipende, se non entra in un seggiolino solo deve pagare il posto doppio», il che portò il Bambagioni a reagire in modo rusticano urlando in maniera scomposta che era l'ora di invadere l'Alto Adige, requisire le cantine, sgozzare le mucche, strangolare ogni singola trota e dare fuoco a tutte le sculture di legno della Val Gardena dopo averle ammonticchiate bene bene; il tutto agitando un indice lardoso ma temerario di fronte all'interdetto bigliettaio la cui risposta originale, in realtà, era stata «solo andata quattro e dieci, andata e ritorno costa doppio».

«Allora, a me mi sa che devo tornare...».

In commissariato, stava per completare la commissaria, quando il discorso venne troncato da un'allegra musichetta. La musichetta, nella fattispecie, era la sigla di *Gig robot d'acciaio*, e la sorgente si rivelò essere il telefonino della commissaria, che dopo aver guardato il numero con l'aria di chi non riconosce fece scivolare il dito sullo schermo, per poi portarsi il telefono all'orecchio.

«Pronto?».

Silenzio esplicativo.

«Bah, guarda lì che coincidenza» disse la commissaria, con allegria. «Si stava giusto parlando di voi. Come state?».

Silenzio di durata intermedia, nel corso del quale a un certo punto la ragazza cambiò decisamente espressione.

«Un fattaccio? Che genere di fattaccio?».

Silenzio breve.

«Addirittura».

Silenzio lungo, durante il quale la commissaria si accigliò ulteriormente.

«Eh. Ho capito. Ma vi hanno chiesto qualcosa a voi?».

Silenzio non privo di disagio.

«Mhm. E quindi io, Pilade, cosa dovrei fare, scusi?».

Silenzio. Solo silenzio, nonostante Massimo avesse teso le orecchie come un dobermann. Porca Eva, quando sono qui urlano che nemmeno Tarzan con un dito nella porta, e al telefono con Alice sussurrano. Ma dimmi te.

«Ma nemmeno per idea» esplose Alice, ridendo solo con la bocca, mentre gli occhi esprimevano autentico sgomento. «Io non posso...».

Silenzio inopportuno. Alla fine del quale, la commissaria cambiò espressione anche con la bocca. Per non parlare del resto del corpo.

«Cosa avete fatto voi?».

Mentre Pilade, presumibilmente, ricominciava a parlare, la commissaria fece un gesto inequivocabile verso Massimo.

Questi sono pazzi, disse il dito della ragazza.

Benvenuta nel club, rispose Massimo, allargando le braccia a mo' di invito.

«I tuoi amici sono pazzi».

«Intendi i miei clienti abituali. Scusa sai, ma gli amici uno se li sceglie». Massimo posò il vassoio sul tavolino, senza sedersi. «Comunque sì, sono d'accordo. Qualsiasi cosa abbiano detto, sono d'accordo. Adesso, potrei sapere cosa ti hanno detto?».

«Ma te non eri quello a cui non gliene fregava nulla?».

«Puro interesse professionale» si giustificò Massimo. «Se li arrestano e li trattengono per un altro mesetto, ho degli ordini da fare. Champagne, fuochi artificiali, roba così».

«Niente, è successo che al supermercato del paese, lì a Ortisei, hanno...» la commissaria chiuse il telefonino e si guardò intorno. «Hanno trovato morta una persona».

«Per morta, intendi...».

«Intendo strangolata. Così mi hanno detto loro».

«Ho capito. Be', se ti arrabbi per così poco, fatti dire che sei capitata nel posto sbagliato. Che i soggetti in questione portano merda ormai è assodato. Io devo dire che ero convinto funzionassero solo a Pineta, e invece si vede che il malefico flusso li segue. Dove sono loro, ammazzano qualcuno. Non so se ci contino, ma ormai lo sanno».

«Lo sanno sì, lo sanno» confermò con una certa stizza la commissaria, guardando Massimo negli occhi. «Lo sai cos'hanno fatto?».

Domanda chiaramente retorica, per cui Massimo attese.

«I cari ragazzi sono andati dal vicequestore locale a dire che loro sono esperti di crimini, che hanno aiutato varie volte le forze dell'ordine a risolvere casi, e hanno dato il mio nome come referenza».

Massimo ritenne opportuno continuare a tacere. La commissaria, sbuffando, si alzò dalla seggiola, spazzolandosi via le briciole della brioche dai pantaloni.

«Ora come minimo mi chiamerà il vicequestore in vicequestione e dovrò spiegargli che io non c'entro un beatissimo. E comunque non è che ci vada a fare una gran figura, a far sapere in giro che uso dei pensionati come consulenti».

«Perché no? Siamo in Italia, in fondo. Siamo pieni di professori emeriti, senatori a vita e centoventagenari assortiti nei posti che contano, a badare che i giovani, quelli che hanno meno di settant'anni, non facciano troppo casino quando tentano di fare le cose per davvero».

La commissaria scosse la testa, pensando sicuramente a qualcuno un po' troppo anziano per i suoi gusti, anche se non era chiaro chi.

«Pensare che mi stanno anche simpatici» chiarì, poi, prendendo la borsa e mettendosela a tracolla.

«La prima mezz'ora lo sono. È viverci accanto, che ti sfianca».

Erano le sette di sera, al BarLume. Esattamente come in tutto il resto di Pineta. Il sole, dopo aver lavorato tutto il giorno per rosolare i bagnanti, stava per concedersi anche lui un buon bagno all'orizzonte, lontano da occhi indiscreti. Il BarLume, invece, era in piena attività, tra Negroni sbagliati, spritz, patatine, olive, fiori freschi sui tavolini, fiori di carta nei bicchieri e fiori fritti nei piatti, mentre tutto intorno si vedeva gente di ogni specie. Gente seduta, gente in piedi, gente sul punto di barcollare; ma, in ogni caso, nessuno che sembrasse avere la minima fretta.

Nessuno tranne la commissaria, che attraversò la calca con l'aria di una che ha solo bisogno che qualcuno la provochi per scaraventarlo in terra e finirlo con un flamenco di calcagnate.

Arrivata di fronte al bancone, la commissaria cercò di attirare l'attenzione di Massimo, alzando una manina nervosa ma comunque beneducata al di sopra della testa.

Purtroppo, Massimo era assorto in una scherzosa conversazione da bancone con una turista norvegese con un'aria decisamente single in viso e un solido e orgoglioso double sotto la canottiera. I due parlottavano sorridendo, la ragazza con sorriso aperto a molte possibili interpretazioni, Massimo con l'aria dell'autentico uomo di mondo che sfoggia la propria disinteressata cortesia e intanto tenta di ricordarsi quando ha cambiato le lenzuola. Entrambi, comunque, così assorti nel conversare in britannico da non accorgersi che all'altro lato del bancone c'era una tizia che tentava di richiamare l'attenzione a due mani, in modo molto mediterraneo.

Massimo si stava chiedendo, mentre parlava, come fosse possibile che le ragazze nordiche riuscissero a risultare così attraenti anche vestite con roba della Geofor quando un fischio lacerò l'aria, netto e penetrante, stagliandosi sopra la voce di Jimmy Somerville che chiedeva con non troppa sincerità a Sarah Jane Morris di non lasciarlo.

Massimo, voltatosi, vide la commissaria dall'altro lato del bancone levarsi le due dita dalla bocca e indicarsi, annuendo.

«Mamma mia che fretta. Stavo parlando».

«L'ho visto che stavi parlando, pedofilo. Avrà vent'anni al massimo. E comunque ho bisogno di parlarti anch'io».

«Mi fa piacere. Che ti faccio? Spritz? Negroni sbagliato? Franciacorta?».

«Sono in servizio».

«Anch'io» disse Massimo, indicando il fatto che tutt'intorno c'era un bar che brulicava di gente.

La commissaria si voltò, valutò e tornò a fissare Massimo dritto negli occhi.

«Quanto tempo dura la fiera del bestiame?».

Massimo guardò l'orologio, non senza prima aver gettato un'occhiata in giro, alla ricerca della normanna.

«Se hai un'oretta di pazienza, ci sono».

«E se non ce l'avessi?».

Massimo si voltò di nuovo, scorgendo la vichinga seduta a uno dei tavolini sotto l'olmo, in conversazione ravvicinata con un tatuato giovane e gagliardo.

«Te ne presto un po' della mia. Ne ho talmente tanta, a volte, che non so che farmene».

«Allora, è successo questo. Io, oggi pomeriggio, ho telefonato in questura a Ortisei e ho parlato con questo vicequestore Kammerlander, spiegandogli per bene che tuo nonno e quegli altri due sono dei cari vecchietti un po' rintronati che non hanno niente da fare tutto il giorno».

Quando aveva chiesto ad Alice cosa volesse, per un attimo Massimo aveva temuto che la ragazza ordinasse un cappuccino. Per fortuna, dopo aver scartato un succo di pomodoro – ho la gastrite – e una Coca-Cola – fa male ai denti – si era adattata al rinomato analcolico al sedano che Massimo riservava ai clienti più masochisti. Analcolico che era rimasto quasi intonso, dato che la commissaria si limitava a roteare il bicchiere, osservando il ghiaccio che vorticava nel verde pallido.

«E fin qui ti seguo» rispose Massimo con in mano

un bel bicchiere di rum scuro, destinato a rimanere l'unico particolare da vero uomo della serata.

«Bravo. Vediamo un po' se continui a seguirmi se ti dico che mezz'ora dopo mi ha telefonato il questore di Bolzano diffidandomi dall'occuparmi della questione e dicendomi testualmente "non è richiesta né gradita alcuna ingerenza nella gestione delle indagini"».

«Ecco, no. Qui non ti seguo tanto».

«E meno male. Secondo me, poi, se ti dico che mi ha telefonato il sottosegretario al ministero degli interni per ribadirmi che il caso non è assolutamente da considerarsi sotto la mia giurisdizione, e che da questo momento devo non solo smetterla di occuparmene, ma fare in modo che altre persone a me note non ci fichino il naso, mi segui ancor meno».

La commissaria prese un sorso da uccellino dal suo bicchierone fiorito, poi continuò, guardando il bicchiere:

«Se c'è una cosa che non devi fare con me, è dirmi che non devo fare una cosa. Rendo l'idea?».

«Hai voglia».

«Bene. Allora, io di questa cosa con i miei colleghi non ne posso parlare. A parte il fatto che ufficialmente non potrei occuparmene, Pardini ha l'intelligenza di un davanzale e Tonfoni sulla scala evolutiva si posiziona dalle parti di Cro-Magnon. Però mi sono fatta un'idea».

«E vuoi discuterne con qualcuno».

«E voglio discuterne con qualcuno. Siccome mi sembra di aver capito che sei uno dei pochi esseri senzienti qui nei dintorni, e sicuramente sei l'unico in grado di mantenere riserbo se uno te lo chiede...».

«Presente. Allora, sì, credo che la tua idea sia giusta».

«Ma se non sai nemmeno qual è».

«Be', anche tu mi sembri un essere di intelligenza ragguardevole. Presumo quindi che ti sia venuta in mente l'unica cosa sensata che può spiegare questo comportamento, ovvero...».

«Ovvero?».

«Ovvero che la vittima fosse una persona che viveva sotto protezione».

La commissaria, senza dire nulla, portò il bicchiere vicino alla bocca, imboccò la cannuccia e dette una ciucciatina esplorativa.

«Un pentito, o meglio, una pentita che si trovava nel Nord Italia sotto falsa identità. Di più, non posso dire».

La commissaria, con la cannuccia ancora in bocca, annuì. Poi, decannucciatasi, prese la parola:

«Posso io. Il sottosegretario mi ha detto che il caso non è sotto la mia giurisdizione. Allora, visto che si parla di Ortisei, per quale motivo avrei mai potuto pensare che il caso avrebbe potuto essere di mia competenza? Solo perché tuo nonno è in gita lì?».

Be', effettivamente...

«Te lo dico io perché». La commissaria posò il bicchiere con l'evidente intenzione di non toccarlo più. «Perché la vittima è di qui. Perché la vittima ha a che fare con il posto dove siamo, c'è nata o c'è vissuta».

Massimo alzò un dito.

«Quindi, secondo te, abbiamo una donna che viene da Pineta e che vive sotto falsa identità, e sotto protezione dello Stato. Scusa, io ho sentito parlare di boss del Brenta, ma donne mafiose che vengono dalla Toscana costiera mi sembrano un po' improbabili».

«E chi ha parlato di mafia?».

«Pronto, Hotel Weisshorn? Sì, salve, mi chiamo Massimo Viviani. Avrei bisogno di parlare con uno dei vostri ospiti».

Ai lati del telefono, uno davanti all'altro, Massimo e la commissaria pendevano sopra l'altoparlante, con le teste che quasi si toccavano.

«Sì, quale ospite?».

«Si chiama Ampelio Viviani. È della comitiva di Poste Italiane».

«Ah. Capito».

La voce della receptionist uscì con fastidio, non solo a causa della distorsione del vivavoce.

«Camera 344. Vuole che glielo passi in camera?».

«Mah, se è in camera...».

Si udì un piccolo scatto, seguito subito dopo da una adeguata *Marcia di Radetzky* per carillon telefonico. La quale andò avanti per un minuto buono, per poi venire ex abrupto sostituita da un suono ancora più marziale, ovvero la voce di nonna Tilde.

«Pronto!».

Appena in tempo per salvare Massimo dal dovere di battere le mani (dovere che, come ognuno sa, è obbligatorio qualora ci si trovi ad ascoltare la marcia di cui sopra in territorio anche solo virtualmente austriaco).

«Pronto, nonna. Ciao. Sono Massimo. C'è mica nonno?».

«Eccoli, i giovani d'oggi» rimbeccò la voce della Tilde. «Tutto e subito. Ma chiedemmi come sto, ner frattempo?».

«Dai nonna, come vuoi stare? Sei in montagna in vacanza con nonno...».

«Sì. Cor tu' nonno e con tutti quell'artri debosciati, che mi fanno scompari' dalla vergogna un giorno sì e quell'artro anche. Lo sai cos'ha fatto quer minorato der Barlettani stamattina?».

Massimo scosse la testa, ridendo.

«Me lo immagino».

Uno degli sketch preferiti dal Barlettani, quello del pappagallo per intendersi, era di presentarsi all'ora di pranzo alla reception con il suddetto pappagallo bello pieno di roba gialla, appoggiarlo sul bancone e lamentarsi con l'impiegato perché, nonostante lo avesse lasciato in bella vista sul comodino, nessuno glielo aveva vuotato, ora dimmi te se questo è servizio, io pago fior di quattrini per venire qui in vacanza e non mi vuotano nemmeno il pappagallo.

«Te te lo immagini, ma a me mi tocca vedello. E sentillo. Guarda, ce n'avrei da raccontattene per una serata...».

«Ecco, appunto. Siccome la serata non ce l'ho, mi passeresti nonno prima che faccia buio?».

«Contento te. Ti passo nonno, allora?».

«L'intenzione era quella, sì. Grazie».

Si udì un confuso trapestìo di cornette che cascavano e nomi di divinità invocati invano, dopodiché la voce di Ampelio uscì netta dall'altoparlante:

«Alla grazia der bimbo! Come va?».

«Io, bene. Te?».

«Salve, Ampelio» si inserì Alice. «Come sta?».

«Bah, c'è anche la signorina commissaria. Bene, bene, signorina. Volevate sape' quarcosa der fattaccio?».

«E lei come fa a saperlo?» chiese Alice, sorridendo.

«L'urtima vorta che quer tizio lì m'ha telefonato in montagna aveva otto anni, e l'aveva costretto su' madre. Allora?».

«Sì, Ampelio, avremmo bisogno di qualche informazione. Qualche informazione sulla vittima».

«Dìo bono. Si chiamava Sandra Carmassi. Età, quarantacinque, più o meno. Abitava a Ortisei da un cinque sei anni, dice. Perzona schiva e musona, di velle che 'un danno confidenza. Anche la gente di qui sa pòo».

La commissaria guardò Massimo, sorridendo.

«Di aspetto fisico com'era, questa signora?».

«D'aspetto fisìo? Mah, io, dalle foto che ho visto, era brutta come una distorzione ar ginocchio».

«No, Ampelio. Intendevo se era esile, robusta, alta...».

«So una sega io» rispose Ampelio. «Quarcuno lo saprà. Ora si chiede».

«Benissimo. E... avrei bisogno di un'altra informazione, Ampelio. Questa è una cosa un pochino delicata, e bisognerebbe muoversi con i piedi di piombo».

«Dìo bono, signorina. 'Un si fida?».

«Lei sì» si inserì Massimo. «Io no».

«Guardi, è una cosa che in realtà dovrebbe chiedere sua moglie. O una delle altre signore in gita».

All'altro capo del telefono si avvertì un concreto senso di dubbio, come capita agli uomini di una volta quando si chiedono perché far fare a una donna qualcosa di diverso dallo stirare.

«Glielo dico perché bisognerebbe andare dalla parrucchiera da cui andava la vittima. Mi permetta, Ampelio, ma io non ce la vedo in un salone di *coiffeur pour dames* pieno di donne che si fanno i colpi di sole».

«Artri tempi. Cosa ni dovrebbe chiede' la Tilde a questi tizi?».

«Con circospezione, dovrebbe chiedere se questa donna aveva delle cicatrici fra i capelli. Si inventi una storia, dica che forse la conosceva, veda lei. Sono sicuro che non abbiate bisogno di consigli».

«Ecco qui».

La commissaria squadernò di fronte a Massimo il «Corriere della Sera», aperto alla pagina del servizio sul misterioso delitto della Val Gardena. Dopo aver saltato le prime righe, cominciò a leggere.

«"Sono le 19.35 quando il caporeparto del supermercato, sorpreso dalla prolungata assenza della propria impiegata, va in magazzino a cercarla, trovandola riversa a terra, fra mucchi di scatole rovesciate. Strangolata con un filo di ferro. Prima di morire, la donna deve aver opposto una selvaggia resistenza, come testimonia la confusione del magazzino, recante inequivocabili segni di lotta. Il che, secondo le indiscrezioni che trapelano dalla questura, ha portato gli inquirenti a supporre che l'assassino debba essere una donna, o comunque una persona non dotata di eccezionale forza fisica: la vittima infatti era minuta, di statura non superiore al metro e cinquantacinque". E questo è il primo punto. Sandra Carmassi era bassa e minuta».

«E il secondo punto?».

«Eccolo qua. "La vittima, divorziata, lascia due gemelli di dieci anni"».

«Capisco» disse Massimo, annuendo con serietà. «Sei convinta che l'abbiano strangolata loro? Però devono essere montati su un panchetto...».

«Cretino. No, tutto questo per introdurti meglio alla conoscenza di Sibilla Capaccioli».

E qui, Alice squadernò un giornale vecchio di qualche anno, con la carta un tempo bianca che ormai virava sul tortora sporco.

«Ecco qua. Sibilla Capaccioli, nata a Pisa il 23 febbraio 1965, ex appartenente alla Formazione proletaria combattente. Protagonista di una rapina in banca, fatta allo scopo di finanziare l'organizzazione, che porta alla morte di tre persone, e successivamente coinvolta in altri fatti del genere, per i quali viene processata nel 2003 rischiando dai tre ai sei ergastoli». La voce della commissaria si incrinò, schifata. «Però, nel corso del processo, la nostra cara Sibilla, poverina, si pente. E grazie al proprio pentimento, rende possibile lo smantellamento del resto dell'organizzazione».

«Però. Un chicchino di donna».

«Più che un chicchino, uno scricciolo. Tanto piccola che il cronista nota essere più bassa dell'avvocato Cantagalli, il quale non supera il metro e sessanta. E vuoi sapere perché si è pentita?».

«Non saprei» disse Massimo. Il quale invece lo aveva capito benissimo. Solo, chissà perché, era un piacere ascoltare la voce della commissaria che spiegava le cose. Netta, precisa e chirurgica, senza una parola di troppo.

«Perché la nostra cara Sibilla, all'epoca del processo, è incinta. Aspetta due gemelli. E non vuole che crescano senza madre, poveri figlioli».

Massimo tacque, lasciando alla commissaria l'onore di spiegare.

«Vedi, in un altro frangente avrei ricostruito parecchie cose con lo SDI, cioè con...».

«Il servizio d'indagine elettronico della polizia, lo so. Ci ho già avuto a che fare».

«Bravo. Mi scordo sempre dei tuoi trascorsi criminali. Però stavolta lo SDI non lo posso toccare nemmeno con la canna da pesca. Mi beccano subito. Adesso, la possibilità che la vittima, Sandra Carmassi, sia nient'altro che la nuova identità di Sibilla Capaccioli è ancora viva. Cioè, non abbiamo nessuna certezza che siano la stessa persona, semplicemente non abbiamo ancora trovato niente che contraddica l'ipotesi».

«Ho capito. Per avvalorarla ulteriormente, quindi, hai chiesto a mio nonno di verificare questa cosa delle cicatrici. Vuoi sapere se la tizia si era sottoposta ad una plastica facciale».

La commissaria, silenziosamente, annuì.

«Una volta che abbiamo stabilito che la tizia si era fatta fare una plastica facciale...» la commissaria indicò, sulla pagina del «Corriere», la fototessera della vittima «... e che i risultati sono questi qui, direi che non abbiamo dubbi. Per motivi estetici non se l'è fatta di sicuro. Non vedo segni di grandi ustioni o di altri traumi che richiederebbero un intervento del genere, l'unico motivo è il cambio di identità».

«Ho capito. Il che significherebbe che, se il cambio di identità era stato così radicale, nessuno avrebbe dovuto essere in grado di riconoscerla».

«Eh sì. Si capisce».

«Quindi, o chi ha ucciso Sandra Carmassi ha a disposizione un distaccamento condominiale della Stasi...» Massimo si alzò dal tavolino, per dirigersi dietro al bancone, «oppure l'assassino ha ucciso davvero Sandra Carmassi, ignorando chi fosse realmente. Il che, direi, ci taglia fuori dalle indagini definitivamente».

«Be', dipende dai punti di vista». La commissaria si alzò dal tavolo, ripiegando il giornale. «Il mio scopo principale era capire il perché di tutte quelle telefonate, e perché chiunque si trovasse più in alto di me si sentisse in dovere di dirmi che dovevo farmi gli affari miei. Per il resto, ci penserà il vicequestore Kammerlander e tutto il suo apparato».

«Curioso». Massimo incominciò a trafficare intorno alla macchina del caffè. «So che l'Alto Adige è lontano, ma ho la netta impressione che tu mi stia dicendo che l'uva che ci cresce è ancora acerba, mentre invece la realtà è che non ci arrivi».

«Perché, tu ci arrivi?».

«Da solo, spiace ammetterlo, no. Ma magari, montando l'uno sulle spalle dell'altro...».

«No, via, non c'è altro da fare. Dobbiamo piantarla qui» disse Alice, girando piano il cucchiaino nel cappuccino d'ordinanza.

«Non sono d'accordo» rispose Massimo, e non pensava solo al caso.

Caso che, nel corso della mattinata, era stato rovistato, dissezionato ed eviscerato da ognuno dei pochi, pochissimi punti di vista a disposizione dei due.

D'altronde, i cinque giorni senza vecchietti erano già di per sé un pezzettino di Nirvana, e combinati con la presenza di una persona con cui non dover parlare per forza di calcio o di meteorologia si erano trasformati in qualcosa in grado di dare dipendenza. I vecchietti, dal canto loro, avevano funzionato egregiamente anche negli avamposti dell'impero austroungarico, confermando la supposizione della commissaria.

L'indagine in loco da parte dei vecchiacci, a dire il vero, era stata meno facile di quanto potesse sembrare. In primo luogo, era stata preceduta da un dibattito su chi fosse il soggetto più indicato per la delicata indagine, la quale doveva essere portata avanti, come aveva chiesto Massimo, con assoluta discrezione; e, con l'autentico spirito democratico che da sempre alberga nel lavoratore pubblico, il dibattito era stato allargato a tutti i partecipanti alla gita delle Poste. Gitanti i quali fin da subito, mentre la hall dell'albergo si riempiva, si erano divisi in due partiti, ovvero quelli secondo cui «I parrucchieri son tutti òminisessuali, è meglio ci vada una donna», e quelli che invece sostenevano che «Saranno quer che saranno, Pilade farebbe parla' anche Cusani, figurati se 'un fa parla' uno che fa 'r parrucchiere». Si era discusso sulla incongruenza di mandare un uomo in un negozio di parrucchiere per signora, nonché sulla possibilità che il Del Tacca non riuscisse ad entrare nella poltrona del *coiffeur*, e si era infine deciso che Pilade avrebbe accompagnato la sua signora a farsi la permanente e che sarebbe rimasto nel negozio per farle compagnia e scambiare due parole.

In secondo luogo, non sapendo dove la vittima era solita andare a farsi i capelli, e dato il fatto che i locali di *hair stylist* nel paese erano in numero di sei, si era discusso sulla scarsa possibilità che la coppia Del Tacca non indovinasse subito il locale giusto. A detta di molti, una signora Clelia che entrava in un negozio di parrucchiere col capello visibilmente messo in piega qualche ora prima, chiedendo di rinnovarle l'acconciatura, avrebbe colpito anche l'osservatore più distratto. «A esse' sinceri» aveva riconosciuto il marito, «'un è che tu sia propio Pèris Hilton», osservazione alla quale la signora aveva ribattuto: «Anche te 'un è che tu sia Brèd Pitt, si fa prima a sartatti che a giratti intorno».

Si era quindi deliberato che le coppie destinate all'indagine sarebbero state per l'appunto sei, ovverosia una per locale, e che avrebbero indagato ognuna per conto proprio e simultaneamente, al fine di non attirare troppo l'attenzione. Ma, alla fine, tanta strategia aveva pagato: la signora Sandra Carmassi aveva tra i capelli due cicatrici, simmetriche, esattamente dietro le orecchie.

Un rapido confronto tra la fototessera/Carmassi sul giornale e una foto di Sibilla Capaccioli nel corso del processo (brutta tremenda in entrambe le versioni, le quali però erano diversissime l'una dall'altra) aveva fatto il resto. Diverso l'arco sopracciliare, diverse le orecchie, diversi i denti. Letteralmente irriconoscibile. La possibilità che qualcuno, vedendo Sandra Carmassi, pensasse a Sibilla Capaccioli, semplicemente non c'era.

«Fidati, non abbiamo abbastanza». La commissaria dette un breve sorsetto circospetto, per poi posare la tazza sul piattino. «Intendo, già prima non avevamo molto. Siamo arrivati a capire chi fosse la vittima, e già siamo stati bravi. Ma andare oltre, senza avere informazioni affidabili, non si può».

«Hai ragione». Massimo si versò un altro po' di tè freddo. «Potremmo tenere i vecchiacci in vacanza forzata a Ortisei per un altro mesetto. Magari riescono a sapere qualcos'altro, oppure a farsi arrestare. A me vanno bene entrambe».

La commissaria rimase in silenzio, tanto che a Massimo venne il dubbio che non avesse capito che stava scherzando. Anche le donne più intelligenti, a volte, non capiscono gli scherzi: è una convinzione errata dalla quale, spesso, nemmeno i maschi più intelligenti riescono a liberarsi.

Dopo qualche secondo, la commissaria rinvenne.

«Lo sai cos'è che mi irrita?».

«No. Posso provare a indovinare, ma sbaglierei. In fondo sei una femmina. Ci sono troppe possibilità».

La commissaria nemmeno sorrise.

«Mi irrita quando vedo che la gente non ragiona. E dietro a questo caso c'è della gente che non ragiona. Come questa storia che l'assassino sarebbe una persona debole e minuta. Hai presente cosa significhi strangolare qualcuno?».

«A volte ne provo il desiderio. Succede specialmente se la persona in questione ha più di ottant'anni».

«Ma piantala, che gli vuoi un gran bene. Comunque, strangolare una persona non è facile. Ci vuole una gran forza, nelle mani e nelle braccia. Anche se la vittima è minuta, il collo ha una notevole resilienza. Ci vuole forza. Non è il primo metodo che sceglierei, se fossi piccolo e gracile, anche se la mia vittima fosse a sua volta un po' deboluccia. Allora, questa storia del casino nel magazzino, che porti necessariamente a una persona piccola e debole, mi sembra parecchio una stronzata. Capisci?».

«Sì, credo di sì». Massimo dette una sorsata particolarmente ispirata al proprio tè freddo, per far vedere che l'argomento lo interessava e che ci stava ragionando. «D'altronde, anche la persona più gracile può essere in grado di difendersi come una leonessa, se tentano di garrotarti».

«Ecco. Vedi? Chi ha fame non ha pane, e chi ha pane non ha i denti. Roba da farsi venire il mal di testa.

A proposito, prima che mi venga davvero, potresti abbassare un po' la musica?».

Massimo si alzò, dirigendosi verso la televisione, dalla quale si diffondeva nell'aere la voce di Al Bano che, in mezzo a un campo di grano, cantava contento:

I delfini, vanno a ballare sulle spiagge;
Gli elefanti, vanno a ballare in cimiteri sconosciuti...

«Ma come ha fatto questo qui ad avere successo?» chiese Alice, guardando verso la televisione.

«In che senso?».

«Come, in che senso? È un tappo, è brutto, cantava canzoni oscene, ha una voce che spaventa i bambini...».

«È proprio lì il punto» disse Massimo, mentre Al Bano ricordava, con il proprio timbro vocale da autoambulanza, che i treni vanno a ballare nei musei a pagamento. «Lo riconosci al volo. Non lo puoi confondere con nessun altro. Buongiorno Aldo».

Aldo, richiudendosi la porta a vetri alle spalle, salutò con una mano, dirigendosi verso il bancone. La commissaria, dopo avergli rivolto a sua volta un cenno di saluto, rimase pensosa, guardando il cigno di Cellino San Marco che garriva tra le spighe.

«Dai, ma per cortesia... Non è che canta male, dà proprio fastidio».

«A te» rimbeccò Massimo. «A te dà fastidio. A me magari potrebbe piacere. Che ne sai?».

«No, dai, c'è un limite a tutto. Ribadisco, dà proprio fastidio».

«E allora?» chiese Aldo.

«Come, e allora? La musica dovrebbe dare piacere, o rilassare».

«Secondo lei. Lei ha detto che questa roba la infastidisce, no?».

La commissaria annuì, spalancando gli occhi in modo espressivo.

«Ecco, già questo significa che le trasmette una sensazione, che non la lascia indifferente». Aldo girò il palmo della mano all'insù. «Vede, signorina, nelle cose artistiche la cosa che conta davvero è evitare l'anestesia, l'assenza di sensazioni di qualsiasi tipo. È molto più probabile che sia davvero un'opera d'arte qualcosa che offende il gusto, piuttosto che una cosa della cui esistenza manco ti accorgi, no?».

Aldo, manovrando intorno al bancone, cercò di portarsi accanto alla cassa, dove Massimo teneva le sigarette.

«Prenda Massimo, per esempio. Uno con la sua cultura e la sua intelligenza dovrebbe ascoltare qualcosa di meglio dei Village People, no? E invece, tutte le volte che tento di fargli ascoltare qualcosa di un minimo elaborato, sclera. Te lo ricordi quando ti portai a sentire Bach? *La Passione secondo Matteo*, diretta da Gardiner?».

«Hai voglia» rispose Massimo, scuotendo la testa con vigore. «Devo ammettere che, come composizione, manteneva le promesse del titolo».

«Ecco, vedi? Sei un grezzo» disse Aldo, in tono rassegnato. «E come lui sapesse quanti ce n'è. Ognuno di noi, signorina, in termini di arte ha dei gusti suoi. Pensi che c'è gente che paga per andare ai concerti jazz».

«Vero. C'è anche gente che paga per comprarsi le sigarette» disse Massimo, notando che il vegliardo era arrivato a carpire il pacchetto sotto il bancone.

«Non avevo contanti» glissò Aldo, facendo scattare l'accendino con noncuranza. «Vede, signorina, noi pensiamo che le persone abbiano gli stessi gusti nostri, ma è solo perché è più probabile che frequentiamo persone simili a noi. Invece la gente è fatta nei modi più diversi. E ha i gusti più diversi. La cosa importante, per un artista, non è essere bravo, è essere riconoscibile. Fare una cosa in modo tale che soltanto lui la può fare in quel modo».

«E meno male...» disse la commissaria dopo una lunga pausa, tentando di prendere lei la parola, povera illusa. Massimo, sull'aire di Aldo, continuò:

«Soltanto lui. Nel bene e nel male. È vero che il signor Bano ha un'emissione completamente priva di armonici, sembra il campanello del citofono, ma è la sua voce. Scusa, l'hai mai sentita una canzone di Battisti? Era stonato, porca vacca. Eppure ti bastava mezzo secondo per capire che era Battisti. L'avrebbe riconosciuto anche un...».

E qui, Massimo incrociò lo sguardo della commissaria.

Non di Alice, della commissaria.

Accade davvero, talvolta, che due persone pensino esattamente alla stessa cosa nello stesso momento.

«Hotel Weisshorn buongiorno».

«Buongiorno. Vorrei parlare con Ampelio Viviani. Camera 344».

E via con la *Marcia di Radetzky*.

«Oimmèi quanto rompi 'oglioni» disse la voce di Ampelio, dopo una decina di secondi. «T'ho detto che arrivo, arrivo».

«Guarda, per me puoi restare lì anche un altro annetto».

«O chi... Oh, bimbo, scusa. Ero convinto fosse la tu' nonna». La voce di Ampelio si fece lievemente meno perentoria. «È giù alla resèpscion con tutti quell'artri cadaveri verticali che vogliano andà ar mercatino dell'antiquariato. Siamo vì fra questo spettacolo di montagne, e vole andà ar mercatino dell'antiquariato. Si vede spera che quarcuno la compri. Scoperto quarcosa?».

«Affermativo. Adesso avremmo bisogno che tu chiedessi un'informazione».

«Dìo bono. Poi me lo spiegate anche a me, cosa succede, vero?».

«Assolutamente. Dopo ti spiego tutto. Però ho bisogno che tu vada a chiedere una cosa ai cassieri del supermercato, quello dove lavorava la vittima. Dovresti chiedere se per caso, nei giorni precedenti al fatto, hanno visto una persona di un determinato tipo, che non avevano mai visto prima, e che magari è anche andato lì più volte».

«Eh, bisogna vedè' se se la riòrdano...».

«Fidati, fidati. Se l'hanno vista se la ricordano. Però, nonno, devi fare le cose con circospezione. Con attenzione, va bene? Non fare come al tuo solito che vai lì tipo banditore. È una cosa che richiede discrezione, ci va di mezzo la carriera di Alice».

«Siamo già a chiamassi per nome?». Al di là della cornetta si indovinava un sorriso a tutta dentiera. «Bravo Massimino. Sono orgoglioso di te».

Massimo riuscì a non intercettare gli occhi della commissaria, ma non ad evitare che le orecchie assumessero un'accattivante sfumatura vermiglia.

«Nonno, per favore...».

«No, Dìo bono, quando va detto va detto. Ciai messo sei mesi, ma ci sei arrivato. Dimmelo quando la vòi invita' a cena, ti regalo francobollo e carta intestata».

«Sì, sì. Ascolta, nonno: devi andare al supermercato e chiedere, con discrezione, mi raccomando con discrezione, se recentemente è andato lì più volte a fare la spesa un cieco. Hai capito?».

«Ho capito, ho capito. 'Un sono mìa sordo. Un cèo che è andato lì a fare la spesa. E perché ti interessa, me lo spieghi?».

«Certo. Te l'ho promesso. Dopo te lo spiego» rispose Massimo.

E, con una certa delicatezza, buttò giù.

La commissaria lo guardò, sorpresa.

«Non ho detto quanto dopo glielo avrei spiegato» disse Massimo, tranquillo e sereno.

«Ho capito, ma pover'uomo...».

«Pover'uomo un cazzo. Per una volta che so più cose di loro, fammi divertire».

«Il BarLume buongiorno».

«Ciao Massimo, sono Pilade».

«Oh, Pilade. Come va?».

«Bene, bene. Senti, ha detto nonno di ditti du 'ose. La prima è che sei un ignorante. La seonda è che avevi ragione. L'hanno visto. Quattro vorte, in quattro giorni. L'ultima volta, ir giorno stesso dell'omicidio. E poi, 'un l'hanno visto più».

«Bene. Ho capito».

«Bravo. Ciò piacere. Noi, invece, 'un ci si capisce nulla. Ce lo dici, per favore, cosa c'entrano i cèi?».

«Non sono sicuro di potere. Disposizioni ufficiali. Passo e chiudo».

«"... come ha spiegato agli inquirenti, il delitto è stato pianificato nel corso della seconda e della terza visita. La quarta volta, Andrea Albertazzi è entrato con le idee chiare, e deciso a mettere in atto il suo disegno di vendetta. Una volta resosi conto che la donna era vicina, Albertazzi si è addentrato di proposito nel magazzino, attraverso una porta che recava visibilmente scritto che l'accesso al locale era riservato al personale della struttura, sperando che la vittima lo seguisse"».

Uno dei lunedì più surreali che il bar di Massimo avesse mai vissuto.

In un silenzio di vetro, il Rimediotti leggeva, tenendo il giornale alto.

Tutto intorno, solo orecchie.

Nessuna mano che si muoveva, nessun bicchiere portato alle labbra, nessun polmone che minasse la tensione del momento con l'abituale scatarrata di metà articolo.

«"Cosa che è avvenuta: Sibilla Capaccioli, visto un non vedente che entrava in un luogo a cui l'accesso era vietato, lo ha raggiunto credendo che si fosse sbagliato, magari pensando di poterlo aiutare. In qualche modo, paradossalmente, l'aiuto c'è stato, perché così facendo l'ex terrorista si è consegnata nelle mani del proprio assassino, che la aspettava al di là della porta munito di un lacciolo. Con precisione, e con freddezza, Albertazzi ha descritto la difficoltà nell'individuare subito la donna, e la breve ma impari lotta che ne è seguita, senza che nessuno la potesse avvertire. L'assassino aveva infatti pianificato tutto: anche il fatto di entrare in azione al momento in cui gli altoparlanti diffondevano il jingle più rumoroso, che viene trasmesso esattamente ogni sette minuti. Così come, con freddezza, Albertazzi ha raccontato agli inquirenti della fidanzata, rimasta uccisa nel corso della rapina alla Cassa di Credito Cooperativo della Val di Serchio, mentre era incinta di quattro mesi. E dello sdegno provato, nel corso del processo, nel sentire che una persona che gli aveva tolto il futuro, poteva riavere il proprio e prendersi cura dei figli che avrebbe avuto. 46 anni, figlio unico, cieco dalla nascita, Andrea Albertazzi ha fatto dell'udito la propria vista: è diplomato in pianoforte e lavora come accordatore presso la ditta di famiglia. Un orecchio fino, finissimo, in grado di ricordare una voce così come chiunque veda si ricorda una faccia, un volto. E quando è entrato in questo piccolo supermercato di questa piccola e rigogliosa cittadina, ha riconosciuto una voce. Non una voce amica, ma tutto il contrario"».

Il Rimediotti, con cautela, abbassò le falde del giornale.

Al di là della carta, i tre vecchietti guardavano ognuno in una direzione differente.

«Boia de', che storia...» disse infine il Del Tacca. «La Capaccioli».

«Davvero» grugnì Ampelio. «Te guarda lì cosa siamo andati a pesca'...».

«Qualcuno di voi la conosceva?» chiese Alice, al di là del proprio cappuccino.

«Qualcuno, no». Aldo, in piedi al bancone, guardò la ragazza da sopra gli occhiali. «Tutti. Tutti la conoscevamo. Specialmente Pilade, e Ampelio. Sai, anche loro erano di quella razza lì».

«Terroristi anche voi?» chiese la commissaria. «Un po' di paura, effettivamente, cominciate a farmela».

«Ma cosa vòle terrorizza'» ridacchiò Pilade. «E s'andava tutti allo stesso circolo, quello dell'ARCI. Quello dei comunisti. E ci andava mezzo paese. Perché qui, una volta, signorina, s'era comunisti. Ma comunisti per davvero. L'ha presente?».

«L'ho presente, l'ho presente» sorrise la commissaria, da dietro la tazza. «Quelli brutti, sporchi e cattivi, che mangiano i bambini. Lei non mangiava i bambini, Aldo?».

«No, signorina. Io sono liberale. Ho leccato qualche mamma, talvolta, lo ammetto».

«E lei, Ampelio, invece, i bambini li mangiava?».

«Macché, li finiva tutti Pilade» rispose Ampelio, indicando il compagno di partito col bastone. «E io rimanevo a bocca vòta».

«Vuota magari, ma chiusa non c'è verso».

«Zitto te, ingrato». Ampelio mugugnò un attimo, e poi riprese: «Io invece zitto 'un ci so sta', è vero. E allora, signorina, ne la posso fa' una domanda?».

Attimo di panico.

«Ma come no. Dica, dica».

«Ecco, io a fammi 'azzi dell'artri 'un rischio nulla. Ogni età cià 'r su' bono, e se io vado in giro a rompe' 'oglioni e a chiede' a questo e a quell'artro, e poi a spettegola', a me in galera 'un mi ci mette nessuno. Giusto?».

«Giusto».

«Lei, invece, s'è presa la briga di mettessi a fa' questa cosa quando n'avevano detto di sta' bona e zitta, e una vorta che ha capito com'era andata ha preso e ha telefonato in via ufficiosa a questo vicequestore Kappelmeister, lì, e n'ha spiegato le cose, senza prendessi 'r merito di nulla. Ha rischiato la carriera per poi 'un prendessi nessun merito. Me lo spiega un po' com'è 'sta storia?».

«Se le dicessi che sono una persona particolarmente modesta?».

«C'è già 'r governo a pigliammi per ir culo, signorina».

Indice

Vacanze in giallo

Alicia Giménez-Bartlett
Una vacanza di Petra   9

Alessandro Robecchi
Il tavolo   47

Antonio Manzini
Rocco va in vacanza   97

Gaetano Savatteri
Il lato fragile   135

Francesco Recami
Giallo a Milano (Marittima)   211

Marco Malvaldi
Aria di montagna   257

Questo volume è stato stampato
su carta Palatina
delle Cartiere Miliani di Fabriano
nel mese di agosto 2014
presso la Leva Arti Grafiche s.p.a. - Sesto S. Giovanni (MI)
e confezionato
presso IGF s.p.a. - Aldeno (TN)

La memoria

Ultimi volumi pubblicati

601 Augusto De Angelis. La barchetta di cristallo
602 Manuel Puig. Scende la notte tropicale
603 Gian Carlo Fusco. La lunga marcia
604 Ugo Cornia. Roma
605 Lisa Foa. È andata così
606 Vittorio Nisticò. L'Ora dei ricordi
607 Pablo De Santis. Il calligrafo di Voltaire
608 Anthony Trollope. Le torri di Barchester
609 Mario Soldati. La verità sul caso Motta
610 Jorge Ibargüengoitia. Le morte
611 Alicia Giménez-Bartlett. Un bastimento carico di riso
612 Luciano Folgore. La trappola colorata
613 Giorgio Scerbanenco. Rossa
614 Luciano Anselmi. Il palazzaccio
615 Guillaume Prévost. L'assassino e il profeta
616 John Ball. La calda notte dell'ispettore Tibbs
617 Michele Perriera. Finirà questa malìa?
618 Alexandre Dumas. I Cenci
619 Alexandre Dumas. I Borgia
620 Mario Specchio. Morte di un medico
621 Giorgio Frasca Polara. Cose di Sicilia e di siciliani
622 Sergej Dovlatov. Il Parco di Puškin
623 Andrea Camilleri. La pazienza del ragno
624 Pietro Pancrazi. Della tolleranza
625 Edith de la Héronnière. La ballata dei pellegrini
626 Roberto Bassi. Scaramucce sul lago Ladoga
627 Alexandre Dumas. Il grande dizionario di cucina
628 Eduardo Rebulla. Stati di sospensione
629 Roberto Bolaño. La pista di ghiaccio
630 Domenico Seminerio. Senza re né regno
631 Penelope Fitzgerald. Innocenza
632 Margaret Doody. Aristotele e i veleni di Atene
633 Salvo Licata. Il mondo è degli sconosciuti
634 Mario Soldati. Fuga in Italia

635 Alessandra Lavagnino. Via dei Serpenti
636 Roberto Bolaño. Un romanzetto canaglia
637 Emanuele Levi. Il giornale di Emanuele
638 Maj Sjöwall, Per Wahlöö. Roseanna
639 Anthony Trollope. Il Dottor Thorne
640 Studs Terkel. I giganti del jazz
641 Manuel Puig. Il tradimento di Rita Hayworth
642 Andrea Camilleri. Privo di titolo
643 Anonimo. Romanzo di Alessandro
644 Gian Carlo Fusco. A Roma con Bubù
645 Mario Soldati. La giacca verde
646 Luciano Canfora. La sentenza
647 Annie Vivanti. Racconti americani
648 Piero Calamandrei. Ada con gli occhi stellanti. Lettere 1908-1915
649 Budd Schulberg. Perché corre Sammy?
650 Alberto Vigevani. Lettera al signor Alzheryan
651 Isabelle de Charrière. Lettere da Losanna
652 Alexandre Dumas. La marchesa di Ganges
653 Alexandre Dumas. Murat
654 Constantin Photiadès. Le vite del conte di Cagliostro
655 Augusto De Angelis. Il candeliere a sette fiamme
656 Andrea Camilleri. La luna di carta
657 Alicia Giménez-Bartlett. Il caso del lituano
658 Jorge Ibargüengoitia. Ammazzate il leone
659 Thomas Hardy. Una romantica avventura
660 Paul Scarron. Romanzo buffo
661 Mario Soldati. La finestra
662 Roberto Bolaño. Monsieur Pain
663 Louis-Alexandre Andrault de Langeron. La battaglia di Austerlitz
664 William Riley Burnett. Giungla d'asfalto
665 Maj Sjöwall, Per Wahlöö. Un assassino di troppo
666 Guillaume Prévost. Jules Verne e il mistero della camera oscura
667 Honoré de Balzac. Massime e pensieri di Napoleone
668 Jules Michelet, Athénaïs Mialaret. Lettere d'amore
669 Gian Carlo Fusco. Mussolini e le donne
670 Pier Luigi Celli. Un anno nella vita
671 Margaret Doody. Aristotele e i Misteri di Eleusi
672 Mario Soldati. Il padre degli orfani
673 Alessandra Lavagnino. Un inverno. 1943-1944
674 Anthony Trollope. La Canonica di Framley
675 Domenico Seminerio. Il cammello e la corda
676 Annie Vivanti. Marion artista di caffè-concerto
677 Giuseppe Bonaviri. L'incredibile storia di un cranio
678 Andrea Camilleri. La vampa d'agosto
679 Mario Soldati. Cinematografo
680 Pierre Boileau, Thomas Narcejac. I vedovi
681 Honoré de Balzac. Il parroco di Tours
682 Béatrix Saule. La giornata di Luigi XIV. 16 novembre 1700
683 Roberto Bolaño. Il gaucho insostenibile
684 Giorgio Scerbanenco. Uomini ragno

685 William Riley Burnett. Piccolo Cesare
686 Maj Sjöwall, Per Wahlöö. L'uomo al balcone
687 Davide Camarrone. Lorenza e il commissario
688 Sergej Dovlatov. La marcia dei solitari
689 Mario Soldati. Un viaggio a Lourdes
690 Gianrico Carofiglio. Ragionevoli dubbi
691 Tullio Kezich. Una notte terribile e confusa
692 Alexandre Dumas. Maria Stuarda
693 Clemente Manenti. Ungheria 1956. Il cardinale e il suo custode
694 Andrea Camilleri. Le ali della sfinge
695 Gaetano Savatteri. Gli uomini che non si voltano
696 Giuseppe Bonaviri. Il sarto della stradalunga
697 Constant Wairy. Il valletto di Napoleone
698 Gian Carlo Fusco. Papa Giovanni
699 Luigi Capuana. Il Raccontafiabe
700
701 Angelo Morino. Rosso taranta
702 Michele Perriera. La casa
703 Ugo Cornia. Le pratiche del disgusto
704 Luigi Filippo d'Amico. L'uomo delle contraddizioni. Pirandello visto da vicino
705 Giuseppe Scaraffia. Dizionario del dandy
706 Enrico Micheli. Italo
707 Andrea Camilleri. Le pecore e il pastore
708 Maria Attanasio. Il falsario di Caltagirone
709 Roberto Bolaño. Anversa
710 John Mortimer. Nuovi casi per l'avvocato Rumpole
711 Alicia Giménez-Bartlett. Nido vuoto
712 Toni Maraini. La lettera da Benares
713 Maj Sjöwall, Per Wahlöö. Il poliziotto che ride
714 Budd Schulberg. I disincantati
715 Alda Bruno. Germani in bellavista
716 Marco Malvaldi. La briscola in cinque
717 Andrea Camilleri. La pista di sabbia
718 Stefano Vilardo. Tutti dicono Germania Germania
719 Marcello Venturi. L'ultimo veliero
720 Augusto De Angelis. L'impronta del gatto
721 Giorgio Scerbanenco. Annalisa e il passaggio a livello
722 Anthony Trollope. La Casetta ad Allington
723 Marco Santagata. Il salto degli Orlandi
724 Ruggero Cappuccio. La notte dei due silenzi
725 Sergej Dovlatov. Il libro invisibile
726 Giorgio Bassani. I Promessi Sposi. Un esperimento
727 Andrea Camilleri. Maruzza Musumeci
728 Furio Bordon. Il canto dell'orco
729 Francesco Laudadio. Scrivano Ingannamorte
730 Louise de Vilmorin. Coco Chanel
731 Alberto Vigevani. All'ombra di mio padre
732 Alexandre Dumas. Il cavaliere di Sainte-Hermine
733 Adriano Sofri. Chi è il mio prossimo

734 Gianrico Carofiglio. L'arte del dubbio
735 Jacques Boulenger. Il romanzo di Merlino
736 Annie Vivanti. I divoratori
737 Mario Soldati. L'amico gesuita
738 Umberto Domina. La moglie che ha sbagliato cugino
739 Maj Sjöwall, Per Wahlöö. L'autopompa fantasma
740 Alexandre Dumas. Il tulipano nero
741 Giorgio Scerbanenco. Sei giorni di preavviso
742 Domenico Seminerio. Il manoscritto di Shakespeare
743 André Gorz. Lettera a D. Storia di un amore
744 Andrea Camilleri. Il campo del vasaio
745 Adriano Sofri. Contro Giuliano. Noi uomini, le donne e l'aborto
746 Luisa Adorno. Tutti qui con me
747 Carlo Flamigni. Un tranquillo paese di Romagna
748 Teresa Solana. Delitto imperfetto
749 Penelope Fitzgerald. Strategie di fuga
750 Andrea Camilleri. Il casellante
751 Mario Soldati. ah! il Mundial!
752 Giuseppe Bonarivi. La divina foresta
753 Maria Savi-Lopez. Leggende del mare
754 Francisco García Pavón. Il regno di Witiza
755 Augusto De Angelis. Giobbe Tuama & C.
756 Eduardo Rebulla. La misura delle cose
757 Maj Sjöwall, Per Wahlöö. Omicidio al Savoy
758 Gaetano Savatteri. Uno per tutti
759 Eugenio Baroncelli. Libro di candele
760 Bill James. Protezione
761 Marco Malvaldi. Il gioco delle tre carte
762 Giorgio Scerbanenco. La bambola cieca
763 Danilo Dolci. Racconti siciliani
764 Andrea Camilleri. L'età del dubbio
765 Carmelo Samonà. Fratelli
766 Jacques Boulenger. Lancillotto del Lago
767 Hans Fallada. E adesso, pover'uomo?
768 Alda Bruno. Tacchino farcito
769 Gian Carlo Fusco. La Legione straniera
770 Piero Calamandrei. Per la scuola
771 Michèle Lesbre. Il canapé rosso
772 Adriano Sofri. La notte che Pinelli
773 Sergej Dovlatov. Il giornale invisibile
774 Tullio Kezich. Noi che abbiamo fatto La dolce vita
775 Mario Soldati. Corrispondenti di guerra
776 Maj Sjöwall, Per Wahlöö. L'uomo che andò in fumo
777 Andrea Camilleri. Il sonaglio
778 Michele Perriera. I nostri tempi
779 Alberto Vigevani. Il battello per Kew
780 Alicia Giménez-Bartlett. Il silenzio dei chiostri
781 Angelo Morino. Quando internet non c'era
782 Augusto De Angelis. Il banchiere assassinato
783 Michel Maffesoli. Icone d'oggi

784 Mehmet Murat Somer. Scandaloso omicidio a Istanbul
785 Francesco Recami. Il ragazzo che leggeva Maigret
786 Bill James. Confessione
787 Roberto Bolaño. I detective selvaggi
788 Giorgio Scerbanenco. Nessuno è colpevole
789 Andrea Camilleri. La danza del gabbiano
790 Giuseppe Bonaviri. Notti sull'altura
791 Giuseppe Tornatore. Baarìa
792 Alicia Giménez-Bartlett. Una stanza tutta per gli altri
793 Furio Bordon. A gentile richiesta
794 Davide Camarrone. Questo è un uomo
795 Andrea Camilleri. La rizzagliata
796 Jacques Bonnet. I fantasmi delle biblioteche
797 Marek Edelman. C'era l'amore nel ghetto
798 Danilo Dolci. Banditi a Partinico
799 Vicki Baum. Grand Hotel
800
801 Anthony Trollope. Le ultime cronache del Barset
802 Arnoldo Foà. Autobiografia di un artista burbero
803 Herta Müller. Lo sguardo estraneo
804 Gianrico Carofiglio. Le perfezioni provvisorie
805 Gian Mauro Costa. Il libro di legno
806 Carlo Flamigni. Circostanze casuali
807 Maj Sjöwall, Per Wahlöö. L'uomo sul tetto
808 Herta Müller. Cristina e il suo doppio
809 Martin Suter. L'ultimo dei Weynfeldt
810 Andrea Camilleri. Il nipote del Negus
811 Teresa Solana. Scorciatoia per il paradiso
812 Francesco M. Cataluccio. Vado a vedere se di là è meglio
813 Allen S. Weiss. Baudelaire cerca gloria
814 Thornton Wilder. Idi di marzo
815 Esmahan Aykol. Hotel Bosforo
816 Davide Enia. Italia-Brasile 3 a 2
817 Giorgio Scerbanenco. L'antro dei filosofi
818 Pietro Grossi. Martini
819 Budd Schulberg. Fronte del porto
820 Andrea Camilleri. La caccia al tesoro
821 Marco Malvaldi. Il re dei giochi
822 Francisco García Pavón. Le sorelle scarlatte
823 Colin Dexter. L'ultima corsa per Woodstock
824 Augusto De Angelis. Sei donne e un libro
825 Giuseppe Bonaviri. L'enorme tempo
826 Bill James. Club
827 Alicia Giménez-Bartlett. Vita sentimentale di un camionista
828 Maj Sjöwall, Per Wahlöö. La camera chiusa
829 Andrea Molesini. Non tutti i bastardi sono di Vienna
830 Michèle Lesbre. Nina per caso
831 Herta Müller. In trappola
832 Hans Fallada. Ognuno muore solo
833 Andrea Camilleri. Il sorriso di Angelica

834 Eugenio Baroncelli. Mosche d'inverno
835 Margaret Doody. Aristotele e i delitti d'Egitto
836 Sergej Dovlatov. La filiale
837 Anthony Trollope. La vita oggi
838 Martin Suter. Com'è piccolo il mondo!
839 Marco Malvaldi. Odore di chiuso
840 Giorgio Scerbanenco. Il cane che parla
841 Festa per Elsa
842 Paul Léautaud. Amori
843 Claudio Coletta. Viale del Policlinico
844 Luigi Pirandello. Racconti per una sera a teatro
845 Andrea Camilleri. Gran Circo Taddei e altre storie di Vigàta
846 Paolo Di Stefano. La catastròfa. Marcinelle 8 agosto 1956
847 Carlo Flamigni. Senso comune
848 Antonio Tabucchi. Racconti con figure
849 Esmahan Aykol. Appartamento a Istanbul
850 Francesco M. Cataluccio. Chernobyl
851 Colin Dexter. Al momento della scomparsa la ragazza indossava
852 Simonetta Agnello Hornby. Un filo d'olio
853 Lawrence Block. L'Ottavo Passo
854 Carlos María Domínguez. La casa di carta
855 Luciano Canfora. La meravigliosa storia del falso Artemidoro
856 Ben Pastor. Il Signore delle cento ossa
857 Francesco Recami. La casa di ringhiera
858 Andrea Camilleri. Il gioco degli specchi
859 Giorgio Scerbanenco. Lo scandalo dell'osservatorio astronomico
860 Carla Melazzini. Insegnare al principe di Danimarca
861 Bill James. Rose, rose
862 Roberto Bolaño, A. G. Porta. Consigli di un discepolo di Jim Morrison a un fanatico di Joyce
863 Stefano Benni. La traccia dell'angelo
864 Martin Suter. Allmen e le libellule
865 Giorgio Scerbanenco. Nebbia sul Naviglio e altri racconti gialli e neri
866 Danilo Dolci. Processo all'articolo 4
867 Maj Sjöwall, Per Wahlöö. Terroristi
868 Ricardo Romero. La sindrome di Rasputin
869 Alicia Giménez-Bartlett. Giorni d'amore e inganno
870 Andrea Camilleri. La setta degli angeli
871 Guglielmo Petroni. Il nome delle parole
872 Giorgio Fontana. Per legge superiore
873 Anthony Trollope. Lady Anna
874 Gian Mauro Costa, Carlo Flamigni, Alicia Giménez-Bartlett, Marco Malvaldi, Ben Pastor, Santo Piazzese, Francesco Recami. Un Natale in giallo
875 Marco Malvaldi. La carta più alta
876 Franz Zeise. L'Armada
877 Colin Dexter. Il mondo silenzioso di Nicholas Quinn
878 Salvatore Silvano Nigro. Il Principe fulvo
879 Ben Pastor. Lumen
880 Dante Troisi. Diario di un giudice
881 Ginevra Bompiani. La stazione termale

882 Andrea Camilleri. La Regina di Pomerania e altre storie di Vigàta
883 Tom Stoppard. La sponda dell'utopia
884 Bill James. Il detective è morto
885 Margaret Doody. Aristotele e la favola dei due corvi bianchi
886 Hans Fallada. Nel mio paese straniero
887 Esmahan Aykol. Divorzio alla turca
888 Angelo Morino. Il film della sua vita
889 Eugenio Baroncelli. Falene. 237 vite quasi perfette
890 Francesco Recami. Gli scheletri nell'armadio
891 Teresa Solana. Sette casi di sangue e una storia d'amore
892 Daria Galateria. Scritti galeotti
893 Andrea Camilleri. Una lama di luce
894 Martin Suter. Allmen e il diamante rosa
895 Carlo Flamigni. Giallo uovo
896 Maj Sjöwall, Per Wahlöö. Il milionario
897 Gian Mauro Costa. Festa di piazza
898 Gianni Bonina. I sette giorni di Allah
899 Carlo María Domínguez. La costa cieca
900
901 Colin Dexter. Niente vacanze per l'ispettore Morse
902 Francesco M. Cataluccio. L'ambaradan delle quisquiglie
903 Giuseppe Barbera. Conca d'oro
904 Andrea Camilleri. Una voce di notte
905 Giuseppe Scaraffia. I piaceri dei grandi
906 Sergio Valzania. La Bolla d'oro
907 Héctor Abad Faciolince. Trattato di culinaria per donne tristi
908 Mario Giorgianni. La forma della sorte
909 Marco Malvaldi. Milioni di milioni
910 Bill James. Il mattatore
911 Esmahan Aykol, Andrea Camilleri, Gian Mauro Costa, Marco Malvaldi, Antonio Manzini, Francesco Recami. Capodanno in giallo
912 Alicia Giménez-Bartlett. Gli onori di casa
913 Giuseppe Tornatore. La migliore offerta
914 Vincenzo Consolo. Esercizi di cronaca
915 Stanisław Lem. Solaris
916 Antonio Manzini. Pista nera
917 Xiao Bai. Intrigo a Shanghai
918 Ben Pastor. Il cielo di stagno
919 Andrea Camilleri. La rivoluzione della luna
920 Colin Dexter. L'ispettore Morse e le morti di Jericho
921 Paolo Di Stefano. Giallo d'Avola
922 Francesco M. Cataluccio. La memoria degli Uffizi
923 Alan Bradley. Aringhe rosse senza mostarda
924 Davide Enia. maggio '43
925 Andrea Molesini. La primavera del lupo
926 Eugenio Baroncelli. Pagine bianche. 55 libri che non ho scritto
927 Roberto Mazzucco. I sicari di Trastevere
928 Ignazio Buttitta. La peddi nova
929 Andrea Camilleri. Un covo di vipere
930 Lawrence Block. Un'altra notte a Brooklyn

931 Francesco Recami. Il segreto di Angela
932 Andrea Camilleri, Gian Mauro Costa, Alicia Giménez-Bartlett, Marco Malvaldi, Antonio Manzini, Francesco Recami. Ferragosto in giallo
933 Alicia Giménez-Bartlett. Segreta Penelope
934 Bill James. Tip Top
935 Davide Camarrone. L'ultima indagine del Commissario
936 Storie della Resistenza
937 John Glassco. Memorie di Montparnasse
938 Marco Malvaldi. Argento vivo
939 Andrea Camilleri. La banda Sacco
940 Ben Pastor. Luna bugiarda
941 Santo Piazzese. Blues di mezz'autunno
942 Alan Bradley. Il Natale di Flavia de Luce
943 Margaret Doody. Aristotele nel regno di Alessandro
944 Maurizio de Giovanni, Alicia Giménez-Bartlett, Bill James, Marco Malvaldi, Antonio Manzini, Francesco Recami. Regalo di Natale
945 Anthony Trollope. Orley Farm
946 Adriano Sofri. Machiavelli, Tupac e la Principessa
947 Antonio Manzini. La costola di Adamo
948 Lorenza Mazzetti. Diario londinese
949 Gian Mauro Costa, Alicia Giménez-Bartlett, Marco Malvaldi, Antonio Manzini, Francesco Recami. Carnevale in giallo
950 Marco Steiner. Il corvo di pietra
951 Colin Dexter. Il mistero del terzo miglio
952 Jennifer Worth. Chiamate la levatrice
953 Andrea Camilleri. Inseguendo un'ombra
954 Nicola Fantini, Laura Pariani. Nostra Signora degli scorpioni
955 Davide Camarrone. Lampaduza
956 José Roman. Chez Maxim's. Ricordi di un fattorino
957 Luciano Canfora. 1914
958 Alessandro Robecchi. Questa non è una canzone d'amore
959 Gian Mauro Costa. L'ultima scommessa
960 Giorgio Fontana. Morte di un uomo felice
961 Andrea Molesini. Presagio
962 La partita di pallone. Storie di calcio
963 Andrea Camilleri. La piramide di fango
964 Beda Romano. Il ragazzo di Erfurt
965 Anthony Trollope. Il Primo Ministro
966 Francesco Recami. Il caso Kakoiannis-Sforza
967 Alan Bradley. A spasso tra le tombe
968 Claudio Coletta. Amstel blues